COLLECTION FICTION

DU MÊME AUTEUR, CHEZ LE MÊME ÉDITEUR

L'histoire du loser devenu gourou, 2015
Spartacus, 2017
I am Vampire, 2019

TERNAUX, Romain. *Underdog Samurai*

ISBN : 978-2373051186
Dépôt légal : 1re édition, janvier 2022

Couverture : Elena Vieillard
www.elenavieillard.fr

Les Éditions Aux forges de Vulcain
1 rue de la Montagne
77600 Bussy-Saint-Martin
www.auxforgesdevulcain.fr

Underdog Samurai

Romain Ternaux

Les Éditions Aux forges de Vulcain

Partie 1
DARKNET KATANA

Aaaah !

La sonnerie retentit à la porte et je pressens avant même de fixer le judas le colis divin, le soleil levant à portée de main, alors je fonce. Soubresaut du matelas, mon ombre avachie mais mon corps dans les airs, je cours sur les murs. Ma main s'étale sur la joue de mon grand-père qui débarque, sa silhouette recroquevillée brinqueballe et moi j'ouvre la porte, heureux.

Le postier me remet le paquet.

Je jubile et rejoins mon ombre sur le lit, un beuglement de sanglier blessé traverse le mur de ma chambre, mais ne m'atteint pas. J'arrache le kraft, saisis la poignée en bois de magnolia, puis brandis la lame qui scintille de mille feux au sortir du fourreau.

Mon katana !

Je l'ai tant attendu...

Et malgré les cris de l'autre côté du mur, rien ne peut plus me perturber. Je hisse le fer aussi haut que mes rêves, rabats ma main gauche sur le pommeau juste sous l'acier.

Puis, j'engage le combat mental.

AYAAAA !

Je pense à mon grand-père derrière le mur et je fends les airs. Le premier mouvement fait vibrer mon poster de *La 36e Chambre de Shaolin*, le deuxième fait vaciller le nunchaku suspendu sur son clou, puis le troisième...

CRAC !

Merde. De merde.

La moitié de mon sabre tourbillonne dans le vide comme une étoile ninja, jusqu'à se planter entre les deux yeux d'un Toshirō Mifune grimaçant sur son affiche de *Rashōmon*. Je relève lentement la poignée de mon arme mutilée.

Comment est-ce possible ?

J'ai à peine effleuré cette foutue étagère !

Un authentique sabre japonais, putain ! Acheté une fortune sur le darknet. Ma fortune, toutes mes économies... Et une partie de celles piquées à papi, c'est vrai... Impossible, comment un katana de la période *shintō* (la plus qualitative d'entre toutes) a-t-il bien pu se briser au contact d'un merdique meuble Ikea ? Cette lame affûtée a pourtant dû connaître les batailles les plus intenses du Japon féodal, traverser les armures les plus robustes des véritables samouraïs !

À moins que...

J'examine de près le fourreau et recherche l'empreinte spécifique au forgeron du *shinken*, prouvant la véracité de mon arme. L'unique inscription me désespère :

Made in Japan.

Encore heureux. Mais si c'est écrit en anglais... ? Je commence à bouillonner, décroche le nunchaku du mur et exécute des moulinets frénétiques pour essayer de déstresser. Seulement, cette arnaque a trop bousculé mon cerveau, l'un des bouts de bois m'arrive en plein visage et une giclée de sang s'étale sur la moquette. Putain...

J'enfile mes Converse All Star avant d'ouvrir la porte, délaisse à nouveau mon ombre sur le lit et balance un coup de nunchak' dans la face de mon grand-père qui se précipite sur mon passage.

Vraiment, ce n'est pas le moment.

*

Le Palais nippon est un restaurant bon marché en bas de chez moi. Tout y est préparé au micro-onde, son personnel se montre antipathique au possible et le niveau d'hygiène n'a rien à envier aux pires bouis-bouis du tiers-monde. Mais il a quand même deux qualités. D'abord, il a toujours un stock de bières Kirin bien fraîches au frigo, et surtout, c'est Yukiko qui gère l'établissement pendant les heures creuses, et nous sommes en fin de matinée.

J'entre et m'installe à une table simple. Des abrutis prennent déjà leur repas, l'odeur des nems roulés à même la baignoire de la pièce voisine me donne la nausée. J'aimerais me retrouver seul avec Yukiko, mais il y a toujours des clients, quelle que soit l'heure du jour ou de la nuit... Je lève le bras et la magnifique jeune femme m'apporte ma canette habituelle, une Kirin que je boirai à même l'opercule, sans verre.

— Ça va, Yukiko ?

— Ouais.

Elle ne me regarde même pas et me retourne encore moins la question. Yukiko sait que je suis éperdument amoureux d'elle et de son charme exotique. Elle lève les yeux au ciel et me tourne le dos pour retourner le plus vite possible derrière le comptoir, mais je ne me laisse pas décourager par son caractère de cochon.

— Moi, ça ne va pas, Yukiko. Pas du tout ! Je viens de recevoir le katana que j'avais commandé du Japon, et il s'est brisé à la première utilisation. C'était du toc, je me suis bien fait baiser !

Juchée sur son tabouret, la petite serveuse zyeute son portable sans même m'écouter. J'ouvre l'opercule de ma bière et m'aperçois que les autres clients me dévisagent. Pour donner le change, je bois cul sec ma consommation et demande illico une deuxième Kirin à Yukiko. Ma prestation se couronne de succès, les yeux médiocres des badauds s'élargissent devant leurs plats réchauffés. Je me marre intérieurement. Plus blasée que jamais, Yukiko m'apporte le breuvage. Ce dédain la rend encore plus excitante. Lorsqu'elle pose la canette sur ma table, je pose ma main sur la sienne et mon sexe se dresse. Mais sa main aussi se dresse, alors je rabats la mienne sur le métal froid. Les pas de Yukiko s'éloignent et je sors mon portable pour évacuer l'affront. Je ne regarde plus ces abrutis de clients.

Je me connecte à ProtonMail, mon adresse électronique cryptée, pour passer en revue les dernières notifications de l'expéditeur malhonnête. Puis je rédige ce message bien senti :

Your katana was shit.
Not authentic.
It broke against an IKEA shelter.

So shitty.
Not authentic shinken *from* shinto *samurai.*
At all.
Give the money back, motherfuckers !

J'expédie le message, lève la Kirin jusqu'à mes lèvres. La bière descend dans mon estomac et je contemple la perfection des traits de Yukiko pendant plusieurs minutes. Jusqu'à ce que ma main vibre car j'ai reçu un message :

Sorry.
No refund for sold items.
Have a nice day.

Pas de remboursement... Ah ouais ? Ils veulent vraiment me faire boire cette arnaque de 6 000 euros jusqu'à la lie, ces salauds ? Mais ils ne me connaissent vraiment pas !

— Yukiko, tu peux m'amener un whisky Suntory ?

*

Je traîne les pieds, le bout de mes baskets racle chaque marche et je finis par arriver jusqu'au couloir qui vacille. La porte de mon appartement apparaît grand ouverte. Mince, j'aurais oublié de la refermer ? Mon cerveau s'est trop engourdi, j'ai fini par vider la bouteille entière de whisky au restau, et après je ne sais plus...

Je titube et franchis l'encadrement béant, mes pas ondulent comme dans un bateau en plein naufrage.

D'ailleurs, un bout de l'épave vient se fracasser sur ma tête, c'est quoi ce délire ? Le goût de sang se propage dans ma bouche et je m'écroule par terre, je vois le plafond tourbillonner en contre-plongée. Puis, le visage de mon grand-père, mon nunchaku rougi au creux de sa main. Bon sang, quel connard ! J'essaye de me relever comme le dernier des clochards avinés, mais je bascule sur le côté pour vomir tout le Suntory. Papi m'engueule, mais mon cerveau ne décode plus aucun message. Sa voix m'exaspère et attise ma nausée, je tends un bras pour lui quémander le silence, mais il me frappe les doigts avec ma propre arme. C'en est trop, je pose une rotule sur le sol pour prendre appui et me redresse en grinçant des dents. Le dos de mon grand-père s'enfuit en boitillant et la porte de sa chambre se referme bien vite. Bon débarras !

À mes pieds, mon nunchaku gît dans une flaque de sang.

Mon sang.

Je rejoins ma chambre pour m'écrouler sur le lit.

*

Des vapeurs d'obscurité m'entrouvrent les yeux, puis j'éternue. Une brume rouge s'abat sur ma chambre comme des épandages aériens de produits chimiques. Je dégage une large crotte de nez couleur carotte de ma narine gauche. Ma paroi nasale et ma mâchoire me font mal, qu'est-ce qui s'est passé ?

Je me lève de mon matelas humide et je vois la flaque de sang sur la moquette. Alors je me rappelle mon nunchaku, et surtout je me rappelle mon grand-père. Ce vieux hibou va me le payer ! Dans les vapes du réveil, je sors dans le couloir et zigzague jusqu'à sa porte verrouillée.

— Papi, tu m'ouvres et tu me rends mon nunchaku ! J'en ai besoin, tu entends ? Les Japs d'Internet m'ont arnaqué, il faut que je m'entraîne pour leur foutre une raclée !

Ce que je ne lui dis pas, c'est que je vais d'abord m'entraîner sur lui et qu'il ne l'aura pas volé. Mais j'ai beau tambouriner, j'ai beau gueuler, il fait le sourd. Peut-être parce qu'il est vraiment sourd ? Je cherche dans mes poches de quoi crocheter la serrure, mais un bout de papier me frotte les doigts et intrigue mon cerveau. Je le saisis. C'est un vulgaire prospectus, dont les couleurs me sont familières...

Mais oui !

J'ai pris ce truc au Palais nippon, il était accroché sur le mur. Et avant ça...

Putain de merde...

Des réminiscences inavouables remontent le long de mes synapses. Je me revois me battre contre le Japon par e-mails interposés, messages d'insultes sur idéogrammes de guerre, puis importuner les autres clients du restaurant, complètement défoncé au Suntory. M'inviter à leur table et picorer dans leurs assiettes, puis les provoquer en duel de karaté quand ils se sont énervés. Yukiko s'est interposée et j'en ai profité pour la palper. Mais elle m'a viré à coups de casseroles, alors je me suis retrouvé sous la pluie. Derrière la vitre, je voyais sa silhouette gesticuler pour apaiser la clientèle, je la trouvais plus désirable que jamais. À la fois hilare et frustré, j'ai esquissé des dessins obscènes sur le verre plein de buée, je me demande s'ils les ont vus. Des flyers se dressaient dans un petit compartiment. J'ai pioché celui que je tiens entre les mains : une publicité pour le Salon des arts martiaux, avec le visage souriant d'Hervé Ply, le grand maître tant renommé.

Salon qui aura lieu...

Aujourd'hui !

Bon sang, quelle heure il est ? Quinze heures... Et c'est à l'autre bout de Paris ! Je vais arriver à la fin, alors que j'avais échafaudé un super plan sur le moment : je vais voir Hervé Ply, je lui explique l'affront commercial que je viens d'essuyer, puis je le convaincs de m'entraîner afin de me venger. Comment pourrait-il refuser ?

Allez, je me dépêche.

*

Je descends à la station Bercy et contemple l'espèce de terrain de golf géant appelé AccorHotels Arena, le stade où aura lieu le fameux salon. Là même où doit se sceller mon destin. Mauvaise surprise au guichet, il faut que je débourse 70 € pour pouvoir ne serait-ce que zyeuter les démonstrations. Merde alors, moi qui croyais que les arts martiaux relevaient du sport populaire ! Qui pourrait débourser une telle somme pour assister à de simples chorégraphies, à part des nantis ? Moi, je vis à l'étroit en compagnie de mon foutu grand-père, pour rappel...

Tant pis pour eux.

J'adresse un large sourire à la caissière, puis fonce sans prévenir en direction des tatamis. Dans la foule des badauds, bon courage pour me retrouver ! Ma présence ici est capitale, contrairement à celle de tous ces spectateurs pleins de fric. Qui veut la fin veut les moyens, alors je me réfugie dans les gradins encombrés, m'assois et ne bouge plus. Tout en bas, j'observe un grand vigile noir qui court et regarde partout, l'air débile malgré son costard cravate. Je suppose qu'on l'a lancé à mes trousses et qu'il me recherche, alors je reste assis bien tranquille comme si de rien n'était. De plus en plus de gens s'installent, cet abruti n'a plus aucune chance de me repérer, d'autant que les lumières s'éteignent au-dessus de nous pour laisser place au premier spectacle.

Une dizaine de combattants en kimono font leur entrée sur l'immense espace central recouvert de tatamis, et parmi eux, je reconnais l'inénarrable Hervé Ply. Le petit groupe exécute différents mouvements de jujitsu, puis des larbins apportent un mur de briques sur une espèce de diable. Hervé Ply se concentre, lève le bras puis tranche la paroi à la seule force de sa main. Les larbins rembarquent les briques escamotées, tandis que d'autres apportent une chaise et des tables. Hervé Ply s'installe sur l'une d'elles et ouvre un journal, l'air démesurément concentré sur les nouvelles toutes fraîches de la presse. Entretemps, ses comparses ont revêtu des habits de ninjas. Ils l'encerclent, puis commencent à l'attaquer. Mais Hervé se lève de sa chaise et contrecarre chaque coup de poing avant d'envoyer directement la pointe de ses pieds dans les visages cagoulés. Quelle précision !

C'est la fin du premier show, et moi je dévale les gradins. Hervé Ply s'apprête à entrer dans le vestiaire, mais je lui plaque ma main sur l'épaule :

— Monsieur Ply, je suis venu spécialement pour vous ! Il faut que vous m'aidiez !

Il se tourne vers moi, l'air légèrement paniqué :

— Qu'est-ce qui se passe ?

— Y a ces foutus Japs qui m'ont escroqué sur Internet ! J'ai commandé un authentique katana mais c'était une contrefaçon. Vous devez m'entraîner pour que je puisse me venger à la hauteur de l'affront, je vous en supplie !

Le renommé combattant me jauge, puis explose de rire.

— C'est une blague ?

— Mais non ! C'est terrible, ce qui m'est arrivé. Vous allez m'aider ?

Alors que je m'attends à un minimum de compassion, le maître incontesté du dojo se marre, me tapote l'épaule et, très condescendant, me tourne le dos pour poursuivre sa route. Sourcils froncés, j'avance pour insister mais un corps s'agglutine sur moi dans un choc violent. Je tombe et vois en contre-plongée le vigile de tout à l'heure qui ne rigole pas du tout, il se baisse et me relève en me tirant par le col, puis m'entraîne vers la sortie...

Je proteste, mais un coup de pied dans mon cul coupe toute discussion et m'expédie sur le parking.

Game over, putain quelle honte !

Je n'ai plus qu'à rentrer me défouler sur mon grand-père...

*

— Hahaha ! Toi aussi, ils t'ont foutu dehors ?

Toujours sur le parking, je me retourne et remarque un vieux clochard assis en tailleur au niveau des bennes à ordures. Il est installé sur un carton taché de vin, la bouteille bien entamée juste à côté. Sa barbe dégouline et ses dents aussi inégales que colorées me dégoûtent. Bon sang, ce n'est vraiment pas le moment. Je continue mon chemin, mais le SDF ne me lâche pas :

— Hé, tocard ! Ta mère ne t'a pas appris la politesse ?

Ma mère... Oh putain, le sang me monte au cerveau, tant pis pour lui ! Je fais demi-tour et mes pieds s'enfoncent dans le sol pour prendre de l'élan, cette erreur de la nature va perdre ce qui lui reste de mâchoire ! Je cours, bondis et étends bien droit ma jambe en direction de son visage.

Adieu, vermine !

Je vois déjà ses dents s'envoler et son visage s'écrabouiller dans le carton, buvard de son sang plein de MST.

Mais un truc se passe.

Le vieux attrape ma jambe, puis je me retrouve projeté dans les airs. J'atterris dans une des bennes à ordures et le couvercle se referme sur moi. Noyé dans les restes de déjeuners du Salon des arts martiaux, je me débats et m'enfonce toujours plus dans les sacs poubelles noirs et verts de putréfaction, je sens que je vais vomir ! J'essaye de remonter à la surface, mais un reste de canette heurte mes doigts et du coca me coule dans les yeux. Je vais mourir là-dedans, et ma vie n'aura été qu'un vaste cauchemar...

Seulement, un rayon de lumière transperce mes pupilles noir soda et un courant d'air fait voler les sachets de fast-food autour de moi. Je cligne des yeux, lève la tête et vois la silhouette clochardesque en contre-jour. Je tends la main, des phalanges pleines de crasse me font remonter à la surface. Lorsque je peux m'accouder à la bordure en plastique, l'haleine pestilentielle de mon sauveur me harcèle les narines :

— Ça va, mon gars ? Vraiment, désolé ! Je ne voulais pas te blesser, mais tu l'as cherché, hein ! Qu'est-ce que c'était que cette attaque ?

Aaaargh, ferme-la, je vais dégueuler ! Je ne veux même pas savoir ce qui s'est passé.

— C'est bon, tout va bien...

Je m'extirpe de la benne à grand-peine, mais le barbu ne me lâche plus :

— C'était un *mae geri* foireux, c'est ça ?

Hein ?

— Qu'est-ce que vous dites ?

— Un *mae geri* ? Coup de pied frontal ? Visiblement, tu manques d'entraînement, gamin.

Je rêve, je me fais donner une leçon de karaté par un clochard, moi qui ai consacré ma vie aux arts martiaux ! Pour qui se prend ce vieux croulant, au juste ? Je fixe quelques instants ses yeux de fouine mal empaillée, puis je tente un coup de poing direct court dans son buste couvert de haillons. Il le balaie de sa paume tendue sans sourciller une seconde. Sa trogne reste impassible, tandis que la mienne s'allonge sous l'effet de la surprise.

— Vous... Vous maîtrisez les arts martiaux ?

— Évidemment. Bien mieux que ce charlatan d'Hervé Ply à qui on déroule aujourd'hui le tapis rouge, mais s'il y a une justice sur terre, il ne l'emportera pas au paradis...

Après ce message étrange, le clochard retourne à son carton, s'assoit en tailleur et finit d'un trait sa bouteille de rouge. D'un revers de main, j'écarte les pelures de banane et les restes de sandwich qui se baladent sur mes épaules, puis me dirige à petits pas vers le vieux sage en pleine ingurgitation. Au point où j'en suis, je peux me permettre de m'asseoir à côté de lui. Le vieil homme pose sa bouteille vide, puis sort une canette de sa poche intérieure. Boit une très longue gorgée de bière avant de me la tendre, suivie d'un long filet de bave.

— Ça va aller... Mais... Qui êtes-vous ?

Il écarte les lèvres puis avale une large goulée avant de me faire attendre plusieurs secondes, les pupilles dans le vide. Enfin, il s'essuie la bouche avec sa manche en lambeaux pour me répondre :

— Je m'appelle Robert, et ce petit roquet d'Hervé Ply m'a tout volé...

— Hervé Ply ? Pourquoi ? Pas la peine de faire votre air mystérieux avec moi, j'ai eu vraiment une journée merdique !

Il tourne la tête vers moi et des effluves insoutenables assaillent mon nez, je feins l'indifférence malgré les haut-le-cœur. Pendant plusieurs secondes, cet abruti me fixe de ses yeux jaunes, puis il porte à nouveau la canette à sa bouche sans détourner le regard. Pfff, j'espère que son histoire vaut le coup !

Le clochard ingurgite, rote et soupire :

— Pendant des années, j'ai été un maître incontesté en arts martiaux. J'avais mon propre dojo qui ne désemplissait jamais. Les élèves affluaient du monde entier pour suivre mes enseignements, des Amériques jusqu'aux terres les plus reculées d'Asie. Mon mot d'ordre était celui de la tradition, je pensais mes pieds fermement ancrés dans le sol, mais je n'étais qu'un colosse aux pieds d'argile...

Mince, il recommence à regarder dans le vide et à lever sa canette. Il ne faut pourtant pas qu'il perde le rythme, alors je le relance :

— Et qu'est-ce qui s'est passé ?

Un jet de vomi traverse les airs, précédé d'un soubresaut. Enfin, il poursuit :

— Ce qui s'est passé ? Hervé Ply est arrivé, voilà ce qui s'est passé. Ce charlatan a fait passer l'art sacré des arts martiaux au crible du marketing le plus avilissant. Il a soigné son image et l'a diffusée au plus grand nombre pour vendre un ersatz racoleur de l'enseignement ancestral. Bien vite, les jeunes ont succombé aux sirènes de cette vaste mise en scène. Tous se sont fait happer, puis mon dojo a été déserté. Factures impayées, marginalisation de mon travail, je ne pouvais plus que sombrer...

— Entraînez-moi !

Le vieux lâche sa canette. Le cylindre roule sur le sol en cercles d'écume mousseuse.

— Comment ?

— Il faut que vous m'entraîniez ! Hervé Ply m'a moi-même humilié au salon, et il ne va pas s'en tirer à si bon compte. Nous avons une cause commune ! À moins que vous ne m'ayez menti et que vous n'ayez jamais été professeur d'arts martiaux... Je n'ai jamais entendu parler de vous...

Alors, Robert se met à hurler et l'écho de sa voix résonne dans tout le parking :

— On me connaissait dans le monde entier que tu n'étais même pas né, petit con !

Puis, il se lève de son carton et commence à gesticuler, comme s'il ne pouvait plus s'arrêter :

— Je vais te montrer ma grande spécialité, gamin, regarde bien ! Ça, c'est la technique de la mante religieuse !

Il recroqueville ses poignets comme un foutu insecte, puis se juche sur une jambe pour se donner plus de prestance. Mais l'équilibre se révèle précaire, surtout avec son taux d'alcool dans le sang. D'un coup, le clochard bascule sur le côté, puis s'effondre dans la montagne de sacs poubelles juste à côté.

Alors, c'est le basculement des rôles, je me précipite vers la putréfaction pour renvoyer l'ascenseur à mon ancien sauveur. Il tire une de ces tronches !

— Je crois que je suis un peu rouillé, gamin, excuse-moi. Ça fait des semaines que je suis planté derrière cet AccorHotels Arena de mes deux. Moi aussi, j'avais l'espoir de me venger du diabolique Hervé...

Je vois bien qu'il essaye de me faire passer un message...

*

L'avantage d'avoir un clochard comme compagnon dans les transports en commun, c'est qu'on obtient la rame pour nous tout seuls. Les passagers s'écartent et on a soudain plus d'espace que dans ma propre chambre. Personnellement, je me suis habitué à l'odeur...

Juste avant d'embarquer, Robert a tenu à passer chez l'épicier arabe le plus proche. À mes frais... Une avance sur ses honoraires de professeur surexpérimenté, à ce qu'il paraît. Je m'y suis résolu, et il s'est emparé du pack de bières le moins cher. Proportionnellement. 26 canettes en verre pour 7,90 euros, ça aurait pu être pire. En équilibre précaire sur son strapontin puant, mon nouvel ami sort donc deux canettes à 30 centimes du carton, les décapsule et m'en offre une. J'essuie le goulot puis trinque avec lui. Quel luxe de pouvoir boire tout son soûl dans le métro ! Nous enchaînons les culs secs et nos bières vides finissent par rouler sur le sol qui gondole à chaque arrêt. J'entends des remarques, mais elles paraissent si lointaines...

Quand nous arrivons à destination, le pack ne pèse presque plus rien et le sol s'est recouvert de verre. Robert et moi titubons jusqu'à mon immeuble, vomissons un petit peu dans l'ascenseur, puis arrivons dans mon appartement. Il faut que je le prévienne :

— On va sûrement être accueillis très violemment, mais je compte sur toi pour nous défendre. C'est une sorte de mise à l'épreuve !

Le clochard lâche une caisse et me demande :

— Pourquoi ? Qu'est-ce qu'y a derrière la porte ?

Je n'ai même pas besoin de répondre, le verrou tourne et la porte s'ouvre toute seule. Mon grand-père apparaît, son dentier souriant et mon nunchaku à la main. Sans attendre, les bouts de bois tournoient et s'abattent sur nos deux crânes, ça fait super mal ! Robert ne s'y attendait pas, il s'effondre sur le sol et subit la déferlante. Papi va le foutre dans le coma ! Mais c'est une bonne diversion. Et puis, au fond, ressent-il vraiment la douleur après cette journée imbibée ?

Un pas de côté et j'arrive à infiltrer l'appartement en courant. Le vieux démon tente de m'assener un coup dans le dos, mais je l'évite et il éructe. Que vont encore penser les voisins ? De manière instinctive, je me précipite dans ma chambre, poursuivi par le monstre. Je saisis mon morceau de sabre, mais à quoi ça sert ? Je jette la camelote des Japs de merde, me prends un coup de nunchaku sur l'épaule et me réfugie dans la cuisine. Haha, je saisis le rouleau à pâtisserie :

— Papi, ne me force pas à faire une grosse connerie !

Ses rides se plissent encore plus sur sa sale tronche, et il fond sur moi sans même me répondre. Je lève mon arme et m'apprête à riposter, tant pis pour lui. Seulement, il s'effondre d'un coup. En une fraction de seconde, mon grand-père gît sur le sol comme un vieil automate écrabouillé. Derrière lui se dresse mon clochard, le bras tendu. Il vient de lui assener un coup de karaté !

— Merde, Roger, tu l'as tué ?

— Normalement non...

En effet, j'entends un râle qui fait trembler le sol. Dommage, papi reste en vie. Les voisins vont vraiment halluciner... Qu'est-ce que je peux faire ? Son boucan me donne envie de l'achever. Ferme-la, grand-papa ! Je finis par composer le numéro des urgences. Quand elles arrivent, j'explique que le vieux a malencontreusement glissé sur le sol comme une vieille ruine.

— C'est pas vrai, ils essayent de me tuer !

— Il est sénile, vous savez ce que c'est...

Les ambulanciers sortent le brancard et l'embarquent malgré ses protestations rauques.

Désormais, l'appartement m'appartient.

*

Avec Roger, nous avons transformé ce vieil appartement poussiéreux en un véritable dojo. J'ai trouvé la carte bancaire du vieux con avec le code dans les papiers en désordre, puis j'ai commandé une trentaine de tatamis sur Internet pour les installer dans le salon, ainsi que différentes armes de tradition japonaise. Le long bâton *bō*, les petites faucilles *kama*, les tonfas et les mini-épées *sais*. Mon nouveau maître *s'occupe* des courses quotidiennes au supermarché, mais il semble se focaliser sur le rayon alcool. Des dizaines de bouteilles parsèment le plancher, je n'aurais peut-être pas dû lui confier la CB. Mais je reste confiant, il va mener à bien mon entraînement pour que je puisse assouvir ma vengeance. Les escrocs vont payer !

Assis en tailleur sur la moquette rouge sang, mon maître clochard fixe le nunchaku inerte qu'on n'a même pas daigné ramasser. D'un geste sec, il le saisit et me le lance, alors que je savourais la sensation du tatami tout frais sous mes pieds nus.

— Montre-moi ce que tu sais faire !

Alors là, il ne va pas être déçu ! Depuis que je suis gamin, je m'entraîne au nunchaku. Ma démonstration va le laisser sur le cul ! Je commence à faire de larges moulinets, mon arme tournoie dans tous les sens, passe derrière mes épaules puis entre mes jambes, ayaaaa ! Mais le vieux n'a pas l'air content :

— Arrête ! Arrête !

Je dois ralentir les moulinets, pourtant j'étais à fond !

— Bah quoi ?

— Donne-moi le nunchaku. Tu es ridicule.

La mort dans l'âme, je lui rends l'arme. Mon maître porte une bouteille de Jack Daniel's jusqu'à sa bouche et je vois sa glotte monter et descendre au gré des grandes goulées successives. Quand il l'a vidée, il balance le flacon contre le mur.

— Hé ! Vous êtes débile ou quoi ?

— Ferme-la, gamin ! C'est moi qui décide ce qui est bien ou pas, désormais ! Sauf si tu refuses de te soumettre à mon entraînement, bien sûr ! Alors, tu as quelque chose à redire ?

— Eh bah... Nan...

(Enculé.)

— Bien. La première chose qui ne va pas, c'est ta manière d'utiliser le nunchaku. Ta démonstration, c'était du flan !

— Mais nan ! Je maîtrisais complètement, j'ai...

— De la merde ! Tu t'es pris pour une majorette ? On s'en fout de tes moulinets, tu n'es pas là pour crâner ! Le nunchaku ne sert pas à faire une chorégraphie, il sert à se battre. Ce qui importe, c'est la force centrifuge que tu mets dans ton mouvement. Regarde...

Sans prévenir, le vieux élance son bras derrière lui en faisant tourbillonner l'arme, tout en posant un pied à terre. Puis il s'élance vers moi et rabat son bras. Mais son mouvement alcoolisé est tellement lent que je n'ai aucun mal à l'esquiver. Cet abruti se prend le pied dans le tatami et se viande comme un clown, il exécute plusieurs roulés-boulés avant de s'écraser contre le mur. Merde ! Je me penche et tends le bras pour le relever :

— Ça va, maître Robert ?

Pour toute réponse, il m'expédie l'une des branches du nunchaku dans la tronche. Les plaies de mes narines se rouvrent, du sang jaillit et je m'écroule à mon tour. Sur le tatami rougi, je hurle :

— Putain, c'est quoi votre problème ?

— C'est ta première leçon, la plus primordiale ! Ne jamais baisser sa garde, car l'ennemi est rusé !

Pfff, tu parles ! Comme s'il avait fait exprès de se gameller !

— Va chercher le *bō*. Je garde les nunchakus.

— Ouais, bah n'en profitez pas pour me frapper dans le dos !

En vrai, il n'y a aucun risque puisqu'il rampe vers le frigo pour en sortir un pack de bières. Si ça continue, je vais pulvériser cette épave sans effort et mon entraînement sera terminé. Mais est-ce vraiment souhaitable ? J'attrape le long bâton posé contre le mur, le fais tournoyer au-dessus de ma tête, mais je me rappelle que mon maître n'aime pas ça. Pour lui, seule compte l'attaque, alors je me retourne directement et abats mon *bō* dans la tronche du soûlard.

Et là, il m'impressionne !

Je dois bien l'avouer...

La petite Heineken au creux des lèvres, l'apparent clochard en phase terminale donne plutôt dans la vivacité. Au moment où le bout de mon *bō* allait atteindre son visage, maître Robert a levé son nunchaku d'une main pour l'emprisonner dans la chaîne. J'essaye d'agiter le bâton dans tous les sens pour le sortir de son emprise, mais l'étau s'avère trop puissant et l'autre continue de boire sa canette tranquillement. C'est trop humiliant ! Je laisse tomber le bâton et saisis les *sais*. On va bien voir s'il peut me bloquer à courte portée ! Tel Raphaël dans *Les Tortues Ninja*, je fonds sur mon ennemi avec une arme dans chaque main. Essaye un peu d'esquiver ça !

Argh !

À ma grande surprise, Roger ne brandit pas son nunchaku pour me contrer, mais il jette sa canette vide en l'air. C'est alors qu'il élance son arme pour pulvériser le récipient dans les airs. Des morceaux de verre éclatent dans tous les sens et je me recroqueville pour protéger mes yeux. Une paume se pose sur mon cou et le presse très fort, tout mon corps se retrouve pris en tenaille et je bascule en arrière sous le poids du monstre tentaculaire. Cet enculé est en train de m'étrangler !

— Eurghl, eurghl, eurghl !

— Je m'attendais à un peu plus de résistance de ta part, mon petit !

Et en plus il se fout de ma gueule !

Mais il relâche la pression.

Je reprends ma respiration et m'écarte comme une bête apeurée, crache et suffoque.

— Eurkhrch... C'était un étranglement de judo ?

— Oui. Niveau débutant.

Il me rend fou !

— N'importe quoi ! J'ai fait quatre ans de judo, les étranglements venaient bien après ! Au moins à la ceinture marron !

— Haha ! Ceinture marron ! Hahaha !

Et Robert part dans une crise de fou rire, allons bon.

— Qu'est-ce qu'il y a de si drôle ? La ceinture marron, c'est l'avant-dernière, juste avant la noire !

— Non.

— Mais si !

— Non. En vérité, pour le vrai judo, il n'y a que deux ceintures. Celle des débutants et celle des experts. La ridicule palette de couleurs en fonction du niveau a été inventée par les Occidentaux. Si on veut être sérieux comme au Japon, il ne faut reconnaître que le débutant et le guerrier aguerri. Et toi, tu fais partie des débutants.

— Pfff...

J'ai envie de l'étrangler à mon tour, mais je me rappelle que je n'ai même pas la ceinture marron occidentale. Dépité, je demande :

— Très bien, quelle sera la suite de l'entraînement ?

Robert se mouche dans sa manche, gratte son ventre à bière et répond solennellement :

— Ce sera tout pour aujourd'hui. À présent, nous devons reprendre des forces. Je vais préparer le repas.

Aaaah, enfin une bonne nouvelle ! Le clochard ninja se redresse d'un bond et se dirige vers la cuisine d'un pas décidé. Puisqu'il a disposé à sa guise de la carte bancaire de papi, je suppose qu'il a acheté de quoi concocter un véritable festin ! J'entends les placards qui s'ouvrent, puis de l'eau couler. Très bien, comme j'ai un peu de temps devant moi, je ramasse le nunchaku et reprends illico l'entraînement. Après quelques moulinets, je m'exerce à viser le haut d'une chaise d'un coup sec, BAM ! Il me semble que je monte en précision.

— À table !

C'est quoi ce délire ? Il nous a préparé des concombres ou quoi ? J'espère qu'il ne nous a pas commandé une foutue pizza hors de prix, on va finir par être à la rue ! Qu'est-ce qu'il a bien pu nous cuisiner en 5 minutes chrono, sérieusement ? Le pire, c'est que ça sent plutôt bon ! De la soupe miso ? Si ça se trouve, il connaît des techniques de cuisine ancestrales pour manger sur le pouce et se revitaliser ? J'entre dans la cuisine avec toute la curiosité de l'apprenti, et je vois une montagne de petites boîtes sur la table. C'est quoi, ces trucs ? Il y a en a assez pour construire une cabane ! Deux bols fumants nous attendent. Attendez, je connais cette odeur. Et puis, je connais ces boîtes, le packaging me semble familier…

Ce sont des *ramens* lyophilisés !

Les doses à 25 centimes qu'on s'achète en fin de mois, quand on n'a plus un rond !

Et ce blaireau en a ramené des centaines !

— Tu n'as acheté... que ça ? Que des foutus *ramens* ?

— Parle plus poliment, gamin ! La frugalité, c'est la première étape du contrôle total sur soi-même, et tu en as bien besoin !

— Mais de quelle frugalité vous parlez ? Vous avez acheté des dizaines de litres d'alcool !

Ses sourcils se froncent comme si je venais de lui manquer de respect. Pourtant je ne fais que dire la vérité !

— L'alcool, c'est pour moi. C'est pour améliorer ma pratique du *zui quan*, mais tu n'en es pas encore là. Pour toi, ce sera *ramens* tous les jours !

Tu m'étonnes ! Il doit y avoir 500 boîtes sur la table, on va donc bouffer cette vieille pâte insipide pendant une année entière ? Et puis, combien d'euros est-ce que ça représente ? Quel gâchis ! Robert a été trop longtemps à la rue, il a perdu le sens des réalités. Qu'est-ce qu'il a cru ? Que j'étais un putain de chien à qui on pouvait donner tous les jours la même pâtée ?

— Je refuse de manger des *ramens* à chaque repas. Ça n'a rien à voir avec de la frugalité, c'est juste débile ! Je ne suis même pas sûr qu'il y ait des nutriments dans ces merdes sans saveur !

— Tu ne comprends pas. Sun Tzu a dit : « Les saveurs sont seulement au nombre de cinq, mais elles donnent des mélanges si variés qu'il est impossible de les goûter tous. » Avec les sachets de bouillon et de graisse végétale inclus dans chaque sachet, il me semble que tu n'as pas à te plaindre !

— Ça s'appelle une métaphore. Il faut être complètement con pour prendre cette phrase au pied de la lettre !

D'un coup, une douleur me prend au visage et je tombe de ma chaise. Mes joues et mon nez me brûlent, qu'est-ce qui s'est passé ? Les fesses sur le sol, je vois la paume de Robert droit devant lui au-dessus de la table, le bras tendu. Cet imbécile vient encore de me frapper ! Très calmement, ce dégénéré me réplique :

— Sun Tzu a également dit : « Si d'un coup le faucon brise le corps de sa proie, c'est qu'il frappe exactement au moment voulu. » Ne t'ai-je pas déjà dit de rester sur tes gardes quelles que soient les circonstances ?

— Alors on ne peut plus bouffer tranquille ? T'as dit qu'on arrêtait les combats pour reprendre des forces !

— Les *ramens* ne sont qu'un prétexte pour que tu accèdes à une plus haute maîtrise de ton cerveau. Nous sommes ce que nous pensons. Avec nos pensées, nous bâtissons notre monde, ainsi que nous l'a enseigné Bouddha.

Voilà autre chose. Complètement frappadingue, le vioque ! Je me relève, serre le poing pour lui défoncer la gueule, puis je me ravise. Je me rassois devant mon bol fumant et commence à avaler mes *ramens* sans lâcher des yeux le clochard fou. Désormais, je resterai sur mes gardes...

— Quand tu auras acquis la maîtrise suffisante pour apprécier ces ramens comme s'il s'agissait d'un festin, quand tu seras capable d'esquiver les attaques les plus sournoises au sommet même du plaisir, alors nous pourrons commencer à faire quelque chose de toi.

Pfff.

Je déchire le petit sachet de piment et l'ajoute au bouillon pour lui donner plus de goût. Robert me tend des baguettes et je m'efforce de pincer les pâtes molles et dégoulinantes pour essayer de les avaler. C'est tiède et fade, je suis dégoûté dès le premier jour de ce régime infâme, comment est-ce que je vais bien pouvoir tenir ? En plus, le vieux me surveille, il s'assure que je finisse bien cette horreur jusqu'à la dernière goutte.

Heureusement, mon portable sonne.

Je ne connais pas ce numéro.

— Ouais, allô ?

— M. Léon Agraire ?

— Ah non, c'est son petit-fils.

— Bonjour. Ici M. Souccar, le banquier de M. Léon Agraire. Votre numéro figure dans le dossier.

— Oui, oui, c'est moi qui gère les dépenses. (Glups.) Qu'est-ce qui se passe ?

— Je vous appelle pour vous signaler un découvert astronomique.

— Quoi ? Heu... Attendez. On m'a... On a volé la carte de mon grand-père !

Devant moi, Robert ouvre de grands yeux, mais à l'autre bout du fil, le ton reste très sec, sans aucune forme de compassion :

— Nous en doutons, M. Agraire.

Petit silence. Ai-je bien entendu ?

— Vous en doutez ?

— Oui. Les débits proviennent de votre DAB et supermarché habituels, et nous avons vérifié l'adresse de livraison pour vos achats sur Internet. C'est bien la vôtre. Nous comptons sur vous pour réajuster votre compte d'ici trois jours, ou des pénalités devront tomber. Je vous souhaite une agréable journée !

— Attendez !

Mais il n'attend pas, il raccroche. De rage, je saisis l'une des centaines de boîtes de *ramens* sur la table et la balance juste au-dessus du vieux parasite en train de boire une nouvelle bière. Le plastique industriel explose contre le mur et son contenu vole en éclats, des morceaux de pâtes sèches et compactes tombent et s'éparpillent sur le sol.

— On ne joue pas avec la nourriture, gamin !

— Ce n'est même pas de la nourriture ! Et à cause de vos conneries, on n'a plus une tune !

— Ah merde !

— Ouais, comme vous dites !

— Heureusement qu'on a de quoi tenir pour des mois, alors. Je suis un gestionnaire du tonnerre, j'ai bien anticipé !

J'ai envie de lui sauter à la gorge, mais je me dis que, perdu pour perdu, je dois finir mon entraînement avec lui. Si on en est là, c'est avant tout à cause des yakuzas, alors je décide de rester concentré sur mon objectif. Il y a forcément une solution. Je me souviens que mon connard de grand-père, comme la plupart des vieux radins et paranos matérialistes du XXe siècle, s'est toujours assuré de conserver des objets de valeur. Il me semble même qu'il a gardé quelques lingots d'or dans une cachette secrète en cas de coup dur. À moins qu'il ne s'agisse d'une vieille légende familiale ?

Je me lève de table et enfile mon manteau.

— Tu vas où, gamin ?

— Essayer de retrouver du fric.

*

Il est immense, cet hôpital ! Je me dirige vers l'accueil pour demander la chambre de papi. La gentille hôtesse m'explique qu'il va falloir que je prenne l'ascenseur n° 5 dans le 3e bâtiment, 4e étage, chambre 19. Bon sang, il y a tant de malades que ça dans cette ville ? On est à Hiroshima ou quoi ? En plus, il faut carrément un passe pour ouvrir la porte, me confie-t-elle. Mon grand-père a été confiné dans sa chambre, il se montrait quelque peu agité. Tu m'étonnes ! Bonjour l'euphémisme, ça se voit qu'elle n'a pas vécu avec ce connard une vingtaine d'années durant. Sous remise de ma carte d'identité, on me donne le fameux badge et, une fois n'est pas coutume, on me recommande de ne jamais relâcher mon attention. Ils veulent tous me tuer ou quoi ?

Je me perds dix fois dans les couloirs, demande mon chemin à de superbes infirmières entre la bandaison et la crise de nerfs, puis je parviens à la chambre 19 du 4e étage de l'ascenseur n° 5 du bâtiment 3. La foutue porte paraît blindée et je dois passer la carte devant l'écran sous la poignée. Le voyant s'illumine et ça s'ouvre tout seul, très bien. Papi va pouvoir me révéler ses secrets. Je pousse la porte et je vois le lit.

Vide…

Peut-être qu'il est dans la salle de bain ?

Je traverse la pièce et m'aperçois qu'il y a des grilles aux fenêtres. En si peu de temps, ils ont merveilleusement cerné la personnalité problématique du vieil emmerdeur. J'ouvre la porte des WC, elles sont vides aussi. J'entre et observe le lavabo sec, la douche jamais utilisée… Est-ce que je me serais trompé de chambre ?

D'un coup, un éclat attire le coin de mon œil, comme le reflet du soleil sur un bronze scintillant. Ma tête se tourne par réflexe, mais un gant de plastique spongieux vient me fracasser le front. Je chancelle, titube et me retourne. Deux espèces de poteaux métalliques encadrent la porte, alors je lève la tête et j'hallucine. Juché sur deux pieds à perfusion en guise d'échasses, mon grand-père se dresse au-dessus de moi comme un faucheux géant. Il fait tournoyer les poches de plasma comme les nunchakus que je ne connais que trop bien, puis déploie ses coups par salves frénétiques.

Mais ce n'est pas tout.

À l'aide des différentes composantes de sa chambre, le vieux s'est constitué une véritable armure de samouraï ! Les tiroirs de sa table de chevet lui font des épaulettes mastoc, divers portemanteaux arrachés aux murs forment des pics sur sa cuirasse en draps blancs et une espèce de fronde-pommeau de douche n'attend plus que de m'envoyer des morceaux de savon dans la gueule. Quant à son propre visage, il l'a recouvert d'un masque à oxygène qui le fait ressembler au personnage de Shredder.

— Papi, arrête tes conneries et redescends, tu vas te blesser !

Sa jambe bouge et je prends un coup d'échasse dans la rotule. Cette fois, je m'effondre et je vois le vieux monstre mécanique se recroqueviller pour passer l'encadrement de la porte.

Merde, il s'enfuit !

Dans la pièce voisine, j'entends les lourds pas métalliques qui accélèrent, puis une multitude de cris et de bruits. Je tends mes bras en arrière et pousse sur mes paumes pour me relever d'un bond, avant de boitiller vers le couloir. Un médecin en blouse blanche gît au sol, des infirmières agenouillées autour de lui tentent de juguler le sang qui s'écoule de ses narines. Quelle dévotion ! Quand leur regard se tourne vers moi, je prends ma position de karatéka et leur demande :

— Par où est-il parti ?

Elles froncent les sourcils. Je comprends vite que le sang sur le sol n'indique qu'une seule direction, alors je me précipite un peu honteux. Ce vieux fou a vraiment décidé de me polluer jusqu'au bout ! Les couloirs labyrinthiques n'en finissent pas, mais à chaque tournant, l'hémoglobine continue de m'indiquer le chemin au gré des corps et des cris. Au loin, une porte grand ouverte donne sur l'extérieur. Un vent glacial me fouette tout entier lorsque je la franchis. Des milliers de voitures stationnent devant le mouroir, nous sommes sur le parking de l'hôpital et l'ombre de mon grand-père s'y fraye un chemin sans difficulté du haut de ses grandes pattes démesurées. Je place mes mains en porte-voix et m'écrie :

— Papi !

Le samouraï géant s'arrête, puis se retourne.

— Où as-tu planqué les lingots d'or de la famille, papi ? Il me les faut pour... tes frais d'hôpital !

D'une voix déformée par le masque à oxygène, il me répond :

— Il n'y a plus d'hôpital ! Terminé !

Puis il s'éloigne en vitesse, comme en lévitation au-dessus des carrosseries infinies.

Je crois bien que mes problèmes viennent d'empirer.

*

Effondré à une table du Palais nippon, je demande un troisième Suntory à Yukiko. La belle hésite, d'autant plus que toute sa famille japonaise s'est réunie derrière le comptoir. Ce soir, le restaurant fait salle comble et a besoin de main d'œuvre ! Une dizaine de clients consomment leurs sushis salement moulés et leurs brochettes mal cuites, arrosés de coca américain. Moi, je suis installé tout seul à ma place individuelle contre le mur et je tends une nouvelle fois mon verre vidé en une demi-seconde. Yukiko fait semblant de ne pas me voir. Allez, quoi ! J'ai un cerveau à anesthésier. Je commence à invectiver les péquenauds qui me dévisagent à la table d'à côté, vous voulez ma photo ?

Alors, ma petite serveuse acculée soupire, jette un regard de détresse vers ses collègues-congénères trop occupés, puis s'éloigne du bar pour venir dans ma direction. Je crois qu'elle garde un assez mauvais souvenir de mon dernier passage, elle a même failli ne pas me laisser entrer. Mais je reste un trop bon client, probablement le plus régulier, ce qui me permet de tirer un petit peu sur la corde. Lorsqu'elle arrive à mon niveau, j'ai presque envie de lui sauter dessus, d'autant qu'elle me sermonne comme une maîtresse d'école :

— Tu as de quoi payer, au moins ?

Cette voix ! Je ne l'entends pas souvent, mais alors cet accent ! J'en mourrais... Si j'avais plus d'alcool dans le sang, je trouverais le courage de me mettre à genoux pour lui demander sa main. Le vieux cuistot, là-bas, ça doit être son père. J'irais le trouver pour lui présenter la situation, je serrerais sa pogne pleine d'écailles de poisson et je repartirais avec Yukiko dans mes bras. Rien que d'y penser, j'en ai une érection, mais tandis que je commence à baver, la petite agite sa main devant mon visage et claque des doigts à répétition :

— Hé ho ! Tu m'entends ? Est-ce que tu vas payer aujourd'hui ?

— Hein ? Quoi ?

Ses yeux bridés se froncent d'un air charmant, alors je souris complètement gaga.

— Tu nous dois plusieurs centaines d'euros. Ta note ne fait que s'allonger !

— Bah ouais, c'est fait pour ça, une note !

Derrière le comptoir, j'ai l'impression que toute la smala des Japs commence à me fixer. Je devrais peut-être faire profil bas ? L'un d'eux, jeune, tient dans sa main un couteau de cuisine particulièrement impressionnant. Ça doit être le frère de Yukiko. Du moins je l'espère. Et si c'était son copain, venu filer un coup de main en signe d'allégeance au patriarche ? Il me regarde d'un air malveillant puis baisse les yeux vers son plan de travail où s'étend un énorme poisson mort. D'un coup, il lève le bras et se met à découper violemment la pauvre bête en de multiples tranches. Glups... Une goutte de sueur perle sur mon front et je réponds à la serveuse :

— Très bien, très bien, je vais régler puisque c'est comme ça. Aucun problème, je suis un gars sûr !

Et je quitte ma table pour me diriger vers le comptoir. Yukiko me suit et reste à proximité. Tous les yeux me dévisagent, alors je sors ma carte bancaire. Bon sang, qu'est-ce que je suis en train de faire ? Ma banque va halluciner, les huissiers vont débarquer, on va me foutre en prison ! Le découpeur de poisson passe ses mains sous l'eau et me sourit hypocritement. Lorsqu'il sort de sa petite zone de travail, je le vois caresser subrepticement l'épaule de Yukiko et ça me rend fou.

Je ne réfléchis plus.

J'attrape la bouteille de Suntory laissée sur le comptoir et je cours vers la sortie.

En moins de deux secondes, je me retrouve dans mon appartement et m'autorise une énorme gorgée.

*

Ma bouteille de Suntory à la main, je retourne de fond en comble la chambre pourrie de mon grand-père, celle où il m'a toujours interdit d'entrer. Les découvertes s'enchaînent et me glacent le sang.

Sous le lit : un dentier aux chicots usés, des magazines pornos complètement délavés, un crucifix pourri et des tubes périmés de crème pour vieux. Peut-être une explication à ses mauvaises odeurs ? Je m'attaque à la commode, il me faut retrouver ces foutus lingots d'or s'ils existent ! Une rangée de cadres abominables surplombe ce meuble de l'enfer. Des photos de famille, tout ce qu'il en reste. Des morts en noir et blanc, des anonymes carnassiers qui sourient comme autant de démons. Même s'ils partagent mon sang, ils me seront toujours moins familiers que Bruce Lee, Jet Li ou même Jean-Claude Van Damme !

J'essaye de rester focalisé sur le meuble et ouvre le premier tiroir. Un nuage noir de poussière décolle comme un champignon atomique et m'asphyxie. Je suffoque, crache et flippe, mes yeux me piquent et je n'arrive plus à les rouvrir. Ce n'est pas le moment ! Et si mon grand-père revenait avec ses échasses de mutant et sa combinaison de guerrier ? Mon cœur s'accélère, puis se fige d'un seul coup quand on me tape sur l'épaule.

Instinctivement, je lance mon poing en arrière.

Une paume l'accueille et l'enserre.

— Qu'est-ce qui se passe, gamin ?

Ouf, ce n'est que Robert. Sans même prendre la peine de lui répondre, je m'essuie les yeux, cligne et pleure tout en ouvrant précautionneusement le deuxième tiroir. Une couche de poussière recouvre des habits bien pliés, probablement restés en l'état durant plusieurs décennies. J'en saisis un, le déplie soigneusement.

Ça alors...

On dirait un kimono.

Je plonge mes mains dans la crasse pour extirper d'autres frusques du tiroir. Avec leur tissu fin et leurs motifs brodés, je les identifie clairement comme des vêtements des siècles précédents. Du *made in China*, mais du temps où la Chine se démarquait par sa qualité. Rien à voir avec les quatre dragons économiques, rien à voir avec la surproduction frénétique en série. De vrais vêtements d'arts martiaux. Mais qu'est-ce qu'ils foutent là ?

Robert tapote à nouveau sur mon épaule, mais cette fois avec un objet contondant. C'est quoi, son problème ? Je me retourne et m'aperçois qu'il tient un arc en bambou entre ses doigts. Il est gigantesque et asymétrique.

— L'entraînement doit continuer, gamin.

— De quoi ? Ça sert à quoi, de savoir utiliser un arc aujourd'hui ?

— Ce n'est pas un arc, c'est un *yumi* ! Un vrai samouraï maîtrise parfaitement l'art du *kyūdō*, le tir à l'arc japonais, afin d'augmenter ses aptitudes physiques et mentales.

Il saisit ma bouteille de Suntory, la vide d'une traite et la jette négligemment sur le sol avant d'attraper plusieurs cadres sur la commode de papi. Dans l'un d'eux, je reconnais mon grand-père jeune, un sourire de fils de pute au coin des lèvres. En noir et blanc, on est tout de suite moins impressionnant. Je place mes pas dans ceux de Robert et nous rejoignons le dojo improvisé. Pour ne pas se couper trop brutalement des habitudes de la rue et afin de conserver un minimum d'intimité, Robert a installé une tente Quechua au beau milieu du salon. Ça aussi à mes frais. Une odeur désagréable s'échappe de la toile sitôt qu'on passe devant. Il a vomi dedans ou quoi ?

Le clochard tend un bras pour m'arrêter, pile devant les émanations putrides. Lui s'avance jusqu'à l'autre bout de la pièce pour disposer les cadres sur le gros radiateur. Je me trouve presque indisposé, mais je me contiens pour ne pas vexer mon maître. Une fois que les photos de famille se trouvent bien alignées, il me rejoint et m'explique :

— Voilà ! Un vrai *kyūdōjō* ! Tu vas pouvoir t'entraîner.

Il me tend un carquois rempli de flèches, ainsi que son *yumi* qui semble peser cent kilos. Je le saisis néanmoins, le tends devant moi et encoche un premier projectile :

— Je dois viser quoi ?

— Tu vois le cadre avec la photo de ton grand-père ?

— Bien sûr !

— Tu vois chaque détail de la photo ?

— Heu, non, c'est trop loin...

— Attends.

Mon maître s'avance vers les cadres. Je m'attends à ce qu'il les rapproche de moi pour me faciliter l'exercice, mais non, il va dans l'autre pièce et revient avec un verre de pastis. L'odeur de la tente m'attaque toujours plus les narines, et l'autre qui continue ses explications entre deux lampées...

— Il ne faut pas que tu regardes les cibles avec tes yeux, mais que tu les visualises mentalement. Concentre-toi.

Pfff, j'ai beau plisser les paupières, je ne visualise rien du tout. Moi, je veux bien qu'on teste ma vue, mais l'ophtalmo se révèle complètement torché ! Il s'énerve et me souffle son anis en pleine tronche :

— Arrête tes grimaces ! J'ai dit mentalement !

— Ça veut dire quoi ? Je dois imaginer que je tire une flèche ? Qu'est-ce que ça va changer ?

— Non. Si tu ne vois pas ton ennemi, il faut que tu te concentres pour deviner sa position. Tu as une énergie à l'intérieur de toi que tu ignores, mais qui est supérieure à toi. Concentre-toi !

Comme si c'était facile avec sa tente pleine de crottes et ses postillons au Ricard ! Ma main gauche se resserre sur le bout de bambou et mes doigts pincent fermement l'extrémité de la flèche. Je recule mon bras doigt, tends à fond la corde et ferme les yeux.

Bon, maintenant, je fais quoi ?

L'odeur, les déglutitions... Je peine ne serait-ce qu'à garder l'équilibre !

Allez, faisons comme si j'y croyais. De toute façon, c'est le seul choix qui m'est offert... Je me « concentre » donc et plonge dans les méandres de mon cerveau. Je visualise le cadre en noir et blanc, me remémore ce que je peux de cette photo des jours anciens. Des jours heureux ? Mon grand-père n'a jamais été quelqu'un d'heureux. Ou alors, c'était un super acteur ! Petit, il me terrorisait. Mes parents vivaient encore, et il arrivait toujours à s'incruster lors des interminables repas du dimanche. Alors, à table, il me fixait ! Une mine de reproche tout le long de l'apéritif, puis de l'entrée, puis du plat principal, comme s'il allait me bouffer pour le dessert ! J'essayais de l'ignorer et mes parents meublaient la conversation...

C'était quoi son problème ? On aurait dit qu'il jalousait mon confort matériel, mon enfance insouciante quand lui devait lutter pour sa survie au même âge. Très jeune, il a dû travailler comme chaudronnier, un métier difficile. Quand mes parents ont disparu, mon grand-père s'est occupé de moi. Tous les deux sont décédés en descendant les poubelles, à un jour d'intervalle. On les a retrouvés morts dans la petite cour, devant les immenses bennes. Certains voisins ont entendu des coups de feu... Mais la police n'en a strictement rien déduit ! Crise cardiaque, soi-disant. Statistiquement, combien y avait-il de chances pour que ça se produise ? Moi, encore aujourd'hui, je me pose des questions. Mon grand-père a hérité de ma garde et ma vie est devenue un calvaire.

Il me battait.

Il me combattait.

Il m'entraînait ?

J'ai toujours gardé assez de dignité pour éviter d'appeler les services sociaux, mais il s'en est fallu de peu. Au beau milieu de la nuit, Papi débarquait dans ma chambre pour m'assener des pluies de coups de poing, il prenait ma couette comme sac d'entraînement. Avec moi à l'intérieur ! Je me débattais comme je pouvais, saisissais ma lampe et lui bourrinais la tronche jusqu'à le bouter hors de ma piaule, avant de bloquer la porte avec une chaise. Il sentait toujours très fort l'alcool. Je crois bien que c'était du saké. Peut-être qu'il allait l'acheter au Palais nippon ? Le boui-boui existait déjà, à l'époque. Yukiko devait être une jolie adolescente...

Les seuls moments de paix qui m'étaient impartis, c'était quand il allait bricoler ses conneries de chaudronnerie dans son atelier.

C'est-à-dire à la cave...

Un endroit dans lequel il m'avait toujours formellement interdit de pénétrer.

Mais pourquoi ?

Bon sang, maintenant que je me retrouve maître des lieux, je vais pouvoir percer le secret. Enfin, je vais savoir ce qui se cachait derrière ces rides angoissées, derrière ces lèvres pincées qui m'ordonnaient : « Ne descends jamais à la cave ! Jamais ! » Une panique profonde transparaissait de ses vieilles orbites à la seule idée que j'aurais pu lui désobéir. Pour bien creuser l'ancrage dans mon cerveau, il répétait en levant en l'air un tonfa : « Jamais ! »

Et le « jamais » résonne en écho dans ma tête, encore aujourd'hui.

Et c'est l'ensemble de son visage qui se matérialise devant moi.

Comme un hologramme. Comme si la photo en noir et blanc s'était subitement rapprochée.

Alors, mes doigts s'écartent et la flèche part comme un missile téléguidé. En une fraction de seconde, je la vois transpercer l'air avant de frapper le petit rectangle en plein centre, puis s'enfoncer dans le mur. Robert sursaute, puis accourt vers la photo de famille en titubant. Il la saisit et me la tend comme s'il retirait une brochette d'un barbecue brûlant :

— Eh bien, on a trouvé un art martial pour lequel tu n'es pas trop mauvais, gamin !

La partie droite de mon cerveau accueille ce faible compliment avec euphorie, mais l'hémisphère gauche prend le contrôle et se met à activer mes jambes. Tandis que je quitte la pièce à toute vitesse, j'entends mon maître hurler :

— Hé, gamin ! Où tu vas ?

Je cours déjà dans le couloir et plonge dans les escaliers pour descendre à la cave. Mon *yumi* frotte le mur en colimaçon et le carquois rebondit douloureusement sur mon dos, j'aurais dû les déposer avant de me précipiter. Arrivé au sous-sol, j'appuie sur l'interrupteur. Une rangée de lumières s'allume, mais avec une intensité faible et irrégulière. Les ampoules crépitent, on se croirait dans un film d'horreur. Peu rassuré, je marche lentement le long du couloir noir. Des portes en bois s'alignent. Je m'attends à ce que l'une d'elles s'ouvre soudainement, je ne sais pas pourquoi. Ça me rappelle la maison hantée à Disney.

Au bout de quelques minutes, j'aperçois mon nom de famille écrit maladroitement au marqueur sur l'une des portes. Évidemment, elle est verrouillée. La voici donc, la fameuse planque de mon grand-père ! Comme tout à l'heure dans le *kyūdōjō*, je visualise sa tête et ses menaces. Et j'entends des pas. Des vrais pas dans la réalité !

Il m'a retrouvé !

Je me retourne et brandis mon *yumi*, tire une flèche de mon carquois et la décoche dans l'allée toute noire sans réfléchir.

Un bruit de courant d'air, puis de bois craqué perce les ténèbres, suivi d'un silence très tôt interrompu :

— Putain, gamin, à quoi tu joues ?

Robert sort de la pénombre, un couteau de cuisine à la main, ma flèche rompue en deux sur sa lame :

— Qu'est-ce que tu fabriques avec ça, Robert ?

— Je suis prêt à me défendre, bordel ! Et je fais bien, on dirait... Tu m'as foutu la trouille ! Qu'y a-t-il de si intéressant dans cette cave ?

— Ça, on va bientôt le savoir...

Je plonge la main en arrière pour saisir une nouvelle flèche. Directement, je l'insère dans la serrure de la porte en bois. Robert bougonne, mais un cric crac l'arrête net. La porte s'ouvre. Mes doigts tremblent et tâtonnent le mur à l'intérieur. Je trouve l'interrupteur et une lumière poussiéreuse s'abat sur nous.

Elle nous aveugle.

Nous plissons les yeux.

Puis nous les rouvrons, abasourdis.

De nombreuses armes et équipements sont accrochés sur les murs, et pas n'importe lesquels ! Ce sont des armures de samouraï, des katanas et autres armes martiales du Japon féodal ! Qu'est-ce que ça veut dire ? Deux énormes coffres sont alignés contre le mur humide, mes mains se posent sur le bois pourri et tremblent. Qu'est-ce que mon grand-père a bien pu se cacher pendant tout ce temps ? Robert me regarde avec des yeux incrédules, qui s'éclairent dès qu'il les pose sur le sol. Je l'imite et je vois une caisse remplie de bouteilles. Sur les étiquettes, des idéogrammes japonais. C'est du saké ! Tandis que mon maître bave devant les grands crus, mes doigts se contractent et je soulève le couvercle du premier coffre.

Wah !

Un monstre surgit !

Je ne rigole absolument pas, je vois sa tête, ses narines et ses yeux, et même sa langue ! Son cou se soulève momentanément comme sous le coup d'un réveil inopportun, alors Robert pousse des petits cris d'écureuil hystérique. C'est un dragon ! Immense et effrayant, comme dans les contes asiatiques ! Seulement, le monstre pique du museau pour se recoucher dans le coffre dans un ralenti pesant. Tout son corps se gondole et s'aplatit comme un soufflet. Attendez... Mais oui ! Je plonge mes doigts dans le coffre, et ça se confirme. C'est du papier ! J'extirpe la créature cartonnée de son antre. Sous le premier dragon, j'en vois un deuxième. Des taches sombres les parsèment, comme des traces de brûlures. Qu'est-ce que mon grand-père pouvait bien fabriquer avec ces trucs ?

— Des feux d'artifice !

Hein ? Mon maître s'excite :

— Ce sont des feux d'artifice chinois !

J'examine de plus près les dragons tachetés. Il a raison ! On voit ce genre de bestioles voleter dans les airs et déployer des feux d'artifice gigantesques pendant le nouvel an chinois. Cela dit... Je renifle l'air de la cave et j'ai des haut-le-cœur. Non pas que ça sente le brûlé, il y a comme une odeur de détritus...

— Hé, ça pue, non ?

Encore une remarque percutante de Robert. Je me rappelle sa tente et me mets à le jauger. Lorsqu'il voit mon regard, il s'indigne :

— Quoi ? Pourquoi tu me fixes comme ça, gamin ? J'ai pris une douche cet après-midi. Et quoi qu'il en soit, tu me dois le respect !

Il a raison. Je penche mes narines et je sens bien que la forte odeur provient des écailles cartonnées. Je m'approche et j'aperçois des restes de nourriture en décomposition. D'un coup, un essaim de mouches décolle du coffre béant, il se répand dans toute la pièce ! En même temps, un rire tonitruant éclate dans la cave et me glace le sang :

— HAHAHAHAHAHAHA !

Les mouches font tomber l'ampoule au-dessus de nous et, désormais, seule la lumière hésitante du couloir éclaire notre pénombre. Dans l'encadrement de la porte, à contre-jour, une ombre démoniaque nous barre le passage, un monstre qui semble cette fois bien réel ! Une espèce d'araignée géante qui se tortille, à la fois mythologique et robotique.

Un monstrueux faucheux.

Oh, attendez.

Le rire continue de résonner, même déformé je le reconnais !

Deux perches à perfusion s'incrustent dans la salle des coffres comme les pattes d'une mygale d'acier. Robert et moi en sommes les proies, les pauvres petits moucherons pris au piège tandis que les vraies mouches sont les seules à pouvoir s'échapper du guêpier ! Mon grand-père, dans son armure de bric et de broc, se redresse de toute sa hauteur après avoir passé l'encadrement obscur. Maître Robert pousse à nouveau ses cris d'écureuil tandis que j'essaye de réchauffer les liens familiaux :

— Hey, papi ! Tu as l'air d'aller beaucoup mieux !

En vrai, il suffoque comme un phoque dans son masque à oxygène. Il lui reste cependant assez de force pour soulever sa masse d'arme-pommeau de douche. Robert de son côté brandit son couteau, mais je vois que sa main tremble. La peur, ou un soudain manque d'alcool ? Merde, ce n'est vraiment pas le moment ! Sa voix chevrote :

— C'est Heikegani, le démon-crabe guerrier !

— Ne raconte pas n'importe quoi, Robert ! Ce n'est que mon grand-père qui a mis à sac sa chambre d'hôpital !

Je regrette aussitôt mes paroles, car papi a l'air de le prendre mal. Il abat son arme sur moi et j'ai tout juste le temps de me protéger avec une flèche. Bien sûr, elle se casse en deux et le pommeau de douche m'atteint à la hanche, ce qui me fait tomber par terre. Je me retrouve à la merci de la mygale ! Papi veut m'assener le coup de grâce, mais une lame s'immisce entre moi et ma propre mort. Mon maître assure ! De son autre main, il a trouvé le temps de saisir une bouteille de saké dont il ingurgite une énorme goulée, avant de déclarer avec une intonation solennelle jusqu'au ridicule :

— Tu vas voir, Heikegani ! Si tu es bien le crabe guerrier, moi je suis Nurarihyon, le démon à tête de gourde. Je vais ouvrir la procession des cent *yōkais*, tu vas morfler !

Robert est en plein délire *made in* saké ! Ça ne plaît pas du tout à mon grand-père. Tel un animal prêt au combat, il s'étire de tous ses pics portemanteaux pour paraître plus impressionnant. Un hurlement démoniaque traverse son masque à oxygène, puis il s'abat sur mon maître comme un chien enragé ! Seulement, la jauge de Robert est bien remontée, son cou se tourne, son regard vide cache ses pupilles tandis qu'il s'adonne au plus parfait *zui quan*, le kung-fu de l'homme ivre ! Il évite les coups dans une danse incontrôlable, ses jambes zigzaguent et son torse ondule. Le pommeau de douche frappe dans le vide, n'atteint que les coffres transformés en poubelles à compost. Au moment où on s'y attend le moins, mon maître lance son couteau de cuisine et déchire les couvertures de l'hôpital qui couvraient le torse de mon grand-père, son armure de pacotille...

Des lambeaux tombent sur le sol et découvrent des côtes de vieil homme. Sa faiblesse ainsi mise à nu, papi devient fou ! Il brandit ses poches à plasma et plusieurs moulinets frénétiques décochent des savonnettes dans la tronche de Robert. Tout maître de *zui quan* qu'il soit, il ne peut les éviter et s'effondre sur le sol. Mon grand-père s'élance alors et, comme une tarentule affamée, recouvre sa proie affaiblie pour enserrer sadiquement son cou avec le tuyau de douche de sa chambre d'hôpital. Des suffocations sortent de son masque dans un effort extrême pour parachever l'étranglement, mais merde ! Désarticulé sur le sol, je me sens impuissant. Je vois Robert cracher du sang sur le serpent qui lui enroule la gorge, ça me fait penser à notre première rencontre et à ses crises de vomissements. Une larme coule sur ma joue, je serre le poing et essaye de ramper jusqu'au *yumi*. De biais, couché, j'agrippe l'arc puis le bande en direction de papi. Le plus fort que je peux. Lorsque ma larme tombe pour se mêler à la poussière, je décoche la flèche.

Les côtes si frêles de mon grand-père sont transpercées.

Une fontaine de sang sort de sa bouche et s'écoule sur mon maître.

Puis, son corps bascule sur le côté.

Papi se tortille comme un asticot, il dégobille de la bile noire et me fixe avec ses yeux injectés de sang. Une nouvelle montée d'adrénaline m'envahit lorsqu'il dirige vers moi son doigt rouge et ridé :

— Je vais te raconter... une belle histoire...

Alors, une autre larme s'échappe de mon œil, c'est plus fort que moi...

— De quelle histoire tu parles, papi ?

Mon grand-père lutte pour rester conscient. Je sais bien qu'il vient d'essayer de nous tuer, mais j'ai quand même un pincement au cœur. Je me souviens de tous ces moments où il m'a accompagné, même s'il me faisait peur, de ses cadeaux à Noël, même s'ils étaient tout pourris, de...

— Ouais, ordure ! Qu'est-ce que tu radotes ? Je vais te faire parler, moi !

Argh, maître Robert le secoue dans tous les sens ! Je tends le bras pour m'interposer, mais il le soulève au niveau de son haleine alcoolisée :

— C'est quoi, ces conneries de feux d'artifice, hein ? T'as voulu intégrer le cirque Pinder ? Maintenant t'es bon pour le Freak Show et c'est moi qui vais te faire parader !

— Laisse-le, Robert ! Il faut l'emmener à l'hôpital !

Papi tend le bras et arrive à poser sa main sur la mienne. Il murmure entre ses dents rougies :

— Il n'y a plus… d'hôpital pour moi… Je te l'ai dit…

— Mais si ! L'assurance va couvrir les frais, ne t'en fais pas !

Il tousse du sang, puis sourit.

— Laisse tomber, fils… Aujourd'hui, je suis heureux… Tout s'est déroulé… comme prévu.

Robert et moi nous regardons, circonspects.

— Que veux-tu dire, grand-père ?

De sa main rouge, il m'indique l'arsenal d'armes féodales qui décore la pièce entre les toiles d'araignées.

— Tu vois ces armes, petit ?

— Ah bah ouais, on les voit bien !

— Je les ai ramenées de mon voyage à Kyoto.

Mince, ça y est, son cerveau déraille !

— Qu'est-ce que tu racontes, papi ? Tu n'es jamais allé au Japon !

Une paume me traverse la tronche à la vitesse de la lumière. Mon grand-père vient de me foutre une mandale malgré son état de quasi-macchabée ! Il se redresse hors de lui et me postillonne du sang sur le visage :

— Ne m'interromps pas pendant que je parle, petit con ! Surtout pas maintenant !

Dix mille plis crispent encore plus ses traits ridés, on dirait qu'il va me sauter à la gorge et Robert s'avance d'un pas pour me protéger. J'écarte les doigts dans sa direction pour lui signifier que tout va bien aller. Après tout, j'ai toujours su gérer l'irritabilité de mon grand-père, c'est le comportement que je lui ai toujours connu ! Je le regarde sans rien dire, plonge mes yeux dans les siens et baisse la tête en signe de respect. Alors, il se laisse retomber dans son sang, puis poursuit :

— J'ai voyagé au Japon... J'avais alors vingt ans...

— Ah, je comprends mieux !

À nouveau, il ouvre de grands yeux et serre le poing, alors je sursaute et mets ma main devant ma bouche. Pardon, papi, tu peux poursuivre ! Mon grand-père soupire et continue :

— Fasciné par l'œuvre de Mishima, je voulais constater de mes yeux la beauté du Pavillon d'or... Je prenais des photos, ébloui par sa façade... Et c'est alors qu'une vision m'est venue... Un samouraï d'or est apparu... Et il a commencé à me parler !

Papi guette notre réaction, mais on ne veut plus l'interrompre. Robert ouvre la bouche incrédule, il exécute des moulinets avec son doigt pour lui demander d'avancer dans son récit. Mon grand-père crache un caillot, son teint devient blême mais il semble déterminé à finir. Je devrais peut-être appeler les urgences plutôt que d'écouter ses conneries ?

— Le Samouraï d'or... m'a dit...

D'un coup, son souffle semble coupé. Du bout des lèvres, il reprend :

— Il m'a dit...

Nous penchons la tête, suspendus à sa voix presque éteinte :

— Il... m'a dit... que j'étais une merde.

Gros silence gêné. Je jette un œil du côté de Robert, et je vois ses lèvres trembler, prêtes à exploser. Alors je dois contenir les soubresauts d'hilarité au fond de ma gorge. Mais ça ne dure pas, car papi vomit une giclée d'hémoglobine en plein sur nos chaussures. Le bas du visage tout ensanglanté comme un putain de vampire, il continue son récit bizarre :

— ... Que j'étais une merde... Mais que la merde... Ça partait après deux passages au lavoir... Et donc... Que mon petit-fils...

Il s'arrête et porte ses deux mains sur son foie dans un râle d'agonie, juste à côté de la flèche dressée sur son torse. Merde, mais il allait parler de moi ? Ne meurs pas maintenant, putain ! Un Samouraï d'or du Japon m'aurait mentionné avant même que je sois né ? C'est quoi, ces conneries ? Je secoue mon grand-père, je ne me suis jamais senti aussi proche de lui. Du moins, il ne m'avait jamais autant intéressé ! Il rouvre les yeux, m'attrape par le col et me fait tomber, mais pas pour m'attaquer ! Sa bave épaisse comme de la pâte à crêpe au ketchup s'écoule sur mes joues, il s'apprête à me livrer son ultime confession :

— ... Que... mon petit-fils... serait le plus grand combattant du monde...

Waaaah...

Me voilà flatté, impressionné, j'ai envie d'y croire !

Robert, quant à lui, lève les yeux au ciel et s'assoit en tailleur. Il attrape une bouteille de saké poussiéreuse et la boit au goulot. Il pourrait montrer un peu plus de respect pour ce récit mythique ! Un peu trop mythique, peut-être... ?

— ... J'ai voulu en informer ton père... et aussi ta mère... au moment opportun... Ils n'ont jamais rien voulu entendre... Mais ce samouraï, je l'ai vu ! De mes yeux... Regarde...

Difficilement, il écarte la serviette d'hôpital qui lui servira d'habit mortuaire. Une gigantesque cicatrice de guerre apparaît sur son épaule. Même Robert recrache son saké, impressionné.

— ... Ça... C'est le samouraï qui me l'a fait... Pour marquer son souvenir et les temps à venir... Il a brandi son katana et m'a tranché l'épaule...

Eh ben... Moi qui prenais mon grand-père pour un vieux ringard, j'avoue que ça fait son petit effet !

— ... J'ai transmis le message à tes parents... Ils ne m'ont pas cru, évidemment... Et moi... ce que je ne voulais pas croire... c'était que l'ange doré m'avait relégué dans la fange !

Robert crache son saké une nouvelle fois, ça se voit qu'il ne l'a pas payé !

— ... Alors, j'ai acheté tout ce matériel pour m'entraîner... Tout ce temps à la cave... Et tes parents... Eeeeuuuurghl... (Vomi rouge.) Tes parents... Ils ne voulaient toujours rien entendre... C'est moi qui t'ai fait voir des films d'arts martiaux... Qui t'ai fait inscrire au judo... Je t'ai conditionné, je l'avoue... (Il s'essuie, la main tremblante.) Pour que tu suives ta destinée... Toutes ces affiches de films de kung-fu... Offerts... À ton anniversaire... Ce n'était pas anodin...

Maintenant qu'il le dit, une rétrospective de ma vie prend place dans ma tête. Me serais-je fait manipuler toute ma jeunesse par mon grand-père, cet homme que je trouvais méprisable ? C'est vrai que j'ai toujours accroché sur mes murs les affiches qu'il m'offrait. Même pas par politesse, je les trouvais stylées ! Ça m'a amené à regarder tous ces films... Merde, il m'a complètement orienté ! Moi qui me croyais original, ce trouduc m'aurait en fait dicté mes goûts ?

— ... Tes parents n'ont jamais rien compris... Ils n'ont jamais cru à l'épisode Kyoto... Au sens même de ma vie... Je me suis imposé, c'est vrai... Mais eux ne m'ont jamais pris au sérieux... Alors, j'ai dû passer à l'acte... Il faut me pardonner...

Une larme rouge s'extirpe de son orbite.

Ah bah merde !

Qu'est-ce qu'il veut dire ?

— ... Tes deux parents avaient le cœur fragile... Je suppose que tu le sais... La destinée tracée par le Samouraï d'or prévalait sur leur vie... Tel un mystique rencontrant Dieu, je n'avais d'autre choix que de réaliser ses ordonnances... Alors, j'ai installé ces feux d'artifice dans les poubelles... Tes parents descendaient les poubelles tous les soirs... Eeeeuuuurrrghl...

Les yeux de mon grand-père se révulsent, mais cette fois, c'est moi qui le tiens par le col :

— Papi ! Est-ce que j'ai bien compris ? Papi ! Tu les as tués ? Tu as caché les dragons dans les poubelles et tu as fait péter les feux d'artifice ? Et tu n'as même pas pris le temps de les nettoyer ? Merde, papi, réponds-moi !

Une pluie de caillots part de sa gorge et atterrit sur mon visage, j'en avale même un peu, mais je m'en fiche. Mon cerveau tout entier surchauffe pour connaître la vérité. Mon grand-père entrouvre les yeux pour esquisser un sourire :

— ... Tout cela... n'a plus... d'importance... Maintenant... tu es prêt... Tu m'as battu... malgré mes années... d'entraînement... Tu seras le plus grand guerrier... C'est le Samouraï d'or qui me l'a dit... Mais je dois m'en assurer...

Sa langue reste à l'extérieur de sa bouche et sa tête part en arrière. Un énorme pet fait résonner toute la cave comme si l'immeuble s'écroulait. Mon maître et moi, nous nous bouchons les oreilles, mais nos narines sont assaillies par l'odeur de dix mille charniers. Mon grand-père se décompose sous nos yeux, un rire monstrueux part du plus profond de sa gorge et accompagne la flatulence des enfers. Deux de nos cinq sens s'apprêtent à exploser, nous ne pouvons plus combattre et prenons la fuite loin de l'horreur, claquant la porte derrière nous. La peur de la mort et de ses effluves infernaux nous a fait remonter les marches à toute vitesse, nous nous retrouvons dans le hall avec la fulgurance d'une téléportation. Peut-être que nous devrions y retourner ?

— Papi va se putréfier si on le laisse en bas, il va falloir y retourner...

— Sans moi... Je vais vomir...

— En même temps c'est normal, vous vous êtes envoyé une bouteille de saké entière. Probablement périmée, en plus...

— Rien à voir ! C'était du saké d'importation et de premier choix, ça ne se périme pas. D'ailleurs...

Il baisse la tête, hésite à continuer. Bah quoi ?

— D'ailleurs, je pense que ton grand-père a très probablement abusé du saké à Kyoto.

— Que voulez-vous dire ?

— Ce que je veux dire, c'est qu'il a fait un delirium tremens devant le Pavillon d'or, rien de plus. Ça arrive quand on voyage loin de chez soi, on peut perdre complètement les pédales...

Quel affront ! Cet enfoiré a décidé de balayer d'un revers de main mon histoire personnelle ! Je suis sûr que tout est vrai, nous n'avons pas halluciné. La magie, ma montée en puissance et le meurtre de mes parents comme dans une pièce antique. Ça, c'est plus discutable, mais je l'ai déjà accepté. Tout me convient, les éléments se goupillent et je trouve enfin un sens à ma vie. J'y crois absolument, à son récit, parce que mon aventure ne fait que commencer. Dans mon dos, je continue de sentir le *yumi* de ma victoire personnelle, l'arc venu à bout de mes démons familiaux. Pour honorer ce récent décès, pour donner raison à mon grand-père face à mon maître, il faut que j'accomplisse mon propre meurtre rituel.

Alors, je laisse l'immeuble et Robert derrière moi pour m'enfoncer dans la nuit.

*

Tandis que je cours dans les rues désertes, les lampadaires épars m'éclairent comme un stroboscope et je tends mes deux bras derrière moi pour aller plus vite. Je repense à mon grand-père empalé dans la cave comme un gros crabe. Il était impressionnant, dans son armure d'hôpital ! Encore plus que la terreur qu'il m'avait toujours inspirée durant mes jeunes années.

Mais je l'ai vaincu.

Et je continuerai de vaincre.

En attendant, je sais comment je vais pouvoir m'entraîner, me dépasser et enterrer définitivement ma condition de novice. Avec tout l'argent qu'il a extorqué à ses adeptes, et pour ainsi dire volé à mon nouveau maître Robert, le vil Hervé Ply s'est acheté une villa somptueuse. Exhibée comme un trophée de nouveau riche dans tous les magazines d'arts martiaux, les milieux autorisés connaissent parfaitement son adresse, et moi aussi. Elle a même servi de décor pour certains films à succès, et pour des soirées somptueuses entre stars, tout cela maintes fois retranscrit sur papier glacé. Mais les meilleures scènes d'action arrivent, les gars. Et la star, ce sera moi.

Évidemment, la villa Ply n'est pas située dans ma banlieue, alors je dois sillonner les routes à la vitesse du vent, mais surtout garder mon endurance sans penser aux kilomètres à parcourir. Aussi, je ne sais pas si c'est mon cerveau qui disjoncte après tant d'événements accumulés ou si c'est l'esprit du Samouraï d'or qui propulse mes pas, mais j'ai clairement l'impression que le paysage défile à une vitesse incroyable. Je ne fais que courir sur le bitume avec mes Converse All Star, mais c'est comme si j'avais embarqué dans un TGV. Bientôt, je rejoins la capitale, ses mille lumières et sa pollution.

Mon voyage n'est pas fini pour autant. Hervé Ply habite de l'autre côté de la Seine, c'est-à-dire à l'opposé de mon emplacement. Alors, je me fie à l'humidité pour trouver le fleuve, toujours inspiré par l'esprit qui s'est emparé de mon corps. Qu'il s'agisse du Samouraï d'or, du démon-crabe ou de la tête de gourde dont parlait Robert, ma quête s'achève bien vite et je vois la pleine lune se refléter dans les flots noirs. Je longe les quais et accélère toujours plus. Il me semble apercevoir des noctambules, mais ils ne sont que des silhouettes très vite disparues sous les traits étoilés. Je me rapproche le plus possible de l'eau et aperçois du coin de l'œil les vagues tracées par mon passage. Le vent que je draine déstabilise même quelques chauves-souris qui finissent leur course dans un disgracieux plongeon.

Je freine de toutes mes semelles lorsque, d'instinct, je sens que je touche au but devant une immense muraille. D'un saut exagérément puissant, je me propulse à mi-hauteur, enfonce mon pied entre les pierres pour prendre appui et bondis toujours plus haut. Des pics parsèment le sommet en guise de protection contre les intrus, mais c'est juste ridicule, je peux m'en servir pour me hisser et contempler avec hauteur l'étendue de la propriété. Il s'agit bien de la villa d'Hervé Ply, et plusieurs lumières sont encore allumées ! En revanche, le no man's land d'obscurité entre la demeure et la muraille me fait un peu flipper. Même avec mes yeux de combattant surentraîné par la divinité dorée, je n'arrive pas à percevoir ce qui peut bien se tramer sur la pelouse.

J'ai un mauvais feeling.

Mais je vais suivre l'enseignement de Robert, me servir de la visualisation mentale.

Je brandis mon *yumi* et vise les ténèbres, les yeux clos.

Des tas de formes se dessinent dans mon esprit, j'imagine les brins d'herbe secoués par la légère brise nocturne, plusieurs arbres d'une grande beauté fièrement plantés malgré leurs branches tremblantes, des orangers centenaires et même un saule pleureur droit devant. Notez bien que je n'ai aucune idée de ce qui se trouve réellement dans ce trou béant, mon cerveau se retrouve simplement investi par une immense force de suggestion. Il perçoit même d'autres formes plus petites et mouvantes, des boules d'énergie de taille semi-humaine qui se dirigent tout droit vers moi ! Enfin, tout droit vers mon perchoir de briques, comme un troupeau de créatures démoniaques prêtes à assaillir la muraille d'un terrifiant conte chinois. D'instinct, je dirige mon *yumi* vers elles, puis décoche successivement cinq flèches bien réelles, auxquelles font écho cinq glapissements bien sonores.

Kaï !

Kaï !

Kaï !

Kaï !

Kaï !

Mes doigts s'écartent de la corde et mon cerveau continue de percer l'obscurité. La pelouse s'est empourprée, elle soutient à présent cinq cadavres embrochés de molosses brunâtres. Les chiens de garde d'Hervé Ply, le salaud ! Je n'ose même pas imaginer ce qui se serait passé si je n'avais pas anticipé le danger grâce à mes dons de samouraï. Ils m'auraient transformé en pâtée ! Une meute entière contre moi, dans le noir, mon sang aurait servi d'engrais au gazon...

Je range mon *yumi* par-dessus mon carquois, bondis dans le vide et exécute une roulade devant le charnier frais. Lorsque je me relève, je me rapproche très vite de la villa à pas chassés comme en cours de gym, mais beaucoup plus rapidement. Démarche instinctive à défaut d'élégance, la plus discrète du répertoire humain. Du moins, ce sont les informations que me communique mon cerveau. Toujours en transe, il continue la visualisation à travers le noir opaque et j'évite aisément les différents arbres, jusqu'à plaquer mon dos directement contre le mur tant recherché. Je m'accroupis et longe les briques jusqu'à me retrouver sous la fenêtre éclairée, des insectes volent dans le faisceau de lumière, mes doigts se crispent d'excitation.

Nouveau saut, nouveau rebond, nouvel appui contre les briques et nouvelle roulade à travers le verre pulvérisé. Si tôt après m'être engouffré dans le dernier cercle de ma cave pour affronter le démon-crabe guerrier, quelques heures seulement après la déchirure du cocon familial et ma renaissance toute-puissante, je me sens fin prêt à affronter mon ultime ennemi : Hervé Ply !

Et je le vois à ce moment précis.

De dos, assis à une table.

Figé mais bien là, dans la pénombre...

Car la lumière renvoyée à l'extérieur n'était puissante que par contraste, il fait sombre dans ce salon ! Une lueur pâle et nette se meut néanmoins sur le mur opposé. À côté de moi et de la vitre brisée, un rétroprojecteur remplit l'espace sonore dans un bruit de pédalo bruyant. Je reconnais le film *A Touch of Zen* de King Hu sur l'écran, et je ne peux m'empêcher de rester fasciné quelques instants par cette parfaite lumière lorsque le buste d'Hervé Ply se retourne vers moi. Sur le coup, il ne m'impressionne vraiment pas, j'ai juste envie d'exploser de rire ! Cet abruti a la bouche pleine, j'aperçois son plateau-repas. Voyez-vous ça, je l'interromps en plein petit creux nocturne ! Il est beau, le maître d'arts martiaux ! Bonjour la discipline, on reconnaît bien là l'abnégation et l'ascétisme du grand sportif ! Je ne prends même pas la peine de saisir mon arc, cette épave se révèle définitivement sans défense. D'un air confiant, voire condescendant, je lui lance :

— M. Ply, comme on se retrouve !

Le maître avale sa bouchée de nouilles sautées, puis fronce un sourcil :

— Qui êtes-vous ? Qu'est-ce que vous faites chez moi ?

J'avance tranquillement dans la pièce, le pas déterminé :

— Vous avez la mémoire courte, M. Ply. Vous avez refusé ma proposition, et maintenant, vous vous retrouvez dans une bien mauvaise posture ! Remarquez que je dois vous remercier : grâce à votre mépris, j'ai reçu une formation inespérée, littéralement tombée du Ciel !

— Attendez, nous nous sommes déjà vus ?

Mon cerveau se crispe sous la vexation, mes yeux se révulsent et ma vue se brouille. Sans même réfléchir, je dégaine mon *yumi* et mets en joue mon ennemi, la gigantesque flèche pointée droit entre ses deux yeux. Mais sa réaction me surprend, il me sourit de toutes ses dents, s'allumant même une cigarette. Alors, il me répond le plus calmement du monde :

— Mmh, mais oui, je me souviens de vous ! C'était lors du salon, n'est-ce pas ? Vous savez, je suis un homme très occupé...

Je ne baisse pas ma garde, ce large sourire ne me dit rien qui vaille. Je tends même un petit peu plus la corde, prêt à empaler le front de l'empaffé ! De l'eau a coulé sous les ponts depuis ma requête à l'AccorHotels Arena, mais je n'ai rien oublié. Je vais énoncer à ce mufle ses quatre vérités :

— Vous savez, M. Ply, vous avez carrément manqué à votre devoir, la dernière fois. À vous prendre pour un modèle, vous avez seulement négligé les jeunes qui viennent vous voir pour demander conseil. Je suis au-dessus de tout ça, maintenant, mais imaginez les vocations que vous avez pu anéantir avec votre comportement !

— J'aime les nouilles sautées, vous savez ?

— Hein ? Heu... Quoi ? Les nouilles saut... ?

Je n'ai même pas le temps de finir ma phrase qu'il me crache sa cigarette à la tronche dans un nuage de fumée. Le cylindre rebondit sur mon front et des micro-cendres couleur flammes m'atterrissent dans les yeux, eh merde ! Je bats des paupières, puis recherche l'enfoiré.

Putain.

La pièce.

Est vide !

Tel un shogun de très haut niveau, mon adversaire vient de disparaître après m'avoir momentanément distrait. Je me risque à avancer un pas, très prudemment. Mais c'est déjà trop, je me prends un anneau entre les deux yeux. C'était quoi, ce projectile en métal ? Tout se brouille et je bascule sur le côté. Mon *yumi* m'échappe des mains, un pied l'envoie valdinguer à l'autre bout de la pièce. Au-dessus de moi tourbillonne l'anneau coupable, il se trouve au bout d'une chaîne qui tournoie. Hervé Ply m'exhibe fièrement sa nouvelle arme, il me la joue bien moyenâgeuse, l'enculé ! J'aurais préféré un missile qui m'achève tout de suite, mais non, mon ennemi continue les moulinets avec sa chaîne et me demande, la gueule enfarinée :

— Tu connais le *kyoketsu shoge*, petit ?

J'éponge le sang qui coule sur l'arête de mon nez, regarde mes doigts rouges puis réponds :

— Maintenant, ouais, je crois que je connais assez bien !

Hervé Ply continue ses mouvements mais change de main, comme s'il fatiguait. Il faut dire que ça a l'air lourd ! Je remarque qu'à l'autre bout de la chaîne, ses doigts enserrent une espèce de long couteau prolongé d'une lame de faucille. Erf, on dirait que mes problèmes ne font que commencer...

— Haha, j'aime ton esprit, petit. Faire preuve de répartie dans les situations limites, voilà qui n'est pas donné à tout le monde ! En fin de compte, je t'ai peut-être mal jugé. Tu vaux peut-être mieux que ton apparence ne laissait présager !

Pendant qu'il m'explique ça, je m'aperçois qu'un morceau de nouille sautée est resté collé à son menton. Ce résidu de goinfre sur son air de fanfaron, c'est d'un effet ! Malgré la faucille qui luit et l'anneau qui tournoie dangereusement dans les airs, je ne peux m'empêcher de pouffer. Alors, son visage se décompose et les moulinets accélèrent.

— Qu'y a-t-il de si drôle, petit ? Tu te fous de ma gueule ?

— Non, prrrffftttt. Non, non, prrrrrrffffffffftttttttt !

À nouveau, il change de main et déblatère pour se donner une contenance :

— Le *kyoketsu shoge*, aussi appelé épieu à crochet, est l'une des armes les plus redoutables des ninjas.

Les rotations s'accentuent, il continue...

— Très utile pour s'ancrer au sol ou escalader les murs, il a avant tout vocation à maîtriser, puis achever l'ennemi du ninja !

La chaîne s'est transformée en ventilateur et, d'un coup, Hervé l'abat sur moi. J'ai tout juste le temps de rouler sur le côté ! Alors le serpent d'acier se résorbe et un fracas tonitruant éclate dans la pièce. Des copeaux de bois explosent dans les airs et saupoudrent le sol. Plusieurs m'arrivent dessus au ralenti, je les attrape au vol. De jolis morceaux colorés. Je les admire quelques instants, mais mon ennemi s'excite :

— Haaaaa noooon ! Mon Foujita ! Espèce de sale insecte !

Oups. Par terre, en mille morceaux, j'aperçois l'encadrement de ce qui devait être une toile de maître. Elle a littéralement explosé sous l'assaut de l'anneau.

— Bah quoi ? J'aurais dû me laisser fracasser pour épargner vos petits investissements de nouveau riche, M. Ply ?

Il tire sur la chaîne pour faire revenir l'anneau de son côté, avant de recommencer ses moulinets. Sur l'écran, la scène de combat dans la forêt de bambous plonge la pièce dans une lumière verdâtre. Toujours à terre et momentanément fasciné par ce film que mon grand-père m'avait fait visionner dès mon plus jeune âge, Hervé Ply me prend en traître et tente à nouveau de m'assommer comme une vulgaire taupe. Je visualise, esquive puis projette mes paumes en arrière pour prendre appui sur le sol. J'évite de peu l'anneau dans un magnifique salto et, tandis que je me réceptionne accroupi et tente de conserver mon équilibre, je vois le morceau de métal rebondir sur le sol et se diriger tout droit vers...

Le projecteur.

Merde !

Gros bruit de fracas, puis nuit noire.

Arrêter *A Touch of Zen* à ce moment, c'est complètement sacrilège, mais il y a plus grave : je me retrouve aveugle, tandis que mon ennemi connaît le terrain jusque dans ses moindres recoins ! Ce désavantage peut se révéler fatal, il va me trucider ! Instinctivement, je me colle au mur et le palpe un peu partout, j'essaye de trouver l'interrupteur. Pendant ce temps, j'entends l'anneau de métal racler à nouveau le sol au bout de sa chaîne, puis son bruit caractéristique de rotations dans les airs comme une centrifugeuse. Pour ajouter à mon angoisse, la voix d'Hervé Ply résonne d'un cran supplémentaire :

— Ça aussi, tu vas me le payer, petite merde !

— Mais j'ai rien fait ! C'est vous qui démolissez tout !

J'entends ses pas se rapprocher. Argh ! Est-ce qu'il entend mes mouvements ? Je me rapproche de la porte et continue de tâter le mur. Où se trouve donc ce foutu interrupteur ? Je sens le *kyoketsu shoge* bourdonner tout près de mes oreilles, mon cœur bat à cent à l'heure et je ne vois décidément plus trop comment je vais bien pouvoir m'en tirer. Si j'avais un jour imaginé crever lamentablement dans la villa d'Hervé Ply ! Oh...

Pile au moment où j'étais prêt à baisser les bras, mes doigts frôlent ce qui s'apparente à un petit boîtier de plastique. Eurêka ! Je plisse les yeux pour éviter l'éblouissement, puis je presse fermement le bouton. Mais tout ne se passe pas comme prévu. Un seul néon s'allume, très faible et de couleur bleue. De l'autre côté de la pièce ! Il éclaire une collection de sabres japonais méticuleusement accrochés au mur sur des tiges de fer, une disposition très kitsch démontrant un manque de goût certain ! D'ailleurs, je suis dégoûté. Moi qui me suis ruiné pour un seul sabre qui n'est jamais arrivé, je constate que Ply thésaurise pour son sale petit plaisir de matérialiste pourri !

Non mais, il s'est cru au musée ?

Moi, je vais rentabiliser ses caprices dispendieux !

Tandis que son ombre se rapproche, je bondis en avant pour faire une roulade jusqu'au bas de la vitrine. Alors, je saute dans les airs et décroche le premier katana que je brandis en deux trois moulinets de victoire. Moi aussi, je sais faire des moulinets ! Bon, comme me l'a appris maître Robert, il ne faut pas abuser. L'essentiel n'est pas de crâner, mais de vaincre. De mes deux mains, je lève le sabre à l'horizontale au-dessus de ma tête et défie du regard l'ombre et sa chaîne. Du moins, autant que je peux.

La tresse de métal m'arrive à nouveau dessus, mais l'anneau dévie légèrement. Il passe sous ma lame, la dépasse puis repart en arrière, s'enroule autour d'elle sans échappatoire !

En même temps, la silhouette se rapproche assez pour que je voie son sourire narquois dans les reflets bleus. Ce démon tout fier de m'avoir pris au piège s'avance vers moi et continue de tirer sur sa chaîne pour que je baisse les bras. Mon poignet résiste en tremblant, mais sa force semble décuplée, alors je suis obligé de fléchir. Lorsqu'il arrive à mon niveau, il brandit la lame de son *kyoketsu shoge* et enfonce son crochet dans mon épaule. Je hurle et lâche mon katana, puis, dans un réflexe inattendu, décoche un violent coup de pied retourné dans le torse de mon ennemi qui vacille et s'effondre en arrière.

Du sang noir coule sur le sol. Le mien.

C'est la lumière du néon qui lui donne cette couleur.

Enfin, j'espère...

J'essaye d'ignorer la douleur et m'apprête à décrocher un nouveau sabre sur le mur, mais le tentacule impitoyable s'enroule autour de mon cou. Le démon Hervé Ply va m'étrangler à distance comme un planqué, quel lâche ! Les maillons d'acier se serrent de plus en plus autour de ma gorge, j'ai l'impression que mes yeux vont sortir de leurs orbites. Je m'agrippe à la vitre de son foutu mini-musée, mais ne peux qu'observer impuissant mon ennemi dans le reflet des lames.

Je ne parviens plus à respirer et ma vue se brouille.

Mes iris hallucinés n'enregistrent plus que la danse macabre de mon ennemi.

Un nouveau démon débarque dans la pièce, la sarabande des *yōkais* m'a suivi jusqu'ici et elle ne fait que commencer. J'abandonne.

Seulement, un bruit sourd me libère.

Le premier démon tombe au sol, terrassé par le second, alors la chaîne se détend et je peux à nouveau remplir mes poumons. Mes doigts massent ma gorge meurtrie, je sens des lambeaux de peau humectés de sang dégringoler de mes phalanges. Tandis que je dégage la chaîne le plus loin possible de moi et de mes blessures, le reflet de la vitrine me montre un Hervé Ply plus puissant que jamais. Mon ennemi se relève dans la fumée des enfers et son adversaire flou tente de le maîtriser. Il l'agrippe et le fait basculer dans un torrent d'injures et de roulés-boulés, est-ce que je ne ferais pas mieux de m'enfuir ? Je commence à m'éclipser sur la pointe des pieds, lorsqu'une voix familière m'alpague dans un sursaut :

— Gamin, viens m'aider !

Merde. J'ai bien entendu ?

— Maître Robert ?

— Mais oui, t'attends quoi ?

— C'est pas possible ! Comment avez-vous fait pour arriver jusqu'ici ?

— Hé, t'as cru qu'on avait le temps de papoter ? Tu veux pas nous ramener une théière, tant que t'y es ? Je suis en mauvaise posture, aide-moi !

C'est vrai que le combat n'en finit pas, les coups continuent de pleuvoir. On dirait deux mulots mâles se livrant une guerre acharnée pour leur territoire. J'ai perdu beaucoup de sang, mais je fais de mon mieux pour réfléchir. Par terre, je vois mon *yumi*, alors je me précipite pour le ramasser et décocher quelques flèches.

Je tends l'arc.

Et je vise.

Mais il y a un problème.

Comment pourrais-je atteindre Hervé Ply, mon maître n'a de cesse de lui monter dessus ! Je me retourne vers la vitrine et réfléchis à quelque chose de plus adapté. Les sabres ne m'aideront pas plus, mais tout en bas du mur, ce salaud de nouveau riche a accroché une flopée d'armes japonaises qui prennent la poussière. Voyons voir ! Les *sais*, non, trop compliqué. Les *shaken*, ou étoiles ninja, même pas la peine d'y penser. Mais j'aperçois la solution, les tonfas en bois ! Je les saisis par les poignées, puis m'avance vers les deux corps entremêlés. Ils se tortillent dans tous les sens, mais comme me l'a appris maître Robert avec le *yumi*, j'essaye de stabiliser mon cerveau pour me concentrer. Alors, tout semble aller au ralenti, et lorsqu'apparaît le dos de notre ennemi qui se débat comme un paresseux, je peux abattre à répétition la lourde matraque de bois au travers de ses omoplates. Forcément, un hurlement perce la lumière tamisée ! Hervé Ply s'étale sur le sol, pauvre tortue échouée sur la plage de la défaite. Basculé sur le dos, une grimace de douleur au travers du bec, ça s'annonce mal pour le reptile ridicule.

Pourtant, il se défend.

Tel un sorcier du Japon ancestral, son bras se tend pour une imprécation implacable. Ses phalanges restent écartées comme une foutue patte de grenouille, et un sourire narquois s'est dessiné entre ses lèvres. Mon cerveau revenu à vitesse normale a tout juste eu le temps de voir deux éclairs beiges partir de ses paumes. C'était quoi ? Des peaux mortes ? Certain de notre victoire sur cet imposteur mais toujours sur mes gardes, je recule de quelques pas. Seulement, quand je me retourne vers mon maître, ce dernier s'effondre.

Deux bouts de bois enfoncés dans sa gorge.

Des baguettes chinoises.

Hé merde !

Ce jouisseur consommateur d'Hervé Ply, ce sale nanti, il a profité de nos premières secondes d'inattention ! Alors qu'il bouffait ses conneries de nouilles au moment où j'arrivais, je n'ai même pas remarqué qu'il avait planqué ses couverts au début de notre combat... Putain d'erreur ! Maintenant, mon maître a des convulsions sur le sol, un geyser rouge sortant de son cou. L'autre se relève, un sourire satisfait sur le visage ! Je me sens un peu con avec mes deux tonfas, comme un putain de singe armé de bouts de bois inefficaces ! Parce que ça ne lui a rien fait, on dirait. D'un coup, il écarte les jambes et les bras, effectue quelques mouvements saccadés puis tend le bras, agite les doigts pour m'inviter à avancer :

— Dépose tes armes, le novice. Je t'invite à un combat à mains nues, qu'on examine ta vraie valeur ! On va se battre à la loyale.

— À la loyale ? Vous allez me balancer une salière à la tronche, oui !

— Vous étiez deux contre moi. Je n'ai fait qu'utiliser des *shuriken*, autrement dit des projectiles inertes. C'est une arme ninja on ne peut plus banale, mais tes connaissances en la matière n'ont pas l'air très abouties.

— Mais je ne suis pas un ninja, moi ! Je suis un samouraï ! Un samouraï d'Occident, adoubé par les forces célestes de Kyoto !

— N'importe quoi. Tu es comme moi, tu es un ninja. Viser ses proies à distance, caché derrière son *yumi*, qu'est-ce que ça signifie ? S'infiltrer dans la demeure de ses ennemis la nuit, qu'est-ce que c'est ? Tu es un milicien de l'ombre. Tu n'as jamais suivi le code d'honneur du *bushidō* !

— C'est faux ! Je ne serai jamais un tueur de l'ombre ! Le Samouraï d'or m'a formé, dans mes gènes et dans mon sang, sur plusieurs générations !

D'un coup, le sourire de cette ordure s'inverse. Des rides se forment au creux de ses yeux, comme s'il avait vieilli de plusieurs dizaines d'années en une fraction de seconde.

— Le Samouraï d'or, tu dis ?

— Parfaitement, le Samouraï d'or ! je réponds d'un air solennel. Tu le connais ?

Ses pupilles s'écarquillent. Sa bouche se crispe et ses dents grincent, puis il reprend le contrôle, s'efforce de sourire à nouveau :

— Jamais entendu parler ! Alors, tu vas combattre ou te défiler ?

J'écarte les jambes, serre le poing et fronce les sourcils. Ma simple position lui servira de réponse, je ne suis pas un lâche ! Et j'ai bien envie de lui retirer ce rictus hypocrite, je vais lui exploser ses dents bien blanches... Seulement, il apparaît que ça ne va pas être si facile. Tout à tour, Hervé Ply exécute les différentes positions d'attaque animalières. D'abord la mante religieuse, mais effectuée avec brio. Rien à voir avec mon maître qui s'était écroulé dans les poubelles ! Puis la position du tigre, puis de la grue, du dragon, de l'aigle et du serpent, et puis celle du léopard, du scorpion, du singe et même du chien ! C'est un festival de positions débiles, et pourtant parfaitement maîtrisées. Alors, j'hésite entre le fou rire et l'hypnose. Cet abruti en fait trop ! Et moi, j'ai retenu la leçon. Pendant qu'il se tient là, devant moi, les deux bras et la jambe levés, je décide de foncer sur lui.

Rien à voir avec le *bushidō*.

Rien à voir avec les ninjas ou je sais pas quoi.

Juste, je fonce sur lui et m'agrippe à sa taille.

Dans ma perspective, cette scène se déroule encore au ralenti, mais pas pour lui. Je le charge comme un rhinocéros tandis qu'un hoquet de surprise lui fait cracher ses poumons. Le soubresaut final éclate quand je le plaque contre les bords coupants de la vitrine pétée, puis sur les tiges de fer de son petit musée. On périt toujours par là où on a péché. Le grand Hervé Ply finit empalé, maintenant il vomit son propre sang. Ça fera de belles photos dans la presse de demain ! Cette starlette aura vécu comme un gourou, il aura fini comme un mafieux. J'imagine la tête de tous ses adeptes...

Mais je reprends mes esprits pour retourner vers Robert, mon maître inerte et livide qui continue de saigner. Les baguettes lui sont bien rentrées dans le cou, il faut que je garde mon calme... Merde, il ne peut pas mourir maintenant ! Pas dans cette baraque de mauvais goût, pas après avoir survécu à la rue, à l'errance, au parking du Salon des arts martiaux ! Mes mains tremblent tandis que j'empoigne les bâtonnets meurtriers, mais le flot pourpre redouble un peu plus à chacun de mes gestes. Robert halète, son souffle s'estompe de plus en plus. Qu'est-ce que je vais faire ?

Un des rares néons épargnés clignote toujours, il électrise la pénombre. Je ferme les yeux et tente de visualiser mentalement les plaies de mon maître. Sous le patronage du Samouraï d'or, je parviendrai à sauver tous ceux qui me sont chers. Je contracte les paupières de plus en plus fort et, d'un coup, ma main se lève. Mus par une énergie qui leur est propre, mes doigts se tendent et agrippent les tissus poisseux qui recouvrent l'ancien clochard. Sans même y réfléchir, je retourne le mourant sur le ventre, puis écrase d'un geste précis un point situé entre la cinquième et sixième vertèbre dorsale. Ses spasmes s'arrêtent instantanément et je peux à nouveau faire pivoter son corps décontracté. Lorsque son visage réapparaît devant moi, il me sourit. Plus curieux encore, les plaies au niveau de son cou ont complètement cicatrisé.

— Je crois que le métier commence à rentrer, gamin ! il me dit en se redressant.

Dans un élan de joie, je l'enlace et verse une larme.

— Calmos, gamin, calmos ! Je suis quand même en convalescence !

Je reprends le contrôle et me relève. Puisque les missions initiales ont été accomplies et que mon maître s'est rétabli sous l'égide des forces supérieures, nous pouvons passer à la suite du plan. Dans l'obscurité stroboscopique, je tâtonne et scrute les moindres recoins. Au bout de quelques minutes, mes doigts tâtonnent la forme que j'attendais. Le coffre-fort de la baraque ! Forcément, il se révèle blindé, verrouillé, combiné. Mais peu importe. Je retourne vers le cadavre d'Hervé Ply, statufié dans sa vitrine comme une fontaine baroque, puis je décroche un nouveau sabre. Celui que j'estime le plus robuste, merci Hervé. Je te le rendrai, tu en auras peut-être besoin pour combattre les *yōkais* dans l'au-delà...

— Qu'est-ce que tu vas faire, gamin ?

— Ouvrir ce putain de coffre.

— Mais les samouraïs ne sont pas des voleurs ! Tu as vaincu ton ennemi, tu ne dois pas le détrousser.

— De quels samouraïs tu parles, Robert ? Moi, j'ai des besoins financiers bien contemporains.

Je me concentre à nouveau, recule le sabre derrière moi puis prends mon élan. Je cours vers le cube de fer, reporte ma main gauche sur la poignée de mon arme et la soulève le plus haut possible. Mes dents se crispent, j'abats l'épée contre la porte blindée avec toute la puissance du Samouraï d'or, AYAAAA !

Ce sabre-là ne se pète pas.

Curieusement, le coffre se met à chauffer à blanc, il devient rouge.

Et sans prévenir, il explose !

Mon maître et moi-même nous protégeons du mieux que nous pouvons avec nos bras. Un éclair a traversé la pièce pour l'embraser par endroits, plusieurs foyers d'incendie nous éclairent à présent.

Quel genre de sorcellerie ai-je encore invoquée ? Et merde, les billets vont brûler ! Je fonce vers ce nouveau four mal isolé, jambe en avant pour lui balancer un coup de pied retourné. Alors il bascule et tombe en arrière. De la poussière se soulève et souffle les flammes. Mais moi aussi, je suis soufflé.

Merde.

Non !

Le coffre-fort, il est vide !

— Bon sang, Robert, où est-ce que cet enfoiré a bien pu cacher tout son fric ?

— Calme-toi, gamin...

— J'ai parcouru des dizaines de kilomètres à pied pour ce butin, il est hors de question que je revienne bredouille !

— Gamin...

— QUOI ?

Robert me tend un document à moitié brûlé qu'il vient de prendre sur un bureau Louis XV. C'est une mise en demeure. Un document officiel d'avocat qui entendait expulser Hervé Ply de sa villa s'il ne réglait pas l'entièreté de ses dettes.

— Des dettes ? Mais ce blaireau était richissime !

— Visiblement, il a vécu au-dessus de ses moyens. Comme quoi, il y a bien une justice en ce bas monde, gamin.

— Au moins, il est mort dans sa baraque à la con. Mais moi, je reste dans la merde. Il faut absolument que j'aille au Japon, je n'ai plus le choix maintenant.

— Au Japon ?

— C'est une longue histoire, je te raconterai...

*

— Tu te fous de ma gueule ?

Nous sommes rentrés dans nos quartiers, à pied pour plus de discrétion, et mon maître hallucine. Je sursaute et reprends mon portable, gêné. Avec Robert, nous nous sommes installés à une table du Palais nippon, épuisés mais toujours éveillés. Nous avons fait nuit blanche et je ne vous raconte même pas la tronche de Yukiko lorsqu'elle nous a vus débarquer aux aurores. Déjà, quand je traînais dans le restaurant en fin de journée, c'était le supplice, mais alors commencer la matinée avec moi et mon pote clochard...

Nous lui avons commandé le petit-déjeuner, pas donné, alors elle s'est permis de me demander si j'avais de quoi régler à la fois la formule et la bouteille de whisky de la dernière fois. Je n'ose même pas imaginer comment nous aurions été reçus si le découpeur de poisson s'était trouvé dans les parages, mais bien heureusement Yukiko travaille toujours seule de si bonne heure. Robert a sorti une liasse de liquide et l'a posée sur la table. Moi-même, j'ai sursauté :

— D'où est-ce que tu sors ça, toi ?

— Un reste de nos économies.

Pfff, il ne manquait pas de culot ! Mais bon, il venait quand même de me sauver la vie dans la villa Ply, alors je suis resté courtois. Yukiko, elle, a saisi la liasse sans se faire prier, puis elle nous a apporté notre commande. Une vulgaire omelette avec du riz passé au micro-onde. La déception. En même temps, je m'attendais à quoi ? Et puis, ça faisait toujours du bien de manger.

C'est là que j'ai décidé de tout raconter à mon maître.

Pourquoi j'ai sollicité son aide, et pourquoi je veux décoller pour le Japon.

Mon sabre pété façon Ikea, ma rancœur contre cette entreprise et le besoin de me venger.

— Je t'ai donc formé pour ça ? Une médiocre arnaque sur Internet et un petit orgueil mal placé ?

— Hé, cette arnaque m'a vidé mon compte en banque pour que dalle ! Est-ce que le code d'honneur du samouraï autorise à se faire humilier de la sorte ?

— Le code d'honneur du samouraï n'invite pas à déranger les anciens pour des broutilles pareilles !

— Des broutilles ? Non mais, regarde ! Regarde donc les e-mails qu'ils m'ont envoyés !

Alors je les lui montre.

Et c'est là qu'il me dit :

— Tu te fous de ma gueule ?

Nous y voilà.

Je le regarde blasé, mais lui affiche une légère crainte sur son visage.

Il me demande :

— Sais-tu seulement ce que signifie ce symbole ?

— De quoi ?

— Là, au bas de l'e-mail. L'idéogramme !

— Mais c'est juste le logo de cette connerie d'entreprise japonaise !

— Noooon, gamin. Ce n'est pas un logo, c'est un sceau.

— Un sceau ?

— Ouiiii, et pas n'importe lequel ! C'est celui du pire gang de yakuzas, la mafia japonaise. Tu as vraiment frappé à la mauvaise porte, gamin, estime-toi heureux d'habiter à 10 000 kilomètres de ces tarés !

— Qu'est-ce que ça peut foutre ? Je vais leur régler leur compte, mafia ou pas !

— Ça se voit que tu ne les connais pas. Heureusement que tu n'as pas les moyens d'aller là-bas, sinon je commencerais à me faire du souci...

— Pfff... OK, bah si on ne va pas au Japon, payemoi au moins une bière.

Robert lève la main et claque des doigts comme un roi sur ses terres. Yukiko sursaute et revient nous voir, l'air pincé. Même avec cette tête dédaigneuse elle reste plus belle que jamais. De sa voix énervée mais charmante, elle nous demande avec son petit accent :

— Quoi ?

— Nous allons vous prendre une bouteille de saké, chère demoiselle !

— Du saké ? Une bouteille ? je demande.

— Tu m'as fait une frayeur avec tes histoires d'e-mail, j'ai besoin d'alcool fort.

— OK, eh bien dans ce cas, on va prendre le Juyondai !

— Il faut payer d'avance...

Merde alors, Yukiko ne me fait vraiment plus confiance. Ça n'est vraiment pas très commercial, moi qui suis client depuis si longtemps ! Ce boui-boui est carrément devenu ma seconde adresse, pourquoi elle m'agresse ? Heureusement, mon maître marque le coup, il sort une énorme liasse et l'étale sur la table comme un foutu maquereau. Il ne manque pas d'air, quand même. En l'occurrence, c'est moi sa pute, il a clairement vidé tout le compte en banque de papi, tout mon héritage...

Je prépare de violentes réclamations dans ma tête, mais quand ma Japonaise préférée pose le saké sur la table, toute la tension retombe. Quel flacon majestueux ! Les idéogrammes de son étiquette artisanale semblent peints à la main, c'est clairement une œuvre d'art ! Pendant longtemps, j'avais lorgné cette bouteille protégée dans sa petite vitrine sous clé, juste derrière le comptoir. Jamais je n'aurais cru pouvoir me la payer ! Alors que si, c'est précisément mon argent qui l'a payée. Que n'ai-je attendu ! La vie commence à chaque instant, surtout quand le Samouraï d'or veille sur vous.

Yukiko pose les deux verres à saké sur la table, alors je sers Robert, puis je me sers.

Nous buvons cul sec.

Et je nous ressers.

Ça dure plusieurs minutes à ce rythme. En vrai, nous savourons ! Mais nous savourons vite. Ce breuvage des dieux ne peut se boire qu'avec intensité. Quand nous arrivons au bout de la dégustation, je propose de commander le même flacon afin de prolonger cette expérience inédite. Robert valide l'idée, mais après avoir compté nos billets, il devient évident que nous allons devoir nous contenter d'un saké de moindre valeur. Les délicieux yeux de Yukiko se plissent un peu plus de mépris lorsque je commande un Kubota, légèrement moins coté que le Juyondai. Robert ne semble pas indifférent au charme de notre serveuse, il commence à loucher et devient rouge comme une bouteille de piquette. Au moment de la transaction, il enroule le dernier billet entre ses doigts et y passe des coups de langue suggestifs. C'est non seulement antihygiénique au possible, mais surtout super obscène ! Il s'est cru au bar à putes ou quoi ? Yukiko s'énerve :

— Hé, tu fais quoi, toi ?

J'interviens, je ne veux pas gâcher ce moment de grâce :

— Rien, rien ! Il rigole !

— Ouais, bah moi je rigole pas ! Qu'il recommence et j'appelle les flics !

Argh, non, pas les flics ! C'est déjà un miracle qu'elle ne les ait pas contactés d'emblée vu tout le sang séché sur les frusques de Robert. Sans doute qu'elle les a pris pour des taches de vin, ou les vestiges de bagarres entre clochards. Dans notre état, nous ne résisterions à aucun interrogatoire, il faut à tout prix que j'arrondisse les angles :

— Excuse-le, Yukiko ! Il est bourré, mais il ne recommencera pas !

— En effet, il ne vaudrait mieux pas...

J'adore cette intonation, elle me procure une érection. Hum, gardons notre calme. Je me contente de lui sourire bêtement, et quand elle s'éloigne, je débouche la bouteille de Kubota. Je nous sers et nous buvons à répétition, presque aussi vite que tout à l'heure, puis de plus en plus lentement...

Je
suis

explosé.

Robert me parle des yakuzas, à quel point ils sont dangereux et comment fonctionne la mafia au Japon, mais je l'écoute à peine. Je ne mate même plus Yukiko, je fixe le vide, mon verre pendu au bout des doigts. Je me sens bien, vraiment ! Plus rien n'a d'importance, aucun des événements récents ne peut plus m'atteindre. N'empêche, je cogite dans ce flou artistique. Le Samouraï d'or m'a béni, ah oui. Et les yakuzas de Tokyo m'ont anéanti, bah oui ! Je veux toujours me venger, eh ouais... Bordel, bien sûr que ouais ! À quoi rimerait tout ça, si je ne devais parvenir à mes fins ? Il faut que je me rende à Tokyo...

Tout ce fric qu'on vient de déballer, peut-être que je peux le récupérer ? Bien sûr ! Yukiko vient de franchir le seuil inattendu, la partie du restaurant que je ne connais pas. Peut-être une réserve à saké cachée ? Elle veut nous soûler un peu plus, la coquine ! Pulvériser le chiffre d'affaires, puis se vanter auprès de son père, se la raconter auprès du découpeur de poisson ? Mais ça ne va pas se passer comme ça, putain ! Je me lève et me dirige en titubant de l'autre côté du comptoir, j'ouvre le tiroir-caisse !

Tellement de billets !

Je galère, mais j'arrive à tout saisir.

Puis à sortir.

Je m'absente, donc, et la providence s'obstine, un taxi passe et ralentit quand je lève la main. Les portes du Palais nippon s'ouvrent et Robert en sort, cassé en deux lui aussi. Très pâle, ses lèvres tremblent à la limite du vomi, puis il finit par articuler :

— Où tu vas, gamin ?

— À l'aéroport. Direction Tokyo, voir les yakuzas. Ma décision est prise, Robert, à toi de voir si tu veux m'accompagner.

Défoncé, mon maître clochard reste sur le cul. Il ouvre la bouche, lève les yeux au ciel, agite ses bras puis me susurre bourré :

— D'accord, gamin. Je viens et on va les défoncer, tous ces yakuzas !

— Alors embarque, il faut y aller.

Notre chauffeur inquiet prend la peine de nous expliquer que nous n'avons pas le droit de vomir sur sa banquette, allez démarre ! Au moment où le moteur vrombit pour laisser le paysage défiler, une fine silhouette sort du Palais nippon et invective la chaussée, puis rapetisse et disparaît. Pauvre Yukiko. Allez, tant pis.

Partie 2
TOKYO TRAP

Ça y est, le kérosène brûle et les hélices commencent à tourner.

Pas trop tôt.

J'étais tellement stressé quand j'ai acheté les billets au guichet !

Mais c'est bon, nous sommes confortablement installés dans nos sièges première classe pour cuver. Oui, il ne restait plus de places en économique, alors nous avons un petit peu creusé dans notre nouveau budget. Une ravissante hôtesse japonaise semblable à Yukiko nous propose du champagne, mais nous déclinons, dégoûtés, besoin de dormir ! N'empêche, j'ai toujours la trique, alors quand elle s'éloigne avec son beau chariot, j'ai une pointe de regret. Je cligne des yeux et je la vois revenir dans le fin couloir, elle me fait vraiment penser à ma petite serveuse. D'ailleurs, son sourire a disparu et elle tire la même tronche blasée que la gorgone sexy du Palais nippon, c'en est troublant. Plus bizarre encore, elle s'installe dans le large siège juste à côté du mien, puis me fixe tandis que l'avion accélère sur la piste de décollage. Aurait-on coché des extras sans faire attention ?

De l'autre côté de mon accoudoir rembourré, maître Robert montre un visage à la fois surpris et terrifié. Bah quoi ? Regretterait-il déjà notre départ ? Les effets de l'alcool se seraient-ils déjà estompés ?

Détends-toi, Robert, il reste douze heures d'avion. Mais Robert ne s'arrête pas, il tend le bras puis pointe du doigt l'hôtesse délirante. Alors, je la regarde mieux, et je reconnais les traits précis et délicieux de Yukiko, la vraie Yukiko, tandis que la vraie hôtesse revient et lui sert un café, oh bon sang ! Comment elle a fait pour nous rejoindre aussi vite et prendre le même vol ? Cette tasse va l'énerver encore plus, si c'est possible, car Yukiko se penche vers moi et affirme tout en me pinçant le dos de la main :

— Je te préviens, tu vas me rendre tout cet argent, sale voleur !

— Yukiko, mais bon sang, comment t'as fait pour nous retrouver ?

— Tu me prends pour une conne ?

— Mais non, bien au contraire !

— J'ai tout entendu depuis la réserve, alors j'ai foncé à l'aéroport prendre mon propre billet pour Tokyo. J'ai dû fermer le restaurant en attendant, et crois-moi bien, tu vas payer le manque à gagner en plus de ce que tu as volé dans la caisse !

— Allons, Yukiko, tu sais bien que je n'avais pas le choix. Il faut que je venge un affront, je t'ai déjà raconté cette histoire de faux katana et d'escrocs yakuzas. C'est une question d'honneur ! Vous, les Japonais, vous placez l'honneur au-dessus de tout, non ?

— Absolument, et je défendrai l'honneur et la réputation du Palais nippon jusqu'au moindre centime, sois-en assuré !

Honneur ? Réputation ? Encore heureux qu'elle parle de centimes en ce qui concerne son infâme boui-boui, pour qui est-ce qu'elle se prend ? Elle devrait bien plutôt se trouver honorée que son foutu argent purement et simplement escroqué aux clients un minimum gourmets serve à recouvrer ma réputation, à moi, le descendant direct du Samouraï d'or. Un investissement bien plus honorable que sa mauvaise viande avariée ! Bon, bien sûr, je me garde bien de lui rétorquer ça, je me contente de saisir le cache en tissu fourni par la compagnie. Je me l'installe sur les yeux et bascule dans un repos bien mérité. Alors, elle continue de m'assaisonner, mais mon cerveau ne suit plus. Bonne nuit la France, je compte bien me réveiller dans la patrie de mes ancêtres.

*

Dans le terminal de l'aéroport Narita du grand Tokyo, Yukiko continue de m'engueuler en japonais. Ça me gonfle, vraiment. Elle a de la chance que je me sente étranger au sein de ce long couloir, ça m'empêche de la ramener. Robert reste en arrière et s'enfile de multiples flasques de whisky achetées au *duty free*. Ce poivrot titube et remplit un peu plus notre jauge de honte. Quand je sens qu'absolument tous les Japs en costard-cravate nous dévisagent, je n'y tiens plus et quémande une dose d'alcool à mon maître. Les 25 centilitres descendent tout seuls. Je demande un deuxième échantillon que je bois également cul sec. Robert tire la tronche quand je lui demande sa dernière flasque. Il la vide à moitié avant de me la tendre, et moi je la finis sous les éructations de la foutue furie.

Ça va beaucoup mieux, d'un coup. La femelle continue son cirque, mais ça ne m'atteint absolument plus. Les néons qui nous dominent au plafond, ultra-carrés et uniformes au départ, s'embrument pour devenir des taches impressionnistes. Elles se brouillent puis s'évaporent comme des flammes liquides, alors je rigole. Yukiko se rend bien compte que ses mots n'ont plus le moindre impact sur moi, du coup elle commence à me frapper. Ses poings me font penser à des moufles rembourrées, ma carapace de fatigue et d'alcool les convertit en chatouilles irrésistibles. Pire, je la regarde et je me marre, ses yeux exaspérés s'écarquillent sous l'effet de sa colère absolument comique. Quel spectacle on doit donner à tous les voyageurs, le cirque Pinder débarque à Tokyo, les gars ! On finit par arriver sur le parking, je m'attends presque à voir se dresser un chapiteau, mais c'est autre chose qui nous attend.

Un gars tend une pancarte portant mon nom, c'est quoi ce bordel ?

On se croirait dans un film de David Lynch !

Ce jeune Japonais arbore un T-shirt bleu avec une étoile entourée sur le torse, je reconnais le logo de Captain America. Pour la culture traditionnelle japonaise, on reviendra ! Lorsqu'il nous voit arriver, il se précipite dans notre direction et hurle mon nom, ses semelles secouées par des rebonds frénétiques. Pour peu, on croirait que ce gars m'a recherché toute sa vie ! Son style réactive ma rigolade, comme toutes les lumières de la mégalopole que je découvre et qui dansent, alors je tape sur l'épaule de mon nouvel ami et lui indique que oui, oui, c'est bien moi. Robert et moi partageons son euphorie, tandis que Yukiko gravit quelques échelons supplémentaires sur l'échelle de la rage.

Pourtant, il a l'air sympa, ce gars. La Japan Airlines nous aurait-elle fait gagner un concours ? Ce Captain America ressemble à un présentateur télé extravagant, où sont les caméras ? Il nous emmène jusqu'à un 4×4 aux vitres teintées un peu plus loin sur le parking. Trop bien ! Taxi gratuit et ça nous arrange, nous allons ménager notre budget. La béatitude incrustée au creux des lèvres, je me tourne vers Robert comme un drogué tout en haut de la montagne. Seulement, je dessoûle aux trois quarts quand je me rends compte qu'à présent, mon maître arbore le même rictus frustré que Yukiko. Qu'est-ce qu'il a ? Il a envie de chier mou après toutes les fiasques de whisky *duty free* ? Allez, on y va, bordel ! Je suis pressé de débarquer à Tokyo pour voir la tronche des enculés de yakuzas, savourer mon effet de surprise !

Mais Robert ne fait pas juste la gueule, il paraît apeuré.

Il lève lentement le doigt vers la carrosserie. Alors je vois.

Mon cerveau absorbe d'un coup tout le restant d'alcool qui circulait dans mon sang. Au bas de la vitre teintée, juste au-dessus de la scintillante peinture grise du 4×4, il y a le logo. Je veux dire, le sceau ! Celui dans l'e-mail, qui effrayait mon maître alors que je ricanais comme un fanfaron. Maintenant que je me retrouve devant la réalité, je m'avoue beaucoup moins euphorique. Sans connaître tous ces détails, l'angoisse monte également chez Yukiko qui ouvre grand ses yeux et plaque ses paumes sur sa bouche. Du coup, Captain America aussi change de comportement, je crois qu'il a intégré le malaise général. Sans prévenir, il sort de sa poche un énorme revolver façon far west qu'il lève vers nous, tandis qu'une horde de gorilles en costume vient nous encercler.

Bon. Pas de panique.

Je dirais même, pas de problème.

Avec Robert, nous n'avons besoin que d'un regard pour nous concerter. On va passer à l'attaque ! Mais dans un premier temps et dans un même élan, nous nous mettons en position de défense. Nos deux dos prennent Yukiko en sandwich pour la protéger, bien qu'elle ne mérite pas tant de faveurs. Vous ne nous aurez pas ! C'est quoi votre problème ? Vous mettez votre foutu logo sur la vitre de votre bagnole pour effrayer vos prochains, mais ça ne marche pas avec nous. Nos bras et nos jambes se positionnent sur les modèles respectifs de la mante et de la grue. Ça va chier ! En face, les yeux s'écarquillent et voient bien qu'on ne rigole pas. Tant pis pour vous, les gorilles. L'arnaque va se payer dès maintenant, vous n'auriez jamais dû hameçonner un gars comme moi. Mauvaise pioche ! On va vous en mettre plein la gueule. Et je ne suis pas tout seul dans mon délire, c'est Robert qui attaque en premier. Allez, Robert !

Heu.

Hum...

Est-ce qu'il recommence son *zui quan* de l'homme ivre ?

Robert vient de manquer de dix bons centimètres le plus gros des gorilles, avant de s'écrouler par terre. Bon, ça va, il se relève. Mais l'autre reste sans pitié, il lui envoie un menu *best of* phalanges qui l'envoie valdinguer à plusieurs mètres.

Merde.

Ah, ça va !

Il se relève, et même, il rigole ! Cette foutue bande de singes reste interloquée par un tel comportement incohérent, alors je profite de cette dissonance cognitive pour passer à l'offensive. Mon corps décolle et l'arête de ma main défonce un premier visage, tandis que mon pied s'abat latéralement dans un autre. Les deux adversaires s'écroulent et moi, je monte en puissance, je sens l'aura du Samouraï d'or m'imprégner. Sans répit, je bondis dans les airs à plusieurs mètres du sol, puis fonds sur le reste de ces sous-hommes de main. Mes muscles se contractent, mes bras partent à toute vitesse comme des pistons alternatifs et, bientôt, tout le groupe de yakuzas gît par terre dans une piscine d'hémoglobine. Seul Captain America reste planté là comme un demeuré, l'air abasourdi. Lorsque Robert se relève pour foncer sur lui, le superzéro l'esquive sans difficulté. Le clochard s'encastre dans la porte arrière du 4×4, alors notre ennemi passe à l'avant et démarre en trombe. Il s'en tire bien... Je me retourne vers Yukiko, sa rage vient de baisser de quelques crans, mais son mépris demeure. Plutôt que de me sauter au cou pour remercier son sauveur, elle détourne ses yeux blasés. Quelle ingratitude...

Les voyageurs alentour restent scotchés devant notre petit groupe, j'espère qu'ils ont apprécié le spectacle ! J'aurais presque envie de faire tourner un chapeau pour notre rétribution, mais il faut savoir rester discret. Robert se relève et se frotte la tête, tandis que moi, j'alpague un vrai taxi en approche. On s'engouffre sans plus d'applaudissements, les badauds bien trop occupés à nous filmer avec leur téléphone portable, eh merde... En anglais, je demande le coin le moins cher de Tokyo à notre chauffeur. Il nous emmène directement dans le quartier d'Arakawa. Tandis que les immeubles futuristes défilent devant nos yeux, je me dis que la guerre avec les yakuzas est bel et bien déclarée. Tant mieux, c'est ce que je voulais !

*

Cet hôtel, c'est une catastrophe. Au moment où j'ai allumé la lumière, j'ai carrément vu des cafards se planquer à toute vitesse sous les plinthes ! Alors, j'ai jeté un œil angoissé en direction de Yukiko, mais je crois qu'elle était trop absorbée par l'ambiance générale de la pièce pour voir ces petits détails à six pattes. Elle n'a même pas voulu faire chambre à part, je crois qu'elle a peur que je me barre avec ses économies. Bonjour la parano, tant pis pour elle ! À dix mille kilomètres de son rade et tributaire de mon binôme bizarre, elle a choisi sa propre croix...

Même chambre, est-ce que ça voudrait dire même lit ? Bah non, évidemment. Moi, je dormirai avec Robert. C'était trop beau ! Yukiko se réserve le sommier une place, qu'elle déplace bruyamment devant la porte. C'est ridicule, elle veut monter la garde pendant la nuit ? Son regard devient si sombre que je ne discute même plus. Elle n'est plus seulement hargneuse, elle se montre violente ! De rage, elle enfonce son poing dans la porte et lâche un cri de gorgone. Mon maître et moi sursautons, plus apeurés que devant les yakuzas de tout à l'heure. La petite hystérique recroqueville ses doigts qui se mettent à trembler, puis plaque ses paumes sur ses yeux. Elle pleure ! Je suis sur le point de m'attendrir lorsqu'elle se retourne pour nous invectiver :

— Merde ! Ces truands ont essayé de nous kidnapper ! Vous savez qui c'était ?

— Bien sûr qu'on sait ! Les yakuzas les plus dangereux que le Japon ait jamais portés ! À côté, n'importe quel gang des favelas de Ryo passerait pour le Club Med !

Robert, bordel, ferme-la ! Je lui donne des coups de coude pour qu'il arrête d'effrayer la petite, elle frise la crise de tachycardie. Seulement, le vieux continue, toujours aussi bourré :

— Mais qu'est-ce qu'on s'en fout ? On va se les faire ! On a le descendant direct du Samouraï d'or avec nous, à ce qu'il paraît. On a baisé Hervé Ply et sa mafia du sport homologué, alors maintenant, on va pouvoir se mesurer à la vraie mafia. Et on va les dégommer !

D'un coup, il s'arrête parce qu'il voit un mini-frigo dans l'angle de la pièce. Il s'y dirige et l'ouvre comme en transe, avant de se figer, puis de nous regarder, effaré :

— Putain, c'est vide ! Y a pas de lumière, il n'est même pas branché !

— Tu t'es cru dans un trois étoiles ? Au pire, y a un *konbini* en face, t'as qu'à aller nous chercher une bouteille de whisky !

— Nan, de toute façon, il va falloir continuer l'entraînement. On n'a pas affaire à des enfants de chœur non plus. Il faut se donner les moyens de leur rétamer la gueule. Allez, au boulot, gamin !

— De quoi ? Il est minuit passé, Robert ! Sans parler du décalage horaire, on peut pas dormir un peu ?

Une voix stridente arrête net notre dialogue, Yukiko pète un câble :

— Moi, je vais dormir ! Vous, vous montez la garde ! Qu'est-ce qui nous dit qu'ils ne vont pas revenir ? Peut-être même qu'ils nous ont suivis ! J'en ai marre, je veux me reposer !

Des bruits sourds viennent interrompre le soliloque frénétique, ce sont des coups portés dans les murs par nos voisins de chambre. Il ne manquerait plus qu'on se fasse virer, tiens. Robert place son index devant sa bouche, il faut que la femelle baisse d'un ton. Je vois bien que ça l'énerve encore plus, mais son visage se décompose de désespoir dans le silence. Elle finit par se glisser sous les couvertures, sans même se déshabiller. On ne la voit bientôt plus, mais on l'entend vaguement bougonner. Je l'imagine mordre son coussin pour ne pas hurler, c'est la crise nerveuse. Robert m'explique tout bas :

— Elle n'a pas tort. Il nous faut trouver des armes. N'importe quel objet contondant ! Je vais fouiller la chambre, toi, cherche dans la salle de bain.

— D'accord...

En deux pas, j'y suis déjà. Seulement, c'est le dépaysement, je n'avais jamais vu de salle de bain comme ça en France ! Déjà, il y a une baignoire minuscule mais incroyablement profonde, c'est la cuvette des toilettes ou quoi ? Non, la vraie cuvette se trouve juste à côté, tout aussi bizarre. Un tableau de bord en recouvre la partie latérale, avec plein de boutons et des voyants lumineux, allons bon. Ils se sont crus dans la Station spatiale internationale ? Ça m'intrigue, je m'agenouille et commence à trifouiller les touches. Un jet d'eau m'asperge la gueule, ah merde ! Je tousse et recrache tout ce que je viens d'avaler. Combien d'hémorroïdes ce même jet a-t-il donc nettoyées ? Saloperie, je m'apprête à aplatir ce clavier des enfers lorsqu'un visage apparaît dans la cavité. Très vite, il se hisse hors du trou et son corps s'étend comme un serpent, sauf qu'il s'agit d'un long filet d'eau. Sa tête me paraît étrangement familière...

Argh, vous savez quoi ? Vous devinez ? Ce long corps aquatique et squelettique, ces épaules humides et anguleuses et ce visage barbu qui dévale en flots continus avec un sourire de démon, je le reconnais ! C'est mon grand-père, il a traversé toutes les canalisations d'Occident et d'Orient pour venir me harceler jusqu'ici !

— Tu pensais te débarrasser de moi ?

— Papi, qu'est-ce que tu fais ici ?

— Je ne suis plus ton papi ! Tu m'as tué, dois-je te le rappeler ? J'ai révélé le guerrier en toi, tu as passé l'épreuve initiale, mais ne te crois pas tiré d'affaire. Ta formation doit continuer, je ne vais pas te lâcher !

Alors, il fond sur moi et m'éclabousse, se répand dans mes cheveux et sur mes joues. Sa carcasse d'eau se démultiplie partout sur mon corps et m'inonde, il s'infiltre carrément dans ma bouche ! Je m'affale sur la cuvette et m'empresse de vomir mon grand-père, mon bras cogne contre le rebord et dix mille points lumineux s'allument et s'éteignent dans un spectacle son et lumière inattendu. Des jets d'eau partent dans tous les sens et des bruits de sèche-linge nous vrombissent dessus, mais papi s'en fiche et resserre toujours plus son étreinte. Je sens tous ses litres m'entourer le corps comme un tsunami, il veut me rentrer dans le cul ou quoi ?

— Ton maître avait vu juste, j'étais bien Heikegani, le démon-crabe guerrier chargé de te pousser dans tes retranchements !

— Mon maître ? Tu parles de ce soûlard de Robert ?

— Maintenant que l'esprit du Samouraï d'or s'est emparé de toi, sache que moi-même, j'ai évolué ! Je suis devenu Kanbari Nyūdō, le *yōkai* des toilettes ! Je ferai toujours partie de ta vie, tu ne pourras plus m'échapper !

De nouveau, il me saisit comme une vague en pleine tempête et je valdingue au travers de la salle de bain. De l'eau dans tous les orifices, j'arrive quand même à entendre tambouriner à la porte :

— Hé, il se passe quoi là-dedans ?

Mon grand-père essaye littéralement de me noyer, mais j'arrive à articuler :

— Glourb, glourb, aidez-moi !

Un filet d'eau se tortille sur le sol, puis s'élance dans les airs pour atteindre le verrou qu'il ferme d'un claquement sec, oh non ! La poignée s'agite impuissante et Robert bougonne de l'autre côté :

— Mais qu'est-ce qu'il fait, là ? Il est en train de se branler ?

— Au secours, Robert !

Le patriarche liquide continue de se glisser dans mes moindres recoins, mais alors que je suis sur le point de renoncer, fermer les yeux et sombrer, la porte explose ! Mes pupilles se rouvrent grand et la stature de mon maître apparaît devant moi, le bras tendu droit devant lui, en position de combat ! Au même moment, je sens l'eau se vider tout autour de moi, comme quand on retire le bouchon d'une baignoire. Je m'effondre, mes membres s'aplatissent sur le sol et l'eau s'auto-évacue comme aspirée par la cuvette technologique. En contre-plongée, je vois mon maître et Yukiko qui me dévisagent :

— Qu'est-ce qui t'a pris, gamin ? Tu t'es douché tout habillé ?

— La salle de bain est totalement inondée, c'est dégoûtant ! Penser aux autres, c'est vraiment trop te demander ?

Les miasmes de papi toujours au travers de la gorge, je halète et peine à reprendre mon souffle de quasi-noyé :

— Mon grand-père était là ! C'était Campari Nudo, le démon des toilettes !

Robert fronce un sourcil et Yukiko bat des paupières, méprisante. Je pointe la console illuminée :

— Il se trouvait juste là ! Il vient de retourner dans le trou ! Si vous plongez la main, vous pouvez peut-être encore le rattraper !

— Je crois que tu es légèrement fatigué, petit. L'émotion, le décalage horaire... Une bonne nuit de sommeil nous fera le plus grand bien !

Là, je ne le contredis pas, même si j'ai bien vu ce que j'ai vu... Seulement, je n'ai même pas le temps de le convaincre, car dans l'autre pièce, un bruit d'explosion retentit et fait trembler les murs. Je crois que la porte d'entrée vient d'être désintégrée ! Une épaisse fumée arrive jusqu'à nous, oh bordel... Rien à voir avec mon grand-père, cette fois, c'est Captain America qui apparaît dans la fumée, le fou japonais ! Ses traits sont toujours hilares, mais je crois déceler de la haine au fond de ses orbites creuses. Il doit nous en vouloir pour la raclée de la dernière fois ! Dans une crise de fou rire et dans une gesticulation tout aussi bizarre, il dépose à ses pieds un petit cylindre de métal qu'il portait sur son épaule : un mini-bazooka. Bon sang, je comprends pourquoi la porte n'a pas tenu et j'imagine ce débile agenouillé à l'autre bout du couloir, plié de rire au moment de balancer son missile.

Qu'attend donc le personnel de l'hôtel pour réagir ? Toute la ville s'aplatit-elle vraiment devant les yakuzas et leurs agissements déments ? Il faut dire que ce fou furieux n'est pas venu seul, de nouveaux gorilles en costard-cravate lourdement armés l'accompagnent, et ce n'est pas pour faire joli ! Dans ce chaos qu'il a lui-même créé, au beau milieu de l'encadrement de la porte en feu et des retombées de cendres, Captain America se prélasse dans son élément. Il ne quitte plus son sourire de psychopathe, s'accroupit sur le sol à côté de ma carcasse trempée, puis plonge un doigt dans l'eau stagnante de la salle de bain. Alors, son rictus laisse place à un air extrêmement concentré, et, d'un coup, il porte son doigt à ses lèvres ! Sa langue claque, il se retourne, puis demande quelque chose en japonais à ses acolytes. Erf, il y a un problème ? Est-ce que ce connard va se rendre compte qu'il vient d'avaler les résidus de mon grand-père ? Et probablement une partie des miens aussi...

Tandis que je reste allongé sur le sol comme un petit vieux tombé de la baignoire, Captain America continue de déblatérer, jusqu'au moment où il pointe son doigt humide vers Yukiko. Les gorilles s'avancent alors vers elle, oh non ! Je lance un regard désespéré à Robert, mais mon maître reste hagard plusieurs secondes à cause de l'alcool qui redescend. Heureusement, il finit par réagir et s'empare du pommeau de douche dont il arrache le tuyau en inox. Lorsqu'il le fait tournoyer d'une main à l'autre comme un nunchaku, les hommes de main reculent. Je profite de ce moment de distraction pour contracter mes muscles et me relever d'un seul coup. Le Samouraï d'or investit mon corps et j'exécute un magnifique coup de pied retourné dans les airs, qui atterrit dans la tronche aplatie du gorille le plus proche. Et d'un costard-cravate par terre, à qui le tour ? Je serre le poing et commence à prendre mon élan, lorsqu'un mouvement attire mon attention, puis me stoppe net. C'est Captain America qui vient de saisir Yukiko à la gorge, un couteau à cran d'arrêt placé sous son menton. Merde...

Je vois Robert accélérer sa rotation en inox et fermer un œil comme pour mieux viser, langue pendante sur le coin de la lèvre, non mais quel attardé ! Je lui fais signe de tout arrêter, qu'on ne se retrouve pas avec le cadavre de Yukiko sur les bras. C'est la reddition, les gorilles se relèvent et nous encadrent. Captain America prend la tête de notre groupe de condamnés, il serre la nuque de Yukiko comme une petite chienne et rigole toujours plus fort au fur et à mesure que nous traversons les décombres de notre chambre d'hôtel, mais ça ne sonne pas très naturel. Où est-ce qu'il compte nous emmener ? De chaque côté, la meute en costard empêche toute échappatoire. Ça crève les yeux qu'ils aimeraient nous emplafonner, se venger de l'humiliation infligée, mais ils se retiennent pour nous escorter vers une destination sans doute pire que cet hôtel miteux.

*

Deux voitures aux vitres teintées nous attendaient juste devant l'hôtel vide, le quartier entier manifestement déserté... Il faut croire que la densité de population chute brutalement partout où les yakuzas apparaissent. On a donc traversé les couloirs enfumés par l'attentat au bazooka, sans aucun client ni employé à l'horizon, puis on est sortis sans témoins dans le quartier fantôme. Je voyais d'ici le meurtre parfait ! Captain America s'est engouffré à l'arrière du premier véhicule avec Yukiko, et un gorille a appuyé sur nos têtes avec Robert pour qu'on entre dans l'autre. Ils ont démarré en trombe, les lumières de Tokyo défilaient, mais je n'ai vu aucun badaud marcher sur les trottoirs. Nous étions seuls dans la nuit, la mafia nous avait projetés dans une nouvelle dimension en suspension. Le voyage a abouti devant un bâtiment lumineux, mille néons criards clignotaient pour accompagner une musique sourde derrière les murs. Quand deux gros bras nous extirpent des banquettes et nous entraînent à l'intérieur, je me rends compte qu'il s'agit d'un bar.

Du moins, à première vue.

Une fois nos yeux accoutumés à l'obscurité, nous découvrons de nombreuses danseuses.

Une boîte de strip-tease, vous imaginez ? Pleine de Yukikos en porte-jarretelles qui se trémoussent sur des barres en fer, qu'elles lèchent lascivement pour honorer notre passage ! Seulement, la vraie Yukiko marche toujours devant nous, toujours à la merci de Captain America, alors on continue d'avancer sous escorte jusqu'à une petite salle plus privée, avec une tout autre musique. Plus subtile, très loin de la J-pop explosive d'à côté. Une espèce de rock grunge baragouiné en anglais. Dans cette pièce aux lumières tamisées, deux geishas à moitié nues s'enfuient sous les imprécations d'un énorme Japonais vautré dans un canapé en cuir, une main dans la braguette et l'autre tiraillée entre verre de whisky et gros cigare de richard. Jabba le Hutt se lève mollement pour nous accueillir.

Enfin, pour accueillir Yukiko.

Nous autres, mâles concurrents, il nous ignore !

La bave aux lèvres, il inonde la nouvelle femelle de paroles en japonais, alors elle se cabre, mais je n'arrive pas à savoir si c'est parce qu'elle comprend tout ou qu'elle ne pige rien. La petite Française nippone peut-elle seulement subsister dans l'élément naturel de ses ancêtres ? C'était facile de parler étranger en France avec son copain le poissonnier, mais quand il s'agit de parler local dans le pays des locaux, il faut croire qu'il n'y a plus personne. Captain America aussi tire une de ces tronches ! Ce n'est plus le rire hystérique, ce ne sont plus les frasques du fou, il essaye de communiquer avec Jabba mais le mafieux mastoc reste fasciné par le charme hexagonal. Il se dresse de toute sa stature et tend un gigantesque index en direction de la petite effrayée :

— *Dance* !

Il a hurlé ça non pas à la française, mais avec un incroyable accent américano-japonais, toujours sur fond de musique grunge. Je ne connais pas la chanson, mais on n'est pas très loin de « Rape Me », le morceau de Nirvana. Yukiko reste consternée tandis que le gros crapaud se rassoit confortablement dans son canapé, puis répète :

— *Dance* ! *Dance for me* !

Captain America essaye toujours d'en placer une, mais le gros balaye ses tentatives d'un revers de main. La musique s'intensifie comme la pression sur les épaules de Yukiko. Comme elle reste immobile, les gorilles sortent leurs flingues et commencent à la braquer. Deux rotules tombent sur le sol, deux paumes se plaquent sur des orbites humides pour en contenir les larmes, mais ça ne prend pas avec la mafia ! Les armes se rapprochent de leur victime jusqu'à immiscer leur canon dans les cheveux en pagaille. Alors, Yukiko serre les dents et se redresse. Les flingues reculent, les longues mèches brunes couvrent toujours son délicieux visage, mais ses membres commencent à bouger au rythme de la musique. Plus la chanson avance et plus ses mouvements épousent à la perfection chaque séquence.

Tandis que notre public de circonstance reste figé dans la pénombre, hypnotisé par la danse du serpent, la limace avachie plisse les yeux, lèvres pincées, puis effectue un nouveau geste blasé du revers de ses doigts boudinés. Les canons se relèvent, et Yukiko comprend. Elle commence par retirer ses chaussures en cadence, puis son chemisier. Jabbah n'est toujours pas satisfait, jusqu'où la danseuse devra-t-elle s'avilir ? Je jette un œil à l'assistance, remarque les yeux gigantesques de maître Robert, sa bave aux lèvres, mais surtout Captain America qui trépigne. Il ne pourra délivrer son message qu'à la fin du rituel érotique, qu'est-ce qu'il a de si important à raconter ?

D'autres prostituées sont tranquillement installées sur un sofa, en train de fumer une pipe à opium dans l'ombre. Elles semblent placides, beaucoup plus matures que les jeunes fuyardes de tout à l'heure. L'impassibilité de leur regard laisse penser qu'elles doivent avoir l'habitude de ce genre de cérémonie. Combien de strip-teases a donc consommé le crapaud insatiable ? La chanson continue, mais le temps semble s'arrêter. Décalage horaire, irréalité des événements, d'un coup je me sens empreint d'une grande liberté et me dirige vers le sofa tandis que Robert et les sbires continuent d'assister au spectacle. Les vieilles péripatéticiennes restent indifférentes à mon intrusion dans leur espace, aussi je n'hésite pas à m'installer entre elles et à saisir leur calumet. Je me mets plutôt bien, là ! Yukiko continue de danser au loin et moi, j'aspire l'embout un grand coup, avant de recracher une fumée blanche très épaisse.

C'est là qu'un nouveau délire apparaît. Le nuage échappé de ma bouche prend l'aspect d'une silhouette humaine, elle se dresse jusqu'au plafond mal éclairé. Lorsqu'elle se penche vers moi, j'essaye d'enfoncer mon dos dans les coussins, puis recherche de l'aide tout autour. Imperturbables, les prostituées restent fascinées par la danse de Yukiko, des rides de jalousie au creux du visage. Allô ? Il va falloir se réveiller ! Elles n'ont même pas remarqué le prédateur évanescent, ces bécasses dégringolent au dernier maillon de la chaîne alimentaire. Pourtant, l'enfumé monstre imprègne littéralement la pièce, son souffle se répand dans mes narines tandis qu'il me demande :

— Prêt pour une nouvelle séance d'entraînement ?

— Hein ?

Putain, je reconnais cette mâchoire qui flotte. Heikegani alias Kanbari Nyūdō alias mon grand-père, ce vieux démon ! Il esquisse un sourire fumigène, mais merde, ce n'est vraiment pas le moment ! Quand je m'apprête à sauter en avant pour échapper au *yōkai* fou, une substance me prend à la gorge comme le gaz moutarde dans les tranchées de 14 ! Je replonge au fond du sofa, mes doigts sur mon cou et le bras tendu pour implorer les putes de me sauver. Elles ne m'adressent même pas un regard, au secours ! Une fois n'est pas coutume, papi vient de me rentrer dans le gosier comme une vulgaire bouffée de cigarette. Mais si j'ai avalé tout rond mon ennemi et aïeul réincarné, le combat n'est pas fini pour autant. Loin de là, parce que je le sens s'agiter en moi. Merde, c'est l'hémorragie interne, il va me niquer tout l'organisme !

Instinctivement, je m'enfonce un doigt au fond du gosier pour vomir tout mon soûl, et mes rejets se révèlent convaincants ! Mais je ressors bien vite mon index couronné d'un long filet de bave, car j'ai compris que cette tentative ne servirait à rien. Mon estomac est vide, non seulement parce que mon dernier repas remonte, mais surtout parce que ce foutu *yōkai* s'est logé directement dans mes poumons ! Je me trouve actuellement dans le dernier cercle des enfers et personne ne va venir m'aider. Je n'ai plus qu'à mourir par implosion de mes alvéoles, moi qui n'avais jamais fumé...

Seulement, il me vient une idée. J'attrape par ses cheveux bruns la vieille la plus proche de moi, puis l'embrasse à pleine bouche. La langue comme une hélice de bateau, je tourne et je tourne, bande de plus en plus dur, et son propre rythme ne fléchit pas dans l'enthousiasme partagé, c'est l'osmose absolue ! Au fur et à mesure, ses jambes en collants troués s'écartent et je peux glisser un doigt. Je sens quelque chose. Une évanescence me titille les phalanges comme la vapeur d'une cocotte-minute. J'ouvre un œil et constate la surprise dans le regard de ma partenaire, qui dirige ses yeux révulsés vers les cieux, presque solennelle. C'est quoi, un enfantement instantané ? Elle se met à crier, puis analyse son entrecuisse. Alors moi aussi je regarde, eh merde ! Qu'est-ce que je vois ? Un fantôme s'échappe du vagin maléfique ! Je vois le visage de mon grand-père dans une fumée incendiaire, il me regarde.

— Né de la pute pour un fils de pute, qu'est-ce que tu dis de ça ?

— Aaaargh !

C'est tout ce que je peux répondre. Je m'étrangle encore plus qu'au début, mais le changement s'impose de lui-même. Les yakuzas se retournent vers nous et, par miracle, ils voient le délire ! Autant je contemplais seul mon grand-père qui essayait de me noyer façon Canard WC dans la salle d'eau dégueu, autant tous le voient maintenant et jactent en japonais pour lui fumer sa nouvelle race. Tous les costards-cravates qui nous avaient encadrés sortent leurs armes, dix mille flingues crachent cent mille munitions dans la direction du *yōkai*, woulala !

Seulement, un nouvel acteur s'interpose.

C'est le Samouraï d'or, il apparaît et déploie de longues ailes comme un scarabée géant !

Toutes les balles lui rebondissent dessus, avant de s'endormir pour l'éternité sur le sol. Le combattant brillant se retourne et hisse son bras divin. La salve qui suit s'arrête devant un mur invisible, puis s'effondre inerte, désormais inoffensive. L'ange sert de bouclier au démon, mais pourquoi ?

Les Japs commencent à paniquer. Plusieurs s'enfuient, d'autres liquident un nouveau chargeur, désespérés par le surnaturel. Le Samouraï d'or déploie son sabre luminescent, esquive les dernières munitions puis expédie les ennemis à grandes brassées contre les murs, avant de se retourner vers Kanbari

Nyūdō. Un combat de titans s'apprête à commencer, une bataille que personne dans ce vulgaire bar n'aurait pu prévoir ! Notre protecteur ailé hurle et se précipite au-devant du génie de l'opium, tranche son évanescence comme autant de ronds de fumée. Apparemment, nos histoires millénaires doivent se régler dans le cadre familial. Voyant sa défaite et son destin scellé, mon grand-père s'enfuit.

Ou plutôt, il fait machine arrière.

Retourne d'où il est sorti, et la vieille écarquille ses petits yeux quand le démon rentre à nouveau en elle dans un accouchement inversé.

Les quelques yakuzas encore debout restent ébahis devant cette cérémonie bizarre. Yukiko elle-même s'est arrêtée de danser tandis que Robert profite de ce moment de flottement pour poser une main sur une bouteille de champagne placée sur la table basse de la salle. Bien vite, le combat reprend. Mon maître écrase le magnum dans une tronche qui explose en mille éclats de verre et de sang, alors les prostituées crient de plus belle. Elles plongent derrière le sofa et Jabba va vite se planquer au même endroit. Seulement, la grosse limace a tout vu et voit d'un encore plus mauvais œil que la fécondatrice du démon Kanbari Nyūdō lui colle aux basques, alors il cherche à la déloger à coups de pied mous dans l'élan, mais violents dans le choc. Il veut qu'elle avorte du *yōkai* !

Et moi, je reste là, spectateur du bordel.

Jusqu'à ce que je voie Captain America se relever, le torse en sang et un énorme revolver à la main.

Oh putain !

— Maître ! Attention !

Robert s'est emparé de toutes les bouteilles à cocktails, mais cette fois, il n'a pas l'occasion de les boire. Il s'en sert comme de nunchakus à l'aide des chaînes antivols et se charge des derniers hommes de main trop zélés. Il ne voit pas le danger !

— Il a un flingue gigantesque, il va te plomber !

Robert ne m'entend pas, trop concentré sur ses coups et probablement désorienté par le manque d'alcool, mais de toute façon, ça n'a aucune importance. Le canon ne se dirige pas vers lui, mais vers le canapé de Jabba et de ses traînées. Captain America appuie sur la détente, une déflagration retentit et la prostituée qui a enfanté Kanbari Nyūdō se retrouve sans tête. Son corps s'écroule sur le sol et le trou béant déverse une rivière rouge. Mon putain de grand-père va sûrement revenir...

Lorsqu'il voit son méfait de boucher, le fou explose à nouveau d'un rire frénétique. Son gros patron gigote dans tous les sens pour éviter que le sang n'arrive jusqu'à son costume, ça me ferait presque rire s'il n'y avait pas autant de morceaux humains sur mes propres vêtements. Et tandis que j'analyse ce paysage d'apocalypse dans la pénombre, Captain America pointe à présent son canon dans ma direction. Une nouvelle déflagration me soulève le cœur.

Une secousse traverse mon corps.

Je crois que je tombe. Je me sens flotter.

Ce fou a fini par m'avoir et je vais mourir ici, mon corps va chuter sur le sol, je vais crever comme la pute-purée. Tout ça pour un foutu sabre en toc, quelle connerie ! Yukiko me regrettera-t-elle seulement ?

Je vais rejoindre mon grand-père Kanbari Nyūdō et tous ses potes démons aux Enfers japonais, au moins je ne risque pas de m'ennuyer. Je rouvre les yeux pour affronter ce cauchemar, mais je me trouve toujours dans le bar. Du moins, dans sa partie supérieure. J'ai quitté le sous-sol sans le vouloir, qu'est-ce qui se passe ? Je baisse la tête et vois mes jambes courir malgré moi, mues par une puissance inconnue, même si je crois la reconnaître. Les noctambules du club me dévisagent tandis que je trace ma route sur les murs, comme si des ailes m'avaient poussé dans le dos.

Les ailes du Samouraï d'or.

Ses pas épousent les miens pour me sauver.

Agile comme une chauve-souris, je m'extirpe de ces décombres interlopes et me retrouve à courir dans la nuit de Tokyo.

*

Ces rues désertes, ça me rappelle mon excursion express vers la villa d'Hervé Ply à Paris.

Ce bolosse n'était qu'un amuse-bouche, à peine une maigre entrée de self-service.

À présent, je vais devoir bouffer le plat de résistance, à savoir tout le réseau de ces foutus mafieux !

Au moins, je ne manque plus d'entraînement. Je repense aux sales trognes de Captain America et de Jabba, et il me reprend l'envie d'y retourner. Il faut que j'aille sauver maître Robert et Yukiko ! Pourquoi le Samouraï d'or me fait-il fuir et non combattre ? Je veux y retourner ! J'essaye de retenir mes semelles sur le bitume frais, mais rien à faire. Hé, c'est moi qui dois décider ! Concentration maximale, je serre les dents et arrive à ordonner à mes muscles de ralentir la cadence. Le vent souffle moins violemment sur mes joues, je contrôle mon rythme. J'arrive à réguler le patronage du grand Samouraï ! Marre de la tyrannie des esprits...

Seulement, une déflagration de coups de feu vient me siffler entre les oreilles, argh ! Je reprends mes jambes à mon cou, dix fois plus vite. Les balles me caressent les mollets et les épaules. Ils vont m'avoir dans le dos, les salauds ! Les Japonais se sont rangés du côté des fascistes pendant la guerre, ce n'est pas pour rien ! Au bout d'une dizaine de détonations, mon épaule gicle comme un volcan.

Bordel.

Cette fois, ça ne rigole plus, il faut que je me planque.

Je prends la première rue de traverse, puis une autre, puis une autre, jusqu'à me perdre moi-même. Une lumière tamisée apparaît derrière une vitre, alors je tambourine à l'énorme porte de cette grande maison qui ressemble à un temple bouddhiste. Asile, asile ! Allez, quoi, qu'est-ce que vous attendez pour ouvrir ? Je vais mourir au pied de cette baraque cossue comme un vulgaire clochard. Ces dernières semaines défilent dans mon cerveau tandis que je continue de frapper à la porte. Le stress crispe mes poings écorchés contre le bois. Les yakuzas vont probablement me retrouver avant les disciples de ce foutu temple !

C'est la fin.

Tel le Christ sur sa croix, je m'abandonne à mon destin.

J'écarte les bras et m'étale sur la porte de tout mon torse qui glisse. C'est moi, le nouveau martyr d'Occident !

Sauf que mon corps bascule complètement, d'un coup sec ! Il s'effondre sur le sol et aplatit mes poumons, la porte vient de s'ouvrir. Dans une faible lueur en contre-plongée, je vois un nouveau monstre. Le frère de Jabba ! La même tronche joufflue, la même corpulence, sauf qu'il ne porte pas de costume. Il ne porte même rien du tout, à part une espèce de serviette qui lui rentre dans le cul. Comme une ceinture de sumo. Attendez, c'est un lutteur de sumo ! Je me relève et me cogne à l'un de ses mamelons, il est dur ! Pas du tout gras, que du muscle ! À le voir de plus près, je me rends compte qu'en réalité, il ressemble plus à Ronflex qu'à Jabba. Imaginez, si mon chemin dans les petites rues labyrinthiques m'avait ramené à mon point de départ ! Retour à l'obscure boîte de strip-tease, coucou Jabba et les yakuzas ! N'empêche qu'ils doivent se rapprocher, alors je supplie le sumo :

— *I need help ! Danger ! Killers !*

Toujours silencieux, mon hôte jette un regard placide vers l'ouverture de la porte, avant de la refermer le plus calmement du monde. Le gros ne se rend pas compte que j'ai une horde armée aux trousses ! Il ferait mieux de monter de quelques crans en adrénaline, je ne pense pas qu'il survivrait aux balles malgré ses bourrelets. Bon, de toute façon, nous sommes à présent en sécurité. À condition de ne pas faire trop de bruit, j'espère qu'il ne va pas trop faire craquer les lattes du plancher.

Mais merde.

C'est bien pire !

Cet énorme connard met ses paumes en porte-voix et commence à hurler en japonais ! C'est quoi, ça ? Quelle énorme balance ! D'un coup, c'est le temple tout entier qui commence à trembler. Un troupeau d'éléphants charge depuis le premier étage, et on les voit bientôt se ruer dans les escaliers. Une dizaine de sumos, tous l'air plus ahuri et renfrogné les uns que les autres. Quelle merde, ils vont m'aplatir ! Et si je ne finis pas entre deux ventres de 120 kilos, c'est la mafia qui va rappliquer pour me cribler ! Je recule dos au mur pour essayer de les calmer, l'index devant mes lèvres tremblantes :

— *Chhht ! Chhht ! Killers outside !*

Mais ils n'arrêtent pas. En fait, ce ne sont pas des éléphants, ce sont de vulgaires volailles débiles qui ont bouffé trop de maïs ! Panique dans le poulailler, et les renards rôdent, ils vont bientôt se servir ! Les gros poulets de *Chicken Run* m'acculent contre la porte et je m'attends à recevoir soit des claques dans la gueule, soit une déflagration d'acier au travers du bois. J'aimerais que le Samouraï d'or débarque à nouveau pour farcir toutes ces dindes, mais plus je serre les dents et plus j'ai l'impression que je vais salir mon caleçon. Alors, dans un ultime sursaut, je susurre :

— *Yakuzas... Looking for me... In the district...*

Soudain, changement d'ambiance. Les bouches s'arrêtent et les tronches s'allongent, tous font silence comme de gros poissons-globes ! Les faces de fugu s'observent les unes les autres, elles n'osent même plus bouger. Nous nous tenons tous en équilibre sur une énorme bombe, dirait-on ! Jappement interrogatif et chuchoté du plus gros sumo envers celui qui m'a ouvert la porte. Ronflex semble lui confirmer ce qu'il a cru comprendre.

Alors, il se dirige le plus discrètement possible vers le tableau électrique pour éteindre toutes les lumières.

Plongés dans le noir, nous attendons des minutes entières, toujours debout.

Ça semble une éternité, mais qu'est-ce que je peux faire d'autre ?

*

On a fini par se coucher, tous dans la même pièce. Ils m'ont installé un matelas pneumatique.

J'ai donc atterri dans une *heya*, une confrérie de sumos.

Il faut savoir que les sumos détestent les yakuzas. Ils ne veulent rien avoir à faire avec eux et c'est pour cette raison qu'ils ont préféré la jouer discret. Ici, les sumos sont vénérés par la société, tandis que les yakuzas sont craints et détestés. Il s'agit de deux groupes foncièrement opposés, les conformistes et les rebelles. Je me retrouve donc dans le saint des saints de l'establishment nippon, moi dont l'âme déborde habituellement de sève subversive. Enfin bon, ce n'est pas comme si j'avais choisi. Mais depuis les interventions du Samouraï d'or, je sais que rien n'arrive par hasard. Il dirige mes moindres mouvements, explicitement ou pas, c'est lui qui m'a amené ici. Tout cela doit avoir un sens, même si je n'ai pas encore trouvé lequel.

Et je le trouve d'autant moins que dans le dortoir, c'est l'enfer. Entre les ronflements et les pets à répétition, j'angoisse. C'est bien simple, malgré le poids des événements et la fatigue qui m'écrase, je me vois dans l'obligation de passer une nuit blanche. Le portier qui m'a sauvé se trouve juste à côté de moi, et il remue comme un phoque échoué. Comment est-il possible d'avoir un sommeil aussi agité ? À un moment, alors que je commence enfin à fermer l'œil, je sens comme une odeur de sueur et d'excréments ! Alors, je vois le cul humide de Ronflex en gros plan, il vient de se tourner vers moi pour me péter au visage ! Sans le faire exprès, évidemment, mais qu'est-ce que ça change au traumatisme ? Je bondis, hurle et réveille tout le monde. Et bien sûr, c'est moi qui me fais engueuler en japonais. La meute se rendort vite sur sa banquise, et moi, le bébé phoque à la gueule écrasée, je reste tétanisé.

Heureusement, ça ne dure que quelques heures, si je puis dire. Lever super tôt, j'hallucine ! Il est cinq heures. Les gros paraissent en forme, tu m'étonnes. À part mon meuglement intempestif en pleine nuit, ils se sont gavés de sommeil comme des nourrissons. Mon cerveau dans les vapes, j'espère me réveiller à l'occasion du petit-déjeuner. Je me laisse guider dans les couloirs avec les bêtes de compétition qui font deux fois ma taille, on va pouvoir s'installer à l'immense table ! J'ai l'impression d'avoir intégré un élevage de vaches. Allez, haut les cœurs, le banquet va pouvoir commencer.

Mais il y a un problème. Au moment d'arriver devant la grande salle, je suis le seul à entrer ! Tous les autres continuent tout droit, merde, ils vont où ? Je rattrape le groupe et je me rends compte qu'ils s'entassent dans une salle d'eau ! Pourquoi se laver maintenant ? Je me fous d'être sale, j'ai trop faim ! Mais c'est la dictature de la *heya*, une main se pose sur mon épaule pour m'entraîner jusqu'à une gigantesque baignoire avec trois autres sumos déjà bien installés. Enfant, j'avais toujours rêvé de nager parmi les baleines...

Quand je m'enfonce dans l'eau, la surface devient noirâtre et les trois autres hallucinent. Bah quoi ? Vous voulez ma vie ? Je n'ai pas chômé ces trois derniers jours, moi ! Je ne me prélasse pas dans une confrérie à bouffer des chips pour engraisser ! Je cours dans tous les sens, je dois échapper à l'hystérie des femelles, aux couteaux des psychopathes et même aux balles de la mafia ! C'est autre chose que vos petites chamailleries sur tatami, avouez ! Alors oui, l'eau devient noire, c'est la couleur de la survie.

Mais ils ne l'entendent pas de cette oreille, ils gesticulent comme des pachydermes pour sortir de la baignoire. Vous êtes ridicules, les mecs ! C'est ça, les demi-dieux les plus respectés du pays ? Des princesses qui ne sauraient souffrir une eau légèrement trouble ? Vous me faites marrer ! Allez, dégagez. Comme ils s'entrechoquent dans la panique, ils peinent à repasser par-dessus bord. Moi, je saisis une éponge et commence à me frotter partout. Au moment où je l'amène vers mon trou du cul avec un petit gémissement soulagé, ils hurlent comme des pucelles effarouchées et redoublent d'efforts pour s'extirper de la l'auge.

Les minutes passent dans la solitude, et j'avoue qu'au final, je prends mon pied.

Du calme et de l'eau chaude, je reste un petit moment à me prélasser.

Ils sont partis où, tous ces cons ?

Je retire le bouchon et sors de la baignoire, saisis une serviette géante dans laquelle je m'enroule. Une vraie tente de camping, ce truc ! Cette fois, je me dirige vers la salle à manger. Mais il n'y a personne. Et pas la moindre trace de nourriture, bordel. Mon estomac gargouille d'indignation. Je me laisse guider par le brouhaha lointain des baleineaux et finis par les retrouver. Ils ne sont pas du tout en train de manger ! On va donc mourir de faim ? Les sumos s'adonnent à des exercices sur tatami. Serais-je tombé en pleine période de diète ? C'est nul. Je-veux-bouf-fer ! Même si je déteste réclamer, il va falloir que je m'impose. Je rentre dans la grande salle, tout le monde s'arrête dans son élan pour me dévisager. Bah quoi ? Je suis propre maintenant !

En réalité, ce n'est pas mon visage qu'ils dévisagent, c'est légèrement plus bas. Je baisse les yeux et vois mon gland dépasser de la serviette. Allons bon, ils vont encore faire les choqués ? Pour un peu, j'aurais envie de le saisir pour leur offrir un véritable spectacle de marionnette en peau de zob, mais Ronflex se précipite vers moi avec un large morceau de tissu. C'est une ceinture de sumo, un *mawashi* !

Ce truc fait au moins 10 mètres, et mon habilleur personnel entoure pas moins de sept fois ma taille pour me la mettre. Il me la serre au max et ma la noue par derrière. Je ne me sens pas vraiment à l'aise avec ce string géant, mais au moins je me trouve à présent dans la même tenue que mes nouveaux compagnons. Ça ne peut qu'aider à mon intégration, même si je ne compte pas m'attarder. J'ai une vengeance et un double sauvetage à mener.

J'effectue quelques pas avec ma ceinture qui me rentre dans le cul, j'ai l'impression de sortir d'un backroom. Les phoques se marrent autour de moi, c'est la honte. Tu parles d'un accueil ! Mais je m'en fiche, je m'accroche. Il semblerait même que la situation me permette de faire mes preuves : on me guide jusqu'à l'intérieur d'un grand cercle tracé sur le sol et on m'explique que c'est le *dohyō*. Vraiment, c'est sympa de me préciser tous les termes nippons, mais comment je suis censé retenir tout ça ? De toute façon, tout le monde connaît le terrain balisé des combats de sumos. Le but, c'est de rester dans le cercle, et ça risque d'être sportif ! Mes pieds nus entrent en contact avec une espèce de terre argileuse, très humide et recouverte de sable. Ce n'est pas très agréable, mais je ne crois pas que ce soit le but.

Un sumo entre dans le cercle. Pas le plus imposant, mais il doit bien avoisiner les 110 kilos. Placé en face de moi, il me salue, alors je l'imite. Mais après, ça devient n'importe quoi. Il frappe dans ses mains, lève les bras, puis les jambes, s'accroupit et se rince la bouche avec l'eau d'un petit récipient. C'est quoi, ça ? La danse de la pluie ? Je commence à pouffer, ça va partir en crise de fou rire ! Ronflex semble s'en rendre compte et blêmit, lui ne semble pas vouloir rigoler avec la religion. Il m'invite à reproduire moi-même ce petit cérémonial de préparation au combat appelé *shikiri*.

Oh merde.

Ce nom me fait encore plus marrer.

Mais j'y vais, je reproduis les mouvements saccadés par des tremblements de rire contenu. Au final, j'arrive au bout du cérémonial avec le souffle court et un sacré mal de côtes, mais je me contrôle. En face, mon opposant ne me laisse aucune chance, il me fonce directement dessus ! Son énorme ventre de phoque bien rembourré s'étale sur mon torse, mais en plus il m'attrape la ceinture de part et d'autre ! Hé, c'est une arène de sumo ou c'est une boîte à partouze ? Je bascule hors du cercle en gesticulant comme un demeuré, jusqu'à ce que ma ceinture me rentre un petit peu plus dans le cul au moment où mon postérieur s'écrase sur le sol.

Là, ce n'est plus moi qui rigole, ce sont tous les autres !

Ronflex hurle : « *Yoritaoshi* », et M. Cent Dix Kilos paraît tout fier, quelle méga honte...

Bon, je ne vais pas en rester là. Je me fiche qu'il fasse deux fois mon poids, ce gars n'a-t-il jamais entendu parler de David et Goliath ? Les Japonais ont-ils seulement un équivalent dans leur folklore ? Je retourne à l'intérieur du *dohyō* parmi les milliers de gloussements, j'espère qu'au moins, on ne va pas devoir se retaper les gestes rituels du début. Je n'ai vraiment plus envie de rire ! Mais mes hôtes se montrent compréhensifs, ils m'accordent ma revanche. Cent Dix Kilos frappe à nouveau dans ses mains, je ne sais pas si c'est pour se foutre de ma gueule ou pour attirer l'attention des dieux. Je décide de profiter de ce petit moment d'inattention pour lui rentrer dans la gueule. Hé, quoi ? Je suis étranger, je débarque, alors j'improvise ! Allez, continue d'applaudir comme un gros cake, c'est à moi de te ridiculiser. Et je joins l'acte à la pensée, le creux de mes orteils s'enfonce dans le sable humide pour prendre de l'élan, puis je fonce comme un taureau.

Seulement, ça ne se passe pas comme prévu. Cent Dix Kilos se révèle bien plus vif que ce qu'il pourrait laisser croire, en une fraction de seconde il a cessé d'applaudir et s'est décalé sur le côté. Heureusement, j'arrive à freiner sans quitter le cercle, mais cette grosse ordure profite de ma position de faiblesse ! Il me fait une espèce de clé de bras d'une main et saisit l'arrière de ma ceinture de l'autre. Là, il n'a plus qu'à me projeter en avant et cette fois, c'est la tête la première que je sors du terrain. Le visage enfoncé dans le sol, j'entends Ronflex crier une nouvelle fois : « *Uwatenage* ! »

Nouveaux éclats de rire.

Nouvelle défaite, bordel...

S'ils croient que je vais en rester là ! Je chancelle, mais j'y retourne. Les rires s'atténuent, je vois le public se jeter des regards interrogateurs. Je crois qu'ils ont peur pour moi, mais qu'est-ce que vous croyez ? Vous ne connaissez pas mon endurance, j'ai su venir à bout d'un champion international d'arts martiaux, d'un *yōkai* abominable et des pires gorilles de la mafia ! Qu'est-ce qui pourrait m'arriver ? Vous croyez vraiment qu'un peigne-cul en obésité morbide va changer le cours de l'histoire ? L'air décidé, je retourne d'un pas lourd à ma place. De l'autre côté du *dohyō*, Cent Dix Kilos hésite. Il lance un regard de détresse à Ronflex. Pourvu que ce bouffi n'arrête pas le combat, je veux leur montrer, à tous ! Et l'arbitre se montre téméraire, l'affrontement va continuer. Merci bien ! C'est mon problème si je veux me faire défoncer !

Changement de programme, je serre les poings et fixe mon adversaire, ma mâchoire bien crispée. Je vais passer ce tas de gras à la moulinette façon churros, il va regretter cette dernière manche ! Mais je perçois un petit sourire narquois, est-ce que je rêve ? Je sens mes nerfs commencer à bouillonner dans tout mon corps, ça me fait presque mal à la tête ! Mes oreilles sifflent, mes phalanges tremblent et mes narines expirent bien trop fort de l'air brûlant. Qu'est-ce qui m'arrive ? Encore un truc surnaturel. Ça ne m'effraie même plus ! J'applaudis malgré moi, comme si je voulais inconsciemment parodier les cent dix kilos de superstition.

Je ne me contrôle plus !

Et puis je vois mes membres se dédoubler dans une transparence éthérée.

C'est le Samouraï d'or, il vient de réintégrer mon corps et son énergie me dépasse. D'un côté, ça me rassure, mais de l'autre, ça me soûle ! Qu'est-ce que les phoques vont penser ? Que c'est de la triche ? Ont-ils seulement eu l'expérience de *yōkais* ou d'esprits bienveillants ? Vont-ils être tétanisés devant l'apparition ? Peut-être vont-ils me balancer aux yakuzas pour m'exterminer, moi et ma malédiction ! Toujours en sueur, toujours tremblant, je jette un œil angoissé vers l'assistance. Mais c'est bizarre, rien n'a changé de leur côté ! Toujours les mêmes regards silencieux, pas le moindre élargissement d'orbite, pas même un froncement de sourcil ! Je me retourne et constate que mon adversaire n'a pas non plus changé de tronche, le sourire insolent toujours au creux des lèvres.

Alors, c'est le déclic.

Je me sens partir.

Mes jambes s'activent sans que mon cerveau les contrôle, en une fraction de seconde je me retrouve devant la montagne. Personne n'a le temps de réagir, pas même moi, j'ai rejoint l'autre bout du *dohyō* à la vitesse d'un flash photographique. Mes synapses n'ont pas encore imprimé la réalité que je vois mon propre poing s'écraser dans le visage de Cent Dix Kilos. Entourées de volutes d'or, mes phalanges s'enflamment et le sumo décolle dans les airs.

Au sens propre !

Et tout le monde lève la tête au ralenti.

Les cent dix kilos s'élèvent comme un Boeing et la tête de mon adversaire finit carrément par s'encastrer dans le plafond, cinq mètres plus haut ! Il reste suspendu quelques secondes, avant de se décrocher de lui-même dans un fracas de briques, de croûtes de peinture et de poussière.

*

Bon, mon opposant a atterri en dehors du cercle, mais tous ces empaffés refusent quand même de me déclarer vainqueur. C'est quoi ? Du racisme ? J'ai littéralement explosé le gros, je l'ai catapulté hors du *dohyō*, qu'est-ce qu'il vous faut de plus ? Tous ont bondi comme un seul sumo pour porter secours au perdant, ah ça va, il a de la réserve ! Ronflex m'explique à grand renfort d'anglais laborieux et de gestes mimétiques douteux que je n'aurais pas dû faire ça, que ce n'est pas homologué, ce ne serait même pas sportif du tout. Tu parles, j'ai dû lui faire perdre dix mille calories ! Enfin, même pas moi, le Samouraï d'or qui m'a de nouveau protégé, mais je me retiens de l'avouer car je vois tout de même de l'admiration dans les yeux de mon interlocuteur.

D'où ai-je pu tirer autant de force sur le moment ?

C'est du jamais vu dans toute l'histoire du sumo ! Tu m'étonnes...

Ronflex se propose de devenir mon nouveau maître Robert. Avec un peu d'entraînement et l'assimilation des bons codes, je pourrais devenir la nouvelle superstar du sumo. Première étape de cette ascension vers la gloire : appeler le maître par son vrai nom, Satô. Mais ce que Satô ne comprend pas, c'est que je n'ai nullement besoin de ses services pour gravir les échelons craquants de n'importe quel art martial ! D'ailleurs, avais-je vraiment besoin de maître Robert dès le départ ? OK, le Samouraï d'or n'aurait probablement pas pu me fournir l'arc japonais, ce *yumi* qui m'a permis d'infiltrer la villa d'Hervé Ply... Mais pour le reste, il faut bien reconnaître que le Samouraï s'est montré dix mille fois plus efficace que mon cher pochtron de clochard…

Ça me fait penser que je dois absolument les sauver, lui et Yukiko ! Les yakuzas les ont peut-être prostitués à l'heure qu'il est ! Imaginez maître Robert tailler des turlutes aux péquenauds de Tokyo, quel spectacle abominable ! La même chose côté Yukiko se révèle beaucoup plus excitante, mais encore moins acceptable. Pas le temps pour le sumo de haute volée, je dois partir maintenant. D'un petit mouvement de la paume, geste dédaigneux au possible en langage international, je décline l'offre de Satô et commence à me barrer du *dohyō*, ciao les gros !

Mais ils ne l'entendent pas de cette oreille.

Une armée d'hippopotames m'entoure et me demande des comptes.

Ah ouais ? Vous voulez vraiment la jouer comme ça ? Bras écartés et poings devant moi, je constate que j'ai conservé les ondes lumineuses du Samouraï entre les doigts. Mes adversaires immédiats ne voient même pas cette électricité qui va les foudroyer, alors je ris en moi-même. Allez, approchez ! Un premier sumo arrive et tente de m'attraper par la ceinture, alors je lui saisis les pognes pour le catapulter en dehors du cercle, et plus précisément dans le mur de parpaings quelques mètres plus loin. Le deuxième assaillant s'essaye à une autre technique, il m'assène une multitude de coups avec le plat de ses mains, c'est super agaçant ! Ce foutu morse me fait reculer jusqu'à la limite du cercle. Là, je freine de tout mon poids, ainsi que du poids du Samouraï d'or. La victime sacrificielle n° 2 fronce un sourcil, avant que mon propre plat de la main s'abatte au beau milieu de son front pour lui faire traverser tout le *dohyō* en sens inverse. Et en vol plané. Quelques briques de plus se décrochent du mur, comptez sur moi pour refaire la déco ! C'est vous qui l'avez voulu ! À qui le tour ?

Un énorme crétin chauve aux mamelons comme des pastèques veut tenter sa chance. Ils n'ont pas encore compris ? Après ce que je vais infliger à ce tocard, toute la communauté aura la même coupe que lui, même plus de place pour un cheveu blanc ! Je serre le poing d'un coup sec et un feu d'étincelles bleu turquoise explose le long de mes paumes. Quand je vais taper dans le gras, le bibendum va se retrouver à Hiroshima ! Mes orteils s'enfoncent dans le sable humide et tout mon corps se recroqueville pour prendre l'élan nécessaire.

Mais il y a un problème, un truc me saisit à la cheville, par-derrière !

Hé, c'est dans le code du sumo, ça ?

Je me retourne pour regarder quel fils de phoque me joue ce coup tordu, mais il n'y a personne ! Je baisse les yeux et là, je glapis. Une main me tient bien par le pied. Une main toute seule ! Elle sort du sable comme dans les films de zombis ! Non, attendez, c'est encore pire. La main, c'est du sable ! Une main en sable, appartenant à un homme de sable enfoui juste en dessous, argh ! Le sol commence à trembler de tous ses grains, et une tête apparaît. Kanbari Nyūdō, mon grand-père *yōkai* !

— Salut la compagnie !

Son visage pousse à la verticale et c'est tout son corps de démon sablonneux qui s'étend, tout en m'enserrant toujours plus les jambes. Quel cauchemar !

— Bah alors, tu t'es mis au sumo ? Tu ne me présentes pas à tes nouveaux copains ?

Je tourne la tête pour implorer une alliance avec mes adversaires les plus récents, mais je n'en ai même pas le temps. Immédiatement, je vois le gros chauve en gros plan, il vient de profiter de mon effroi pour me prendre lui aussi par surprise. N'y a-t-il que des lâches au sein de ce *dohyō* ? Il saisit l'arrière de ma ceinture d'une main et me pousse le dos de l'autre, oh merde ! Mes pieds déjà ensablés par Kanbari Nyūdō freinent à la dernière limite du cercle, il ne faut plus que je bouge d'un centimètre ! Le sumo maintient la pression et mon grand-père continue de me déséquilibrer, mais je tiens bon ! Comment est-ce seulement possible ?

Ah mais oui, en réalité nous sommes à armes égales !

Le Samouraï d'or sera ma botte secrète, le *deus ex machina* fatal pour ces enfoirés !

En équilibre précaire, je me concentre pour invoquer les pouvoirs de mon protecteur. Je ne vais plus pouvoir tenir très longtemps, il faudrait qu'ils se manifestent ! Mes paumes brassent l'air, tout le monde rigole à nouveau et je sens mon sang irriguer mon corps comme de la lave en fusion. Au bout de quelques secondes, la magie opère. Des auréoles d'électricité bleue me parcourent les doigts, les deux abrutis vont goûter aux joies du nucléaire ! Mais au moment où j'arrive à faire pivoter mon torse pour contre-attaquer, tout s'arrête. Mes poings n'ont plus de jus ! La petite lueur bleutée vient de s'éteindre d'un seul coup, c'est la panne, peut-être bien le court-circuit ! En tout cas, ça ne m'arrange pas. Samouraï, pourquoi m'as-tu abandonné ?

Je suis acculé comme un gibier à bout, et mes muscles m'abandonnent.

C'est bon, vous avez triché, vous avez gagné !

Je me sens tomber, ma tête plonge et je vois la ligne du cercle se rapprocher. Je vais la dépasser et perdre le combat devant la foule hilare. Kanbari Nyūdō va probablement me dévorer devant l'assistance en délire, c'est ça que vous aimez ! La triche infecte, puis l'exécution sommaire, bande de barbares ! Vous méritez bien votre pays de démons, tiens ! Et le sol se rapproche toujours plus, et le visage de mon grand-père ouvre une gueule démesurée dans le sable. Adieu !

Heu, attendez.

Mon pied s'active tout seul, un orbe bleuté le parcourt comme une fusée de détresse.

C'est un sursaut de survie !

Le talon se libère de l'emprise ensablée, puis s'enfonce violemment dans la tronche du *yōkai*. Un cri d'agonie retentit et mes pieds peuvent profiter de ce point d'appui pour prendre l'élan nécessaire. Alors, mes jambes s'étendent d'un seul coup et mon corps tout entier s'auto-catapulte au ras du sol. Je passe entre les deux jambes de Crâne Chauve et me retrouve derrière lui en une fraction de seconde. La foule stoppe net son vacarme, personne n'a rien compris ! Kanbari Nyūdō disparaît dans le sable humide façon chasse d'eau et le sumo jette un regard dans toutes les directions pour me retrouver. Les pouvoirs du Samouraï ont réintégré mon pied au bon moment, il faut que j'en profite avant qu'il ne me refasse une mauvaise farce ! Sans réfléchir, je shoote dans le gros cul qui s'offre à moi. Mon adversaire s'envole loin devant comme un avion de chasse, puis s'écrase lamentablement dans le public. Les sumos s'écroulent alors les uns à la suite des autres comme des dominos, tous tombent dans un tumulte de cris et de décombres.

Désormais, je me retrouve seul debout, et seul au centre du *dohyō*.

J'ai vaincu toute la confrérie à moi tout seul !

En contre-plongée, Satô me fixe, à la fois en colère et en extase.

*

C'est enfin l'heure du repas, bon sang, merci !

Tout le monde me regarde de travers autour de la table, mais je m'en fiche, je vais enfin pouvoir bouffer.

Ces combats m'ont drôlement creusé !

Nous sommes réunis autour de l'immense table basse que je lorgnais tout à l'heure et Satô apporte une marmite fumante, ça sent bon, putain ! Mon bol arrive, c'est une espèce de ragoût avec des morceaux de poulet, du chou rouge, des champignons, et je crois même déceler quelques vapeurs de saké ! Robert doit connaître cette recette... Les sumos soufflent à peine sur leur portion que j'ai déjà avalé la mienne tout rond. Je viens de me brûler la langue, mais ça en valait la peine ! J'avais trop faim, d'ailleurs j'ai encore faim, je réclame du rab. Les tronches de mes convives s'allongent, eh oui, prenez-en de la graine ! Je vous ai vaincus, je mérite plus de calories. D'autant que le Samouraï d'or a dû me drainer pas mal d'énergie, sans parler de l'adrénaline que ce foutu *yōkai* a dégagée dans tout mon corps. D'ailleurs, personne n'a réagi à l'apparition du monstre, ça n'a pas eu l'air de les changer dans leurs habitudes, comme si ces tarés invoquaient régulièrement des démons. À moins qu'écrasés par la honte de leur défaite, ils n'aient même pas eu la force de réagir ?

Quand Satô m'amène un deuxième bol, je lui demande s'ils avaient déjà vu Kanbari Nyūdō dans leur *heya*. Un de ses sourcils décolle. Bon, il a raison, c'est peu probable. L'esprit de mon grand-père a dû simplement nous accompagner depuis la France dans la soute à bagages. Ou alors, il nous aurait suivis par tous les systèmes de canalisation disponibles entre Paris et Tokyo ? Un nouveau cul sec, et j'attends toujours la réponse de Satô. Il finit par me demander :

— Kanbari Nyūdō ?

Ben oui, bah quoi ? Je prononce mal, peut-être.

— Yes ! Kanbari Nyūdō the yokai ! During the battle, he was... He was...

Bon sang, qu'est-ce que ça me soûle de devoir expliquer des évidences. Déjà en français, mais alors en anglais ! Satô voit que je galère, il a compris que j'étais meilleur combattant qu'orateur, alors il me fait une fleur. Il sort son smartphone dernier cri et me le tend, je peux m'exprimer dans ma langue et une voix robotisée traduit tout en japonais. L'appareil a l'air de bien suivre la cadence quand je commence à parler, alors je me lâche. Je raconte tout depuis le début, l'arnaque au faux sabre, toutes mes économies dilapidées, l'e-mail arrogant des voleurs, le dédain d'Hervé Ply, la rencontre avec Robert, la légende du Samouraï d'or, mon grand-père vaincu dans la cave et métamorphosé en *yōkai*, l'argent volé dans le restaurant de Yukiko, l'arrivée à Tokyo, les yakuzas, Captain America le taré, le club interlope, mon arrivée ici, ma victoire écrasante contre eux et Kanbari Nyūdō...

Satô sursaute, le visage de travers.

Bon, d'accord, il faut que j'arrête de les narguer.

Mais le sumo a plutôt l'air apeuré, il trifouille sur les touches afin de revenir en arrière sur la traduction robotique.

La voix japonaise parle à l'envers et en accéléré, on se croirait dans une séance d'exorcisme ! Satô relance les mêmes passages plusieurs fois et tous les convives commencent à suer à grosses gouttes, qu'est-ce qui se passe ? Ils se regardent les uns les autres, discutent, se disputent. Je crois que le récit de ma vie mouvementée a effrayé cette paisible confrérie sans histoires, j'aurais peut-être dû fermer ma gueule... Maintenant, ils vont me virer sans même me rendre mes vêtements, je vais me retrouver à la rue complètement nu ! Bonjour la discrétion, les yakuzas vont me retrouver et me baiser, à moins que la police corrompue ne me foute au trou pour mieux marchander mon corps ! Les yakuzas contrôlent tout dans cette ville, je l'ai bien compris. L'angoisse monte et un haut-le-cœur me prend, j'ai l'impression que je vais vomir, alors je repousse mon troisième bol de ragoût sans même l'avoir fini. Ces abrutis viennent de me gâcher ce super repas ! Ou plutôt, c'est moi qui l'ai gâché. Je suis mon pire ennemi, bien plus que mon grand-père et toute ma généalogie surnaturelle. S'il n'y avait pas le Samouraï d'or pour me sauver la mise, je pense que je serais déjà mort.

D'un coup, tous les sumos se taisent, puis me fixent. Qu'est-ce qu'ils vont faire ? Me sauter dessus ?

Dans l'immobilité générale, Satô explose d'un coup. Il porte son téléphone à ses lèvres et commence à déblatérer. Le logiciel traduit instantanément, une voix artificielle et nasillarde me demande :

— Captain America ? Qui est Captain America ?

Le téléphone revient vers moi, je bafouille :

— Une espèce de gamin hyperactif ! Les cheveux longs, le rire du Joker, et le logo de Captain America sur sa connerie de T-shirt ! Un comics à lui tout seul, ce fils de pute !

À voir les grimaces de mes auditeurs, je conclus que la traduction doit être bancale, je devrais peut-être arrêter les analogies. Les Japonais doivent pourtant bien connaître tous ces personnages, eux qui ont subi le colonialisme amerloque ! Ils doivent même les connaître mieux que leur propre patrimoine. Satô me demande :

— Un jeune d'une vingtaine d'années ? Un petit chef ?

— Mais oui !

La voix électronique traduit : « *Demo hai !* » et tout le monde sursaute. Je crois même entendre un petit prout étouffé dans une ceinture de sumo. Bon sang, calmez-vous les mecs ! Il manque une case à Captain America, ce gamin est trop fou furieux pour être vraiment dangereux !

Mais Satô s'excite et tous les gros dindons se mettent à déblatérer, affolés comme dans une basse-cour.

Je les ai perdus, je crois...

M. Téléphone arrive tout de même à garder une once de sang-froid pour m'expliquer :

— Tu t'es mis en conflit avec un des pires yakuzas ! Tu as tout simplement signé ton arrêt de mort !

— Mais vous êtes graves ! Je vous ai parlé de Kanbari Nyūdō, le monstre aux mille visages, le démon qui s'infiltre partout pour m'étriper sous n'importe quelle forme, mais vous, vous bloquez sur un gamin ! Il va falloir revoir vos priorités, les gars !

— Pourquoi parles-tu de Kanbari Nyūdō ?

— Mais parce qu'il ne fait que me suivre ! Il était là pas plus tard que tout à l'heure, pendant le combat !

— Pendant le combat ?

— Mais bien sûr, pendant le combat ! Il me tenait par les jambes, vous ne l'avez pas vu ? Il a profité de ma position de faiblesse pour...

Pendant que je parle en différé avec la traduction trop lente, je constate que deux yeux sont en train de m'observer au fond de la marmite. La surface graisseuse du ragoût commence à s'agiter sur la table, elle entre en ébullition et ne va pas tarder à me prendre pour cible, oh non ! Kanbari Nyūdō revient, ses apparitions se rapprochent de plus en plus dans le temps, comment je suis censé m'en sortir ? Je pointe un doigt tremblant en direction du récipient et j'agrippe le téléphone pour que tous comprennent, mais je ne peux pas m'empêcher de hurler :

— Il est là ! Il est là !

La voix robotique traduit de manière tellement monocorde mes paroles hystériques que ça en deviendrait presque drôle si je n'étais pas en danger, en tout cas les sumos s'arrêtent de paniquer pour m'observer d'un air rigolard. Rah, mais vous ne comprenez donc rien ? Tant pis, une fois n'est pas coutume, je me battrai seul ! Ordure de *yōkai*, je vais t'exterminer ! Je bondis à pieds joints sur la table. Démon ou pas, je m'en vais finir cette connerie de ragoût !

Je cours en direction de la marmite.

Les bols et les baguettes se meuvent au gré de mes pas avant de s'écraser au sol.

YAAAAAAH !

Je shoote dans le plat des enfers, un gros coup de pied de rugbyman ! L'énorme récipient décolle dans les airs comme un Airbus A380, mais son réservoir est percé. La sauce se répand dans tous les sens puis éclabousse la tablée, les sumos aspergés gesticulent et hurlent. Qu'est-ce que ce sera quand Kanbari Nyūdō va sortir du cockpit ! La scène semble se dérouler au ralenti, mais quand le vaisseau d'inox a fini de se délester au plus haut de son ascension, tout passe en accéléré. Le crash inéluctable survient de tout son poids, la marmite explose au sol et son contenu se désintègre sans boîte noire.

Du ragoût éclaté.

Du bouillon éparpillé. Et quelques champignons.

Merde, c'était les champignons qui me regardaient ! Pas du tout des yeux, pas du tout Kanbari Nyūdō, simplement deux champignons au fond d'une foutue marmite ! Tous les spectateurs de ma paranoïa me dévisagent avec hargne, soyez un peu compréhensifs ! C'est arrivé tellement de fois...

Mais ce serait trop long à expliquer via le logiciel.

Je déclare simplement :

— Ouh la la, je suis fatigué, moi ! Je crois que je n'ai vraiment pas assez dormi...

*

Ça a pris du temps pour leur faire comprendre que mon grand-père démoniaque pouvait apparaître à tout moment pour me trucider. En plus, je ne suis même pas sûr qu'ils m'aient cru. Pour les sumos, Captain America et les yakuzas représentent un danger infiniment plus palpable. Satô ose même me soutenir que, dans le panthéon des *yōkais*, Kanbari Nyūdō serait relativement insignifiant.

Soi-disant qu'il n'apparaîtrait qu'au jour de l'an, dans les salles de bain et les fonds de cuvette.

Qu'au pire, il se contenterait de m'infliger une constipation longue durée !

Tu parles. Ce n'est pas eux qui ont failli crever à répétition entre les griffes du monstre ! On voit bien qu'ils ne l'ont pas affronté sur les différents continents... Kanbari Nyūdō, c'est en tout temps et en tout lieu ! C'est une maladie incurable, un insecte increvable ! Comme les punaises de lit au creux des plinthes, il vous fout momentanément la paix pour mieux vous assaillir dans les moments de faiblesse. Qu'est-ce qu'ils croient, ces cons de Nippons ? En droite lignée du Samouraï d'or, j'ai exploré de près tout leur folklore, qu'ils ne croient pas m'apprendre quoi que ce soit ! Ils ne savent pas, ils ne voient pas, ils ne croient pas. Vous servez à quoi ? Mais à présent, Kanbari Nyūdō semble pouvoir se rendre aussi invisible aux yeux des autres que mon ange gardien, alors comment leur en vouloir ?

En revanche, là où ils se montrent impardonnables, c'est sur leur pétoche démesurée d'une poignée de racailles yakuzas, tout juste chapeautées par un semi-gamin délirant. Et en comparaison, ils se moquent des pouvoirs surnaturels des démons ? Ces sumos sont restés trop longtemps dans leur *heya*, ils se sont pris trop de coups sur la tête au milieu du *dohyō*, peut-être qu'ils ont avalé du sable à l'excès ? Livide, Satô me laisse deux possibilités : soit je rentre en Europe le plus rapidement possible, soit je reste planqué ici jusqu'à ce que la mafia m'ait oublié. Mais comment pourrait-elle m'oublier ? Ces salauds retiennent mes compagnons prisonniers comme pense-bête, ils vont ruminer jusqu'à ma mise à mort inéluctable ! D'un autre côté, hors de question que je rentre en Europe sans Yukiko et maître Robert. Merci pour ce super choix, c'est vraiment sympa. Parce que je n'ai pas le choix, je me vois contraint de mentir :

— OK, Satô. Je vais rester ici !

Sa tronche trahit un manque de confiance manifeste. Il me prend pour un infiltré de la mafia ou quoi ? En tout cas, il décide carrément de me faire ausculter par un médecin ! Soi-disant pour s'assurer de ma parfaite santé après le combat, non mais tu parles ! Personne ne m'a blessé, c'est moi qui les ai tous rétamés et, au pire, le Samouraï d'or m'aurait soigné. Satô veut juste qu'on me palpe la teub pour vérifier que je ne cache aucun micro, je les connais les paranos !

Donc, il passe un coup de fil et en à peine quelques minutes, le docteur Tanaka débarque. Au moins, lui parle français, il a même effectué une partie de ses études au CHU de Bordeaux. C'est du moins ce qu'il raconte, mais nous n'avons même pas le temps d'en discuter, Satô supervise les échanges et le médecin commence à me poser des questions super tordues, davantage portées sur mon bilan psychiatrique que sur ma forme physique. Quel connard, ce sumo ! Il n'a pas cru une seule seconde à mes histoires de *yōkai*, il me prend pour un taré. Je ne lâche rien, je maintiens toutes mes affirmations, puis je lui montre mes muscles. Il finit par me demander si je suis bien décidé à rester dans la *heya* plutôt que de rentrer au pays. Mais oui ! Alors, il remballe sa mallette et me souhaite bon courage.

*

En réalité, je compte à peine m'attarder, et à seule fin de récupérer mes forces. Il faut que je gagne en puissance car bientôt, je sortirai régler son compte à la mafia. Pour venger mon honneur de leur arnaque au katana, pour prouver à mon maître qu'il n'a pas abandonné en vain son parking de clochard, et surtout pour les beaux yeux bridés de ma dulcinée. Donc je me repose sur mon petit tapis de sol, entouré de paravents dans l'immense dortoir pour un peu plus d'intimité. Je garde une bouteille de saké à portée de main afin de supporter le mal du pays.

De temps à autre, les sumos m'invitent pour une partie de Nintendo, la toute dernière console même pas sortie en France. Ils possèdent exclusivement des jeux de sumo, c'est une secte ou quoi ? Dans ce cas précis, le Samouraï d'or ne m'est d'aucune utilité, je perds systématiquement et ils se foutent de ma gueule. Tous veulent m'affronter en pixels pour se venger de l'humiliation du *dohyō*, quelle catharsis à deux balles ! Mais j'ai trouvé une parade pour m'éclater quand même, je descends cul sec les bouteilles de saké façon maître Robert avant de saisir la manette. Alors, tout paraît beaucoup plus drôle.

Mais la vie, ce n'est pas un long éclat de rire entre quatre murs.

Le temps passe et je ne me sens toujours pas prêt à affronter les balles des mafieux.

Ma seule distraction, c'est de retourner aux combats de sumo pour distribuer les raclées. Même complètement bourré, le Samouraï d'or me seconde et je reste imbattable. C'est quand même mieux qu'un jeu vidéo ! Tel maître Robert en plein *zui quan*, je me laisse aller comme un pantin désarticulé tandis que mon ange gardien tire les ficelles. Le pire, c'est que je respecte malgré moi toutes les règles du sumo. Le Samouraï connaît l'ensemble des arts martiaux, il peut me rendre redoutable ! D'autant que j'ai pris du poids à force de rester affalé sur mon tapis de sol, jouer à la Nintendo et boire du mauvais saké. Tous ces joyeux lurons me conditionnent comme un poulet de batterie et je finis par leur ressembler. Je n'aurai qu'à m'asseoir sur Captain America pour lui régler son compte ! Le problème, c'est que même cent kilos de muscles ne font pas le poids face à dix grammes d'artillerie lourde. Une seule balle du Joker peut terrasser un Batman surentraîné, alors à quoi bon ?

Au moins, mon cerveau vagabonde et je ne pense plus à mon grand-père. Hilare hypnotisé devant l'écran ou bourré embrumé sur le *dohyō*, il pourrait me prendre par surprise et me trucider en toute invisibilité, mais j'ai l'impression que ses apparitions sont liées à mes angoisses. Défoncé au saké, je n'angoisse plus, je me marre léthargique et m'endors presque heureux.

Il y a tout de même des exceptions.

À la lumière succède l'obscurité, le soleil finit toujours par se coucher.

Au beau milieu de la nuit, je peux me réveiller en sursaut, en sueur et déshydraté. Il me faut quelques secondes pour identifier les lieux, je ne suis plus dans mon petit lit confortable de France, mais bien à l'autre bout du monde sur mon tapis pourri. Je contemple les bouteilles vides autour de moi, ça fait gling gling et les sumos grognent chut chut. Quelle déchéance ! Même maître Robert avait plus de dignité sur son carton de parking. Lui avait atteint le plus haut degré de liberté, moi je me retrouve séquestré par une meute de phoques. Nourri, logé, blanchi, mais dans une cage dorée, avili jusqu'au coma. J'étais mieux dans l'appartement de mon grand-père... Parfois, j'ai l'impression de le voir dans la pénombre du dortoir. Dans ces moments, je ne peux plus bouger. Je crois que mon cerveau part en vrille à cause du saké, ça ressemble à une paralysie du sommeil. Mes yeux s'ouvrent, mais mon corps reste endormi et le démon se déplace dans la pièce. Il vient vers moi ! Je ne peux pas crier, je ne peux pas bouger. Et le Samouraï d'or non plus, apparemment.

Je suffoque. Je crie dans ma tête.

Puis je me réveille à nouveau, le froc humide.

Recroquevillé entre les paravents, le ronflement des baleines m'apaiserait presque, mais je m'étouffe toujours plus sur mon tapis trempé. Je regarde dans toutes les directions, pas de trace de mon grand-père. Juste une flaque de pisse sous moi. Il faut que je me calme, et surtout que je me nettoie ! Mes nouveaux colocataires vont finir par me détester, je deviens pire que maître Robert. Malgré tous ses défauts, lui n'avait jamais uriné par terre quand il habitait dans mon salon. Enfin, je crois...

Discrètement, je me lève et me dirige vers la salle d'eau. J'ai tellement grossi que les lattes du plancher craquent sous mes doigts de pieds. Ça va être terrible si je réveille les sumos, ils vont me catapulter directement chez les yakuzas dans un paquet cadeau ! Petit à petit, j'arrive à m'éloigner du dortoir, je reprends ma respiration après avoir passé la porte. Mal réveillé, j'ai l'impression de voir danser une ombre démoniaque sur les murs. Je me détends, ce ne sont que les phares des voitures. Oui, ça ne peut être que ça, même à quatre heures du matin. Tokyo, la vraie ville qui ne dort jamais, haha ! En plus, il y a de la pluie et des éclairs, je nage en plein stroboscope.

Bon, plus que quelques mètres avant le lavabo tant désiré, je vais enfin pouvoir retirer mon caleçon plein d'urine et me rafraîchir un peu. Je commence par téter goulûment le robinet, j'avale cinq litres d'eau pour me remettre de la déshydratation du saké. Je me déshabille, puis essore mon bas poisseux dans l'immense baignoire. Qu'est-ce que j'ai fait pour mériter un destin aussi merdique ?

Et j'en suis là, à remplir le bassin aux hippopotames de ma pisse et de mes larmes, lorsqu'un bruit me fait sursauter. Une silhouette s'esquisse sur le mur et grossit de plus en plus ! Les gouttes se glacent d'effroi sur mes joues et je lâche mon calbute dans la mixture. Je sens le monde s'écrouler autour de moi, je viens de me faire avoir comme un débutant. Maître Robert m'avait pourtant averti de rester en permanence sur mes gardes ! Mais non, il a fallu que je me balade en pleine nuit dans la résidence comme si j'étais au Club Med, et maintenant mon ennemi mortel s'apprête à en profiter.

Kanbari Nyūdō.

Il est revenu, je suis dans la merde !

Mais non, pourquoi partir défaitiste ? J'ai commis une erreur, je vais me rattraper. La porte grince et l'ombre me happe. Elle sera bien la seule ! Je ne laisse pas au monstre le temps d'effectuer le moindre geste, je lui dédie mon plus beau coup de pied retourné, AYAAAA ! Le ventre mou du *yōkai* s'enfonce sous mon talon, je l'entends vaciller tout entier sur le lino usé. Même pas besoin du Samouraï d'or, je gère à fond ! La silhouette ondule lentement, luttant pour retrouver l'équilibre, alors je bondis le plus haut possible avant de fondre tout droit sur son ventre noir. Là, j'enchaîne les salves de phalanges, mes mains sont devenues des turbines à coups de poing ! Chacune d'elles rabaisse un peu plus le *yōkai* qui finit par s'écroule sur le lino usé.

J'épouse sa chute, puis je tombe sur lui.

Maintenant, je vais l'achever.

Je saisis sa gorge à pleines paumes. Je m'attends à ce qu'il s'évapore, se liquéfie ou plus simplement me file entre les doigts, alors je serre le plus fort possible. C'est le combat final ! D'ailleurs, je le sens tout frêle sous mon poids. Sa cage thoracique tremble sous mes genoux et j'ai l'impression de tenir un minuscule cou de poulet. Bah alors ? Il est où, le grand chef *yōkai* qui croyait pouvoir m'évincer ? Tu vas crever ici, papi ! T'aurais pu rester tranquille dans ton petit appartement de prolo, mais non, il a fallu que tu viennes me faire chier jusqu'ici ! Tu vois ce que t'as gagné ? Même pas droit à une pagode, tu finis dans une *heya* de dernière catégorie, entre la baignoire et la cuvette des WC ! T'es content ?

Et j'en suis là, à engueuler mon ennemi juré, fier comme saint Michel après avoir terrassé le dragon, lorsque je me rends compte qu'il n'y a pas de dragon, pas de *yōkai*, même pas d'ennemi ! Mes yeux s'habituent à l'obscurité et je peux constater l'erreur tragique. La gueule du démon vient de laisser place à un visage d'ange, c'est une jeune femme, qu'est-ce qu'elle fout là ? Les femmes ne sont-elles pas interdites en ces lieux ? Ça doit être une cambrioleuse, mais oui ! Je l'ai prise sur le fait, les gars ! Vous me devez une fière chandelle, maintenant je réclame du saké de qualité supérieure plutôt que ce tord-boyaux, s'il vous plaît ! Du Juyondai, le préféré de Robert. Ça me rappellera le boui-boui de Yukiko et les bons souvenirs avec mon maître, du temps où nous étions encore libres comme des clochards.

Seulement, mes pupilles continuent de s'accommoder aux ténèbres, qui laissent apparaître une réalité bien plus triviale. Bien plus emmerdante pour moi ! Quelle connerie... Contre le mur, un foutu balai, plongé dans un seau d'où dépasse une saloperie de serpillière ! Oh non... C'est une femme de ménage ! Depuis quand les sumos font-ils appel à une femme de ménage ? Pourquoi ne m'ont-ils rien dit ? C'est entièrement leur faute, je ne pouvais pas savoir ! Je dois lutter contre mes visions alcoolisées, contre la déprime du confinement et un *yōkai* qui veut m'étriper, si en plus vous me réservez des surprises ! Je me trouve toujours sur elle quand ses lèvres tremblent pour murmurer des incantations bouddhistes. Mince, j'ai bien peur de l'avoir traumatisée à vie !

Alors je me hisse sur mes bras pour la laisser respirer, elle rouvre les yeux et me voit. Son attitude change, un sursaut précède un sourire, elle a l'air agréablement surprise ! Ça, elle ne devait pas s'attendre à me voir moi, le samouraï d'Occident. J'imagine la fadeur de sa vie professionnelle, à récurer les écuries d'Augias parmi les sangliers d'Érymanthe. Et tous ces sumos frustrés qui doivent lui courir après ! Du coup, par contraste, je dois super bien passer ! Même si j'ai pris du poids, même si je me suis empâté, je reste très loin devant ce gros crapaud de Satô. Un demi-dieu perdu dans les Enfers, Nanouk l'Esquimau sur la banquise pleine de phoques ! Je vais la délivrer du calvaire. Elle doit précisément choisir ces horaires improbables pour ne pas croiser les bestioles en rut, et c'est ce qui nous a permis de nous rencontrer.

Une tête se lève.

Une autre se baisse.

Et nous nous embrassons.

C'est instinctif, nous ne faisons que répondre à l'appel de la nature ! On est très loin des simagrées de Yukiko, pas de chichi à Tokyo ! La jeune nymphe s'offre littéralement à moi, elle saisit mon sexe et le décalotte en experte, puis le branle quelques secondes d'une main tout en retirant ses bas de l'autre, avant de m'attirer entre ses cuisses. Au moins, je ne serai pas venu jusqu'ici pour rien ! J'entre en elle avec une demi-molle, probablement tout ce stress de la soirée, puis j'éjacule trop vite. Pour ça au moins, je n'aurai pas eu besoin du Samouraï d'or. Elle m'embrasse tandis que je me retire de sa chatte velue, puis nous nous relevons, un peu gênés. Mais une gigantesque envie de pisser post-coïtale m'oblige à passer outre ce moment de malaise et à uriner devant elle. Je m'égoutte au-dessus de la cuvette, puis reprends discrètement mon bas dans la baignoire tandis qu'elle passe la serpillière à l'endroit précis de nos ébats. Elle se concentre sur sa tâche et j'ai l'impression de ne plus exister. Tant mieux.

Je retourne dans le dortoir.

Est-ce que tout cela est bien arrivé ?

*

Le lendemain, je me réveille au milieu de mes paravents avec une sacrée gueule de bois. J'avais pourtant pris soin de boire ma citerne d'eau avant de me coucher, mais il faut croire que cette petite coucherie de dernière minute m'a complètement desséché. Qui était cette créature ? Pour la première fois depuis bien longtemps, une autre femme que Yukiko monopolise mes pensées. Je n'ai même pas demandé son nom, je l'ai presque ignorée après l'amour, c'était pour me montrer fort alors que j'étais complètement chamboulé. Elle m'obsède encore maintenant ! J'ai envie de la revoir, là, maintenant tout de suite malgré mon état délabré. J'aimerais la cajoler, la tenir près de moi, qu'est-ce qui m'arrive ? Je crois que je n'avais pas baisé depuis trop longtemps, l'adrénaline du sexe m'a fait vriller le cerveau. Ou alors, c'était une vraie déesse et il faut que je l'épouse. Elle m'a envoûtée ou quoi ?

D'un coup, j'ai un mauvais pressentiment.

Et si c'était Kanbari Nyūdō qui m'avait joué un tour ? J'aurais baisé mon propre grand-père ?

Mais non, il faut que j'arrête de trop penser. Le *yōkai* en aurait profité pour me décapiter au moment de l'orgasme comme une mante religieuse. Si je vois ce nouveau jour, c'est bien que le monde réel a supplanté le surnaturel. Je me lève, flageole sur mes jambes et pousse un paravent. La salle est vide. L'horloge indique 16 h 30 ! Bon sang, cette nymphette m'a vraiment vidé de mon énergie, j'étais quasiment plongé dans le coma. Et aucun sumo pour s'interroger sur mon état de santé, vive l'hospitalité japonaise ! Pour m'humilier à la Nintendo, il y a du monde, mais pour veiller un minimum sur moi... Au moins, je ne risque pas le syndrome de Stockholm.

Mon cerveau a du mal à se remettre en route, alors je m'agenouille et farfouille dans les nombreuses bouteilles vides. Il me faut un minimum de carburant pour réinitialiser mes circuits, mais je ne trouve plus aucune goutte de saké. Je lèche quelques goulots avant de retrouver un minimum de dignité. Allez, je me relève direction le *dohyō*. Les sumos finissent leur entraînement sous la supervision de Satô. J'espère qu'ils ne vont pas m'inviter au combat, car mon honneur m'empêcherait de refuser et mon corps n'y survivrait pas. Même porté à bout de bras par le Samouraï d'or, je risquerais de vomir et souiller leur connerie de sable sacré. Autant directement chier sur le fauteuil du Pape, quand on connaît leur degré de superstition ! Discrètement, je tape sur l'épaule du colosse et il me tend son téléphone sous le menton pour la traduction :

— Dis donc, Satô, c'est sympa d'organiser des combats tous les jours, mais il faudrait penser au ravitaillement, je n'ai plus du tout de saké dans ma piaule...

Quand la voix électronique s'arrête, le colosse fronce ses énormes sourcils et se met à gueuler en japonais dans le téléphone. Dans une tonalité neutre, la machine me transmet :

— Tu n'as pas de « piaule », c'est un dortoir commun, et d'ailleurs, tu devrais respecter les règles de convivialité. Ton tatami imbibé d'alcool et d'urine empeste toute la salle, nous avons l'impression d'héberger un clochard.

Ces gars me retiennent prisonnier, je m'adapte comme je peux et ils ne sont toujours pas contents ! Non mais je rêve, rien à foutre de leurs exigences ! Je ne vais pas me laisser faire :

— C'est du racisme ! En Occident, tout le monde vit comme ça, vous n'avez pas à juger !

Satô sursaute, il a l'air gêné. Les Japonais sont trop polis, autant en profiter ! L'excès de civilisation est une faiblesse quand les loups comme moi entrent dans la bergerie, tant pis pour lui. Je continue avec ma voix la plus innocente :

— D'ailleurs, je trouve votre confrérie bien trop propre. Comme ça se fait ? Y aurait-il une femme de ménage qui entretiendrait les lieux ?

Il attend quelques secondes, avant de me répondre :

— Effectivement. Mais pour ne pas nous détourner de nos objectifs, elle ne vient jamais les mêmes jours, et toujours au beau milieu de la nuit pour que tout le monde soit endormi.

Quelle bande de tarés, on se croirait dans un conte de fées genre *La Belle et les Bêtes*, mais au moins je comprends mieux ce qui s'est passé. Ça ne va pas être évident, mais ça me laisse une chance de la revoir. D'ici là, je vais faire profil bas :

— Très bien, Satô. Je vais nettoyer mon bordel, désolé pour le dérangement ! Mais s'il te plaît, tu peux passer au *konbini* acheter du saké assez rapidement ? Je ne vais jamais pouvoir me remettre de ma gueule de bois si je n'en rebois pas quelques gorgées très vite !

Silence du téléphone et grosse grimace sur l'épais visage. Puis quelques mots fermes en japonais, suivis du fatal verdict robotique :

— Je ne crois pas que ce soit une bonne idée.

— Pitié ! Je suis enfermé entre quatre murs avec des étrangers, l'alcool reste ma seule source d'évasion ! Vous ne pouvez pas me priver de ça, ce serait de la torture. Vous ne voulez quand même pas finir au Tribunal international de La Haye ?

— Tu risques d'avoir des problèmes si tu continues comme ça. Tu ferais mieux de reprendre les entraînements de sumo, tu ne dois pas te relâcher autant. Regarde-toi, tu te transformes en épave !

Non mais, de quoi je me mêle ? Maître Robert non plus n'avait pas fière allure quand je l'ai ramassé sur le parking, et pourtant c'est lui qui m'a entièrement formé ! Enfin, avec l'aide du Samouraï d'or, d'accord. Mais s'il me suffisait de croire en l'efficacité d'un clochard pour que j'arrive à me dépasser, pourquoi les sumos en ont-ils tous après moi ? Pourquoi ne peuvent-ils pas me considérer comme la plus grande chance de cette *heya* ? Je resterai l'être le plus noble à avoir jamais franchi les portes de cette confrérie ! C'est vrai quoi, regardez-moi !

Et justement, tous me regardent.

Alors, je bombe fièrement le torse. Mais c'était le mouvement de trop.

Un volcan de vomi entre en éruption dans ma gorge, je ne peux rien retenir. Tous les sumos fuient le Vésuve et moi, je tombe à genoux dans le sable sacré. Ça va encore me porter malheur, ces conneries. Satô me contemple d'un air grave, puis relève une dernière fois le téléphone au niveau de sa bouche :

— Plus de saké pour toi ! Fini !

*

J'ai passé le reste de la journée à comater, puis j'ai pu reprendre des forces grâce aux restes de ragoût hypercalorique. Pour peu, je commencerais presque à regretter mes derniers excès, ce n'est pas comme ça que je libérerai mon maître et mon amour, même si le Samouraï d'or et la femme de ménage constitueraient un substitut non négligeable, voire une amélioration. Maintenant, la nuit tombe, les sumos ronflent dans le dortoir et moi, je me retrouve tiraillé entre deux manques : le sexe et l'alcool, diptyque incontournable où qu'on se trouve sur la planète, pourvu qu'on y ait déjà goûté. Je bande dur sous mes draps poisseux et mes mains commencent à trembler, l'excitation m'empêche de dormir, alors une petite excursion s'impose.

Ma fuite se révèle beaucoup plus aisée que la dernière fois puisque mes crétins de colocataires ont dégagé toutes les bouteilles vides du plancher, mais je vais reconstituer très vite mon habitat naturel et répondre aux appels sauvages qui me taraudent le calbute. Première étape : la cuisine, on va bien voir ce que recèlent tous ces placards géants. J'ouvre tout et ne trouve rien, à part de la foutue vaisselle. Où est la tise, bordel ? Ils m'ont vu venir ? Est-ce qu'ils l'ont planquée ? Argh, la frustration monte d'un cran ! Mais un petit meuble attire mon regard sous l'évier. On dirait un coffre-fort, il y a carrément un cadenas à combinaisons sur la porte. J'en essaye quelques-unes, puis je décide de passer à une méthode plus radicale. Je serre le poing et j'en appelle intérieurement au Samouraï d'or pour qu'il y concentre toute l'énergie de mes ancêtres.

Mais rien ne se passe.

Allez, s'il te plaît...

Saloperie de Samouraï, pourquoi tu m'abandonnes au moment où j'ai le plus besoin de toi ? Qu'est-ce que j'ai fait pour mériter ton courroux ? Je ne fais que subir depuis cette connerie de commande sur le darkweb, je suis le martyr du XXIe siècle ! On m'a escroqué de tout ce que je possédais, transformé ma seule famille en *yōkai*, kidnappé mes proches les plus chers, et me voilà séquestré à l'autre bout de la planète ! Mais ce n'est peut-être pas assez ? Quand est-ce que ça va s'arrêter ? Mes mains tremblent, ma tête tourne et je m'effondre devant la porte verrouillée. À cet instant précis, je pense être l'homme le plus désespéré de la planète. Une larme en vient à couler au creux de mon orbite, je me sens vraiment trop ridicule. Tout est foutu, je vais crever ici, devant la tuyauterie...

Seulement, une lueur d'espoir apparaît au coin de mon champ de vision. Une vraie lueur, qui brille et m'éclaire ! Je baisse mes yeux humides et observe mes phalanges nimbées de lumière. C'est le halo du Samouraï, cette même lumière bleutée qui m'a fait terrasser tous les sumos. Mon ange gardien est revenu, il a entendu mes suppliques ! Je faisais peut-être trop pitié... Peu importe, je retrouve la foi, la situation va automatiquement se débloquer. Toujours à genoux, je ferme les yeux et, instinctivement, recule ma main fluorescente avant de l'abattre sur ma cible. J'entends un bruit de fer écrabouillé, comme une voiture broyée à la casse, et vois la façade du coffre voler dans les airs quand je rouvre les yeux.

Alors, une vision enchanteresse s'offre à moi.

Je viens de passer directement des enfers à la porte du paradis. Et ces salauds avaient osé la cadenasser !

Des dizaines de bouteilles de saké m'attendaient sous l'évier. Quelle bande de gros sournois ! Mettre l'alcool sous clé, comme si j'allais descendre en pleine nuit dans la cuisine pour me soûler la gueule. Bon, d'accord, c'est exactement ce que j'ai fait, mais votre manque de confiance me déçoit profondément ! Vous êtes pathétiques, les sumos, comme si une simple porte allait arrêter le Samouraï d'or ! En plus, vous vous êtes donné du mal pour pas grand-chose. Je ne vois aucun saké de qualité, que du bas de gamme tout juste destiné à arroser les ragoûts. On est très loin du Juyondai ! Bon, dans mon état, je ne vais pas faire le difficile. J'attrape la première bouteille et la vide d'un seul coup. J'enchaîne tout de suite avec la deuxième. Haha, vous vouliez planquer vos réserves ? Bah voilà, vous avez gagné !

Je commence à me sentir nettement mieux. Ce n'était pas très compliqué, il suffisait de me laisser le champ libre ! À nouveau, j'ai une impression d'invincibilité. Plus rien ne me résistera ! Je vais libérer mes amis, puis éradiquer tous ces arnaqueurs, alors je pourrai revenir en France plus serein. Du moins, si Kanbari Nyūdō continue de se planquer. Le Samouraï d'or lui a-t-il réglé son compte la dernière fois sur le *dohyō* ? Il faudrait enfermer mon grand-père *yōkai* dans une lampe comme le génie d'Aladdin, puis le balancer au fond de la mer avec les pieuvres géantes et le Kraken. Heu, j'ai cru voir quelque chose bouger sur le plan de travail. Je vois un couteau trembler, qu'est-ce qu'il fait là ? Je regarde partout, puis je saisis l'arme pour me défendre. Je sens bien que le foutu démon va sortir du frigo ! Merde, c'est l'alcool qui me fait de nouveau stresser ? J'ai peut-être bu trop vite, mon cerveau a un peu de mal à suivre. Cette fois, j'ai l'impression que c'est la grande table de la cuisine qui bouge. Par secousses, comme si une force invisible la bousculait ! Même pas besoin d'un ouija japonais, je sais que l'esprit se trouve ici ! Je balance quelques coups de couteau dans le vide, juste au cas où.

Et puis, j'entends un bruit. *Bonc, bonc.*

La table maléfique continue de bouger toute seule.

Je baisse les yeux et là, je comprends tout. Rien à voir avec mon *yōkai*, rien à voir avec les esprits de la cuisine ! Un aquarium se trouve accolé à l'un des pieds de la table. Derrière les parois, un énorme crabe me fixe, les pinces immobilisées par des élastiques. Pas très fair-play, les cuistots ! Ils veulent bien cuisiner nos amis les bêtes, mais sans courir aucun risque. Remarquez, s'il peut bousculer les murs de sa prison à la seule force de ses pattes, on peut les comprendre. Mais moi, je ne suis pas un salopard toqué, vieux crabe ! Je vais te redonner ta fierté, car tu es digne de la liberté, tu sauras la conquérir. Je plonge la main dans l'eau pour saisir le gros pépère. Il est lourd ! Je dois le prendre à deux mains pour le hisser au niveau de mon visage comme un gros sandwich. Là, je plonge mes yeux dans les siens, ses deux petites billes ténébreuses. Il ne semble pas bien comprendre, mais il va très vite le faire. Je le dépose sur la table, saisis la dernière bouteille pour la lampée du guerrier, puis tranche de ma lame les élastiques du petit prisonnier.

Maintenant tu es libre, vieux crabe !

Bats-toi ! Bats-toi pour ta liberté !

Mais le crabe ne veut pas combattre, il cherche juste à se barrer. Il est bien emmerdé quand il arrive au bout de la table. Je penche mon visage vers lui afin qu'il visualise la menace qui pèse sur lui. Ça marche, il lève et écarte ses pinces en direction de mon nez. Alors, je lui balance quelques jets de saké dans la tronche pour faire monter un peu plus la tension. Saute-moi dessus, qu'est-ce que tu attends ? Tu veux retourner dans l'aquarium ? Il paraît étourdi par les vapeurs d'alcool, baisse lentement ses pinces et se décale sur le côté. Très bien, vieux crabe, je réussirai à te motiver. Je brandis mon couteau et en abats le tranchant tout autour de lui, *tchac tchac tchac tchac tchac* ! Tu vas faire quoi, vieux crabe ? Tu vas faire quoi ?

Un ultime coup de couteau sur la table en métal.

Une étincelle jaillit. Et la carapace rouge prend feu.

Merde, c'est la combustion du crabe dans son bain de saké ! Il se débat mollement, a-t-il conscience de ce qui est en train de se passer ? Pire que de l'alcool à brûler, ces bouteilles ! Vais-je seulement survivre moi-même avec tout ce que j'ai ingéré ? Un épais nuage de carbone se répand dans la cuisine, comme un champignon atomique parti du petit martyr. Qu'est-ce que j'ai fait ? La fumée commence à prendre une forme bizarre et je repense à mon grand-père à l'hôpital. Ne s'était-il pas transformé en crabe géant avec tout son matériel médical ? M'aurait-il fait accomplir un rituel malgré moi ? Je ne vois qu'une solution pour arrêter la sorcellerie, je serre très fort le manche du couteau et enfonce la lame dans la carapace infernale. Mon adversaire se retrouve littéralement coupé en deux, cette fois il ne bouge plus du tout et la fumée disparaît. Changement d'ambiance, je me sens défoncé.

Je titube un peu dans la cuisine et le couteau m'échappe des doigts. Il vient se planter à la verticale dans mon pied, comme un crucifix sur une tombe, mais je ne ressens rien. Je le retire et du sang coule sous ma semelle, toujours aucune douleur, juste une énorme fatigue. Putain, il faut que j'aille me recoucher.

*

Je m'apprête vraiment à retourner m'écrouler entre mes paravents comme si de rien n'était, lorsque j'entends des bruits bizarres au loin. Ils viennent de la salle de bain ! Méga dilemme entre mes tempes, je devrais retourner au lit, mais la femme de ménage vient de revenir. Peut-être qu'elle alterne les nuits de travail pour éviter les bites de sumos, mais avec moi elle est plutôt mal tombée ! J'ai trop de chance, le Samouraï d'or doit articuler tous les éléments en ma faveur. Si ce crétin de crabe n'avait pas cogné contre son aquarium, je ne serais probablement pas sorti au même moment. Une traînée de sang derrière moi, une traînée de sperme au creux de l'urètre, je me dirige vers le baisodrome. L'appel du sexe est trop fort, alors je zigzague sur les lattes du plancher.

La salle a l'air vide, mais j'entends du bruit derrière la porte des WC. Ma petite, tu vas y avoir droit ! Dans l'état où je me trouve, me voilà prêt à m'adonner à toutes les folies. Je vais écumer comme une chasse d'eau, il va se passer des choses. Si j'arrive à tenir debout, je te prendrai en levrette contre le mur, je m'y vois déjà ! Je gratte à la porte pour ne pas l'effrayer, il faut quand même qu'elle reste consciente. Pas de réponse, alors je toque. Toujours pas de réponse, alors je prends mon élan, cours pour enfoncer la porte qui cède sous mon poids, mais la gravité cède aussi, je m'écroule par terre au pied de la cuvette, deux jambes velues en contre-plongée.

Velues ? Tout tourne, je ne comprends plus rien.

Et puis, je vois le visage.

Ce n'est pas du tout l'autre connasse, c'est le docteur Tanaka. N'importe quoi ! Qu'est-ce qu'il fout ici ? Mon plan baise tombe à l'eau, quoique... Je m'appuie sur mes mains pour me relever, mais glisse à cause de tout ce sang sur le sol, il sort de mon doigt de pied comme d'un tuyau d'arrosage. Quel foutoir !

Le médecin, toujours assis sur la cuvette, se penche pour me regarder, totalement ahuri. Je l'ai stoppé net dans ses activités, il a dû frôler la frise cardiaque. Je prends une nouvelle fois appui sur le sol, lorsque mes doigts heurtent un objet léger.

Ça alors. C'est une seringue !

Qu'est-ce qu'il branlait ?

Le docteur au cul nu se précipite sur moi pour récupérer son matériel. Alors, je m'aperçois qu'un garrot virevolte autour de son bras. Je l'ai surpris en plein shoot ! Dans nos chiottes, en pleine nuit ! C'est quoi ce délire ?

— Docteur Tanaka, je ne vous dérange pas trop ?

Il ne répond pas, mais me jauge, les yeux à la fois vitreux et concentrés. Puis il se baisse sans prévenir afin de récupérer sa seringue, tire sur la lanière du garrot et s'en injecte le contenu dans une veine bien bleue. Alors, il dresse le cou vers le plafond craquelé, un air de soulagement au creux des traits. Du moins, je l'imagine, car je me trouve toujours étalé par terre comme un clébard en fin de course. J'arrive enfin à me relever pour demander :

— C'est à cause de votre femme, c'est ça ? Vous avez peur de vous droguer à la maison ?

Là, il récupère toute sa vivacité, reboosté, vexé :

— Pas du tout, c'est même le contraire ! Ma femme a fini nos dernières réserves, j'ai donc dû faire une expédition éclair dans votre armoire à pharmacie pour cette nuit.

— Il y a de la drogue ici ?

— Bien sûr. Les enjeux financiers du sumo au Japon sont plus que conséquents, aucun lutteur ne pourrait se permettre de faire de la compétition sans se charger un minimum.

Ah bah elles sont belles, les valeurs des gros phoques ! Avec leurs simagrées sur le sable sacré, leur eau bénite et leurs rituels à deux balles ! Mon cul ! C'est qu'ils m'auraient presque impressionné dans leur constance à respecter les traditions, mais tout ça n'était que de la posture ! Du moins, si le docteur dit vrai. Mon hôte avait l'air tellement sincère !

— Est-ce que Satô a aussi recours au dopage ?

— Satô ? Avec tout ce qu'il s'est envoyé, Satô est quasiment devenu un mutant ! Il n'a jamais cessé d'augmenter les doses depuis sa défaite en compétition il y a cinq ans !

Merde alors. Il cachait bien son jeu, le pseudo pieux ! Je lui aurais donné le *bushidō* sans confession, mais il carburait à la fausseté... C'est toujours comme ça, les premiers sont les derniers, ici et maintenant et pour les siècles à venir. Tanaka ne fait que me ramener à la réalité, qui le rattrape lui aussi, son regard plonge vers mes pieds et son visage se décompose :

— Mais ? C'est quoi, ça ?

Je baisse la tête pour examiner le sol, mon sang continue de couler de mon orteil, une vraie rivière ! Le médecin se penche, il n'en croit pas ses yeux. Il semble hypnotisé par mon hémoglobine, figé comme une statue de pierre devant la gorgone. D'un coup, il sursaute comme s'il avait vraiment vu un monstre mythologique. Terrorisé, il hurle dans la nuit :

— J'ai vu les yeux ! Dans le sang ! Dans le sang, j'ai vu les yeux !

Il gesticule avec sa seringue, tout son corps tremble, tandis que moi, je me sens complètement apaisé. Peu m'importe la frayeur du docteur, peu m'importe mon sang qui s'enfuit, le saké a complètement anesthésié mon cerveau. Le nom de Kanbari Nyūdō me traverse bien les synapses, mais il ne sécrète aucune inquiétude. Je m'agenouille dans la rivière rouge et cherche les yeux du *yōkai*, mais je ne trouve rien du tout. Tanaka doit être en pleine montée, il a des hallucinations.

— Calmez-vous, docteur. Il n'y a aucun démon là-dedans.

Il semble sur le point de défaillir, puis arrive à se reprendre :

— Bon... Je vais y aller... Je vous conseille de désinfecter cette plaie si vous ne voulez pas qu'elle s'infecte.

La honte, je dois puer le saké bon marché à 100 mètres.

— J'avais du mal à trouver le sommeil, docteur. Un petit godet avant de dormir n'a jamais tué personne !

— Il faut que j'y aille...

Et il se précipite vers la sortie en se tenant le bras, heu, OK. Au revoir ! Je surprends mon reflet brumeux dans la glace au-dessus du lavabo, il semble flotter. C'était bizarre de rencontrer Tanaka dans les WC à la place de la femme de ménage. Légèrement frustrant, mais marrant. Ça m'indifférerait presque, je n'ai pas les idées assez claires pour réfléchir maintenant à cette situation, ni aux troublantes révélations qu'il m'a faites. Il va m'entendre, Satô ! Même dopés comme des chevaux, ils se sont tous montrés incapables de me battre. J'aurais dû tomber dans une meilleure confrérie !

Le décor vacille, mais je me rattrape. Il est temps d'aller me recoucher pour de bon. Dans le couloir, j'avance comme je peux sur les lattes qui couinent. Je constate que mon orteil trace une traînée de sang comme un escargot blessé. L'hémoglobine ondule sur le sol et me suit, elle ne veut plus s'arrêter ! À mon tour, j'ai l'impression de la voir prendre vie comme Tanaka, je vois des yeux dans les flots rouges. Ce satané médecin m'a injecté sa merde ou quoi ? Lorsque je piétine le liquide qui prend vie, je ne fais que m'éclabousser. Je crois percevoir mon ennemi entre deux écumes, il est le crabe réincarné, Kanbari Nyūdō ! Une vague pourpre s'élève, haute de plusieurs mètres dans mouvement saccadé, monstrueux !

Alors je prends mes jambes à mon cou. J'ai vécu trop de confrontations bien réelles pour croire à des hallucinations éthyliques. Les couloirs défilent et me paraissent rétrécir, c'est la fin ! Trop fatigué, trop bourré, je me sens défaillir au fur et à mesure de ma course. Me voilà prêt à m'écrouler pour m'abandonner à mon sort, lorsque le coin de mon œil capte une nouvelle silhouette. Ce n'est pas le docteur Tanaka qui aurait traîné, ce n'est pas Satô ni aucun autre sumo qui se serait réveillé, c'est un glorieux guerrier des temps anciens !

Une armure de samouraï, intacte et d'époque.

Exposée debout, fièrement sur son socle !

Je ne sais pas ce qu'elle fout là, mais c'est ma chance. Je l'enfile à toute vitesse, sans précaution, et j'y arrive d'instinct ! Comme si je l'avais portée toute ma vie... À travers les trous de mon masque d'airain, si particulier avec son long nez pointu à la Pinocchio, je vois l'ouragan rouge arriver dans le virage. Mon gant aux mailles solides se pose sur le fourreau de mon authentique katana, et je le brandis dans un mouvement grandiose ! Enfin, j'obtiens ce que j'avais tant convoité sur le darknet ! Quel plus beau cadeau avant de crever ? Je serre les dents et mes doigts sur le manche, le combat final contre le démon va pouvoir commencer !

Il fond sur moi.

J'enfonce mes lourdes bottes de métal dans le sol, mon katana bien en main comme une batte de baseball.

Le monstre laboure tout le couloir comme un typhon, il repeint les murs en rouge et démantèle successivement toutes les lattes. Comment font donc les sumos pour ne pas se réveiller ? Je m'apprête à assener des coups d'épée dans l'eau, lorsque d'un seul coup, à quelques mètres de moi, le flot démoniaque s'évapore pour disparaître complètement.

Heu ? C'est quoi ce délire ?

J'aurais halluciné, finalement ?

Je m'agenouille et contemple le sang. Il est bien réel ! Mon pied continue de dégouliner. Merde, je suis vraiment trop fatigué ! Tant bien que mal, je remets l'armure en place sur son socle. Elle paraît bien moins imposante maintenant, légèrement bancale et voûtée. J'aimerais arranger sa posture, mais chaque ajustement provoque un bruit d'enfer. Je vais en rester là, je crois.

*

Réveil et retour à la normale entre mes quatre paravents, je pouvais compter sur cette gueule de bois ! Je triture mes lèvres desséchées puis tâtonne le sol autour de mon tapis défoncé, cherchant à l'aveugle une bouteille. Puis, je me souviens qu'elles sont toutes planquées et verrouillées dans la cuisine. Du moins, elles l'étaient, haha ! Je me rappelle aussi le crabe bizarre, le docteur Tanaka et la rivière de sang dans le couloir. Une réminiscence de *Shining* pendant mon sommeil, ou bien ça s'est vraiment passé ? Au moins, j'ai réussi à rester discret sur le retour, aucun ronflement dans le dortoir, ils sont tous descendus s'entraîner sans m'engueuler. Tout va bien !

Mon érection matinale me gratte, je contemple quelques instants les paravents et me rends compte à quel point ils sont immondes. Usés, jaunis et dégradés, on dirait des rideaux de grand-mère. Des serpillières brunies par le temps... Ça, on ne peut pas dire que je sois tombé dans un hôtel cinq étoiles ! Je saisis l'horrible paroi, puis l'écarte pour rejoindre mes colocs. Mais il y a un problème...

Ils se tiennent debout là, tous côte à côte !

Ils attendaient que je sorte de mon terrier, le regard plein de soupçons !

Satô est furax, il m'attrape par les épaules et me plaque contre le mur le plus proche. Hé, c'est comme ça qu'on traite les invités ? Le Samouraï d'or va se réveiller, il ne faudra pas venir pleurer, les gars ! Un autre sumo approche son téléphone de la bouche prête à me mordre. Encore ce logiciel de traduction, ça devient ridicule ! Satô me hurle dessus et la voix monocorde du logiciel me demande :

— Qu'est-ce que tu as fait ?

Je trouve ce réveil légèrement brutal, surtout que j'allais me gratter la bite comme tous les matins. Ce gros lard me prive de mes besoins les plus élémentaires ! Du coup, ça m'irrite vraiment. Les sumos n'ont aucun scrupule à bafouer les droits de l'homme, mais ça, je le savais déjà. Satô crie toujours plus fort, et le robot traduit de manière toujours aussi neutre :

— Qu'est-ce que tu as fait ?

Qu'est-ce que j'ai fait ?

— Tu vas répondre ? Qu'est-ce que tu as fait ?

— Mais j'en sais rien ! Qu'est-ce que j'ai fait ?

— Ce que tu as fait ?

On se comprend mal, ou c'est le robot qui s'embrouille tout seul ? Dans un flash, je me revois dans la cuisine et je décide de lâcher un peu de lest :

— Ah oui, pardon pour les bouteilles, j'étais complètement assoiffé cette nuit, c'était un cas de force majeure !

— Les bouteilles ?

— Quoi ? C'est pas ça ?

Je n'arrive plus à réfléchir, mille minuscules lézards semblent me parcourir la verge. Satô semble vouloir me trucider, mais il se contente de hurler à l'instar de son robot inversé :

— L'armure !

— Quoi ?

— L'armure de maître Yukata dans le couloir ! Tu l'as déplacée !

— Ah, ça ?

— Oui, « ça » !

Et encore, s'il savait que je l'ai carrément enfilée ! Je vais peut-être garder ça pour moi...

— Elle était... poussiéreuse. J'ai juste passé un coup de chiffon dessus, pas de quoi faire un caca nerveux !

Yeux suspicieux de tout le monde, est-ce un problème du logiciel ou moi qui mens trop mal ? Les Japonais saisissent-ils la notion de caca nerveux ? En tout cas, de mon côté, c'est le gland irrité qui investit mes synapses. La démangeaison vient d'envahir l'intégralité de mon cerveau, je ne la contrôle plus. Je vais faire pipi partout ! Alors, toujours plaqué contre le mur, je n'y tiens plus. Le Samouraï d'or tarde à venir me délivrer. Soumis, je m'agite tout seul, les jambes dans le vide et les bras ballants. Le cou de Satô a un mouvement instinctif de recul, le gros se rend bien compte qu'un truc bizarre va se passer. Une larme coule au creux de mon œil et, du bout des doigts, j'ouvre ma braguette pour déballer ma bite.

Elle.

Est.

Dégueulasse !

Satô pousse un petit cri de femelle et me lâche pour rejoindre le groupe de sumos en pleine débandade. Ça jacasse comme des volailles face au prédateur, sauf que là, c'est mon sexe qui leur fait peur ! À moitié décalotté, mon gland sue du pus, parsemé d'immondes taches rougeâtres. J'ai la varicelle de la teub ou quoi ? Mais non, attendez, c'est de l'herpès ! La femme de ménage, cette salope, elle m'a refilé son herpès ! C'est irréversible, ma vie est foutue. Même si je la délivre, Yukiko ne voudra jamais me sucer ! Oh merde...

— Appelez-moi le docteur Tanaka !

*

Je suis malade, mais ces salauds ne m'accordent même pas un vrai lit. J'attends le médecin allongé sur mon sempiternel tapis, les paravents en contre-plongée et une couverture moisie pour tout soin médical. Au moins, je peux planquer mon corps traumatisé ! Seul dans le dortoir, j'attends Tanaka et son diagnostic, même si je ne me fais aucune illusion. La crasseuse de la salle de bain avait ses ganglions tout sortis lorsqu'elle m'a envoûté, elle a juste attendu que je la pénètre pour me catapulter son herpès. Un coup encore plus tordu que les attaques de *yōkai* ! Et maintenant, tout est foutu. Les sumos l'ont bien compris, eux aussi. Tu m'étonnes qu'ils ne me prêtent pas leurs draps propres...

Le docteur Tanaka finit par arriver. Son large sourire contraste avec ma tronche retournée, qu'est-ce qui lui prend ? Il essaye peut-être de dédramatiser, alors je me surprends à l'imiter :

— Haha, docteur... Je ne pensais pas vous revoir si tôt...

— Oui. Le monstre a fini par revenir, n'est-ce pas ?

Je pousse la couverture jusqu'à mon bas-ventre et lui montre :

— Je crois qu'on peut effectivement parler de monstre, docteur...

Et j'agite mon vit devant lui. Tanaka écarquille des yeux à la fois étonnés et déçus. Après quelques secondes, il me demande :

— C'est quoi, ça ?

— Je crois que c'est de l'herpès. J'ai eu un rapport non protégé il y a quelques jours...

— Mais pas du tout ! Ce sont de simples mycoses. Vous êtes diabétique ?

— Hein ? Mais non ! Enfin, pas que je sache.

— Ça y ressemble, pourtant. Je vais vous prescrire des analyses.

Bon sang, il a peut-être raison. Les sumos m'ont gardé enfermé pendant des semaines, je n'ai fait que m'empiffrer de potage hyper calorique et boire leur satané saké ! Ça m'aura bousillé le pancréas, qu'est-ce qu'ils m'ont fait ? En plus, je me suis vendu par rapport à la femme de ménage, j'espère que Tanaka ne va pas me dénoncer. Sa voix perce à nouveau mes idées noires :

— Au fait, vous avez bien désinfecté votre orteil ?

— Mon orteil ? De quoi, mon orteil ?

— Vous savez bien... Tout ce sang... Vous vous êtes coupé. Dans votre cas, ce genre de plaie pourrait se révéler lourde de conséquences.

Ah oui, le couteau dans la cuisine, j'avais oublié. Attendez.

Je tire d'un coup la couverture pourrie, et oh putain !

Tanaka bondit, puis recule de plusieurs mètres à la vue de ce spectacle inédit. Au moins, il ne se sera pas déplacé pour rien ! Après mon zgueg, un autre monstre débarque dans le bestiaire. Et un vrai, cette fois ! Mon orteil n'en est plus un, il est devenu une masse informe de chair noire aux yeux rouges, ses dents pointues et blanches s'agitent pour nous adresser ces mots d'une voix flippante que je reconnais :

— Alors les gars ? Je vous avais manqué ? Une petite gangrène et me revoilà, j'espère que ça vous fait plaisir !

Mon doigt de pied s'est complètement putréfié, et c'est Kanbari Nyūdō qui a pris le relais ! On dirait un asticot dans une foutue charogne, j'ai envie de gerber. Tanaka hurle :

— Le monstre ! Enfin !

Comment ça, « enfin » ?

La porte du dortoir s'ouvre violemment.

Hé, c'est quoi ce délire ? Dans l'encadrement, ce n'est même pas Satô ou un autre sumo, ce n'est même pas le Samouraï d'or dont j'aurais bien besoin et qui ne se manifeste plus, c'est la femme de ménage !

— Hé, c'est elle ! C'est elle qui m'a refilé l'herpès !

Kanbari Doigt de Pied rétorque :

— C'est pas de l'herpès ! C'est des mycoses de diabète, gros tas !

— Oh ta gueule !

La porte s'ouvre à nouveau, une troisième personne arrive et là, j'y crois encore moins. C'est le gros mafieux de la boîte de nuit, celui qui a emprisonné Yukiko et Robert ! J'ai reconnu tout de suite sa grosse gueule de Jabba, qu'est-ce qu'il fout là ? Lui aussi semble se réjouir de voir Pépé la Gangrène, vous êtes tous tarés ! Et ça continue, maintenant c'est Satô qui apparaît dans l'encadrement, sauf que lui tire la tronche, l'air épuisé. Quand il arrive à reprendre son souffle, il invective tout le monde en japonais. Évidemment, sans traduction je ne comprends rien. Mais lui et M. Mafia ont l'air de se connaître, ils s'engueulent grassement. Deux gorilles en costard débarquent pour maîtriser le sumo. Pendant que je lutte pour échapper aux morsures de mon orteil rigolard, Tanaka m'explique :

— M. Nobutada s'est montré fort intéressé par les différents *yōkais* que vous êtes capable d'invoquer.

— Docteur ! Vous faites partie des yakuzas ?

— Un médecin ne choisit pas ses patients, vous savez. Je soigne tout le monde, et il se trouve que les yakuzas m'offrent un accès privilégié à... mes petits besoins personnels.

Pendant qu'on parle, mon pied s'agite dans tous les sens et essaye de mordre les gens autour de nous. J'ai l'impression d'avoir un chien enragé comme frère siamois, j'espère que Tanaka s'est amené avec toute son équipe et ses investisseurs pour nous séparer ! Mais en attendant, j'ai d'autres questions à lui poser :

— Où sont Robert et Yukiko ? Et Captain America ? Et que fout ici cette putain de femme de ménage ?

Le médecin traduit mes paroles au fur et à mesure pour tout le monde, alors Satô prend un air ahuri. Eh ouais, moi je l'ai baisée, désolé ! Sauf que Tanaka reprend :

— Ce n'est pas la femme de ménage !

Euh, quoi ? Mais si !

Sinon, ce serait qui ?

D'un coup, le gros Nobutada pointe son flingue vers la jeune fille, le doigt tremblant sur la détente.

— Cette fille était une infiltrée. Elle devait te séduire et comprendre comment tu invoquais les *yōkais*, mais elle a lamentablement échoué.

Merde alors, une espionne dans la *heya* ! C'était courageux de sa part, mais est-ce qu'elle avait vraiment le choix ? Cette fille doit être une ancienne strip-teaseuse du club, ce travail représentait une promotion. Mais pour l'heure, elle fait moins la fière ! Recroquevillée, spasmodique, elle semble prier en japonais pour que la balle reste dans son chargeur. Qu'il la descende donc ! Qu'est-ce que ça peut me foutre ?

— Pourquoi vous parlez de plusieurs *yōkais* ? C'est toujours le même connard de *yōkai* qui vient me tourmenter, même s'il prend plusieurs formes ! Lui, là ! Kanbari Nyūdō !

Et je pointe du doigt mon orteil en putréfaction, il sourit de toutes ses dents et salue l'assistance comme au théâtre. Tu crois quoi, qu'on va t'acclamer ? Nobutada grommelle quelques mots, le bras toujours tendu au bout de son flingue. Le docteur m'explique :

— Dans le club où vous êtes tous allés, un *yōkai* doré est apparu après un *yōkai* de fumée, et il a tué tout le monde.

— Ah ! Le Samouraï d'or ? Mais c'est pas un démon, ça, au contraire ! C'est mon ange gardien !

— M. Nobutada souhaite que vous invoquiez à présent tous vos *yōkais* afin de les mettre au service des yakuzas. Autrement, il se verra contraint de tuer vos amis : le vieux et la pute.

— Comment ça, la pute ? C'est de Yukiko que vous parlez ?

— Afin que vous compreniez qu'il ne plaisante aucunement, il va d'abord loger une balle dans la tête de Sakura ici présente.

— Hé, non ! Non, non, attendez !

La petite Sakura me regarde d'un air désespéré, alors ça me touche ! Autant je n'ai jamais pu posséder Yukiko, autant j'ai apprécié que cette inconnue s'offre à moi ! Pas le choix, je dois la sauver. Tout le monde reste suspendu à mes lèvres, même Kanbari Nyūdō qui me fixe en silence tout au bout de ma jambe.

— Vous avez raison, je vais invoquer le deuxième *yōkai*.

Tanaka traduit. Satô hallucine.

Mon orteil tire une tronche effarée, tandis que tous les gorilles en costard se tiennent prêts.

Je plisse les yeux pour faire mine de me concentrer, mais en réalité, je ne sais absolument pas comment je vais pouvoir réveiller mon ange gardien. Je crois même qu'il m'a définitivement abandonné, quelle merde... Mon grand-père recommence à rire et à s'agiter, il tente d'atteindre ma cuisse avec sa mâchoire et je dois lutter pour le maintenir à distance. Il aurait aussi bien pu me massacrer hier soir dans le couloir, qu'est-ce qui l'en a empêché ? Je réfléchis, et je me rappelle l'armure. Quand j'ai enfilé l'armure de maître Yukata je sais pas quoi, le lac de sang a disparu. L'armure a écarté l'étendue rouge comme Moïse, elle a le pouvoir de repousser les *yōkais* ! Si j'arrive à l'atteindre pour repousser Kanbari Nyūdō, j'aurai peut-être une chance de sauver Sakura et les sumos.

Allez, je tente un truc.

Et pour la première fois de ma vie, mon grand-père va m'aider !

Alors qu'il se tient toujours au bout de ma jambe, la bouche grand ouverte à essayer de me mordre, je me lève sans prévenir. Enfin, j'essaye... Dressé sur ma seule jambe valide, le zgueg toujours à l'air, je me dirige à cloche-pied vers les gorilles et leur présente la gueule béante de Kanbari Nyūdō. Tous reculent sans oser tirer ! Je ne sais pas ce qui leur fait le plus peur, mes mycoses de bite, mon orteil cannibale ou me tuer de sang-froid avant que j'aie pu invoquer le Samouraï d'or. Nobutada enfonce un peu plus le canon de son arme dans la tête de la petite, puis il engueule les peureux. Comme s'il valait mieux qu'eux ! Moi, je prends la direction du couloir.

Des coups de feu partent quand même. Au loin, je vois des étincelles parcourir la silhouette de fer à l'impact des balles. Merde, ils ont deviné que j'allais chercher l'armure ? Je pense plutôt qu'ils ne savent pas viser. Pourquoi vous ne dirigez pas vos putains d'ogives sur mon orteil ? Ça m'arrangerait ! J'entends Jabba délirer, hurler ses ordres comme un kamikaze en fin de course, et moi j'atteins les derniers mètres. Je m'appuie sur ma seule jambe valide. Pour prendre l'élan nécessaire au

plongeon

dans l'armure !

Alors ça brinqueballe de partout, me déséquilibre et me courbature l'ensemble du corps, mais j'y suis ! Agenouillé comme un croisé devant son Dieu, je m'apprête à m'adonner au carnage. Même pas au nom d'un dieu, mais bien au nom de ma vengeance personnelle pour un morceau de quincaillerie prétendu katana prestigieux. Vous allez connaître le feu de l'enfer, je préfère vous le dire ! Du moins, si j'arrive à maîtriser Kanbari Nyūdō qui s'excite *comme* un chien enragé dans sa nouvelle cage. Je le sens s'agiter dans tous les sens, il fout un sacré bordel à l'intérieur de mon soulier en fer forgé ! Au loin, les yakuzas paraissent terrifiés. Il y a de quoi ! Si je ne vous transperce pas avec mon épée centenaire, je le ferai avec le nez pointu de mon masque, vous êtes foutus ! Hé, d'un coup, ils se mettent à rigoler... C'est la peur qui les rend fous, mais oui ! Sauf que non. Mon pied phagocyté par le *yōkai* bouge n'importe comment, on dirait que je danse comme un demeuré. Saloperie !

Et puis, je comprends ce qui se joue au fond de ma chaussure.

Ma jambe arrête de gigoter et mon pied se pose délicatement sur le sol, tout seul.

Par les fins trous qui longent sa semelle métallique, de la viande de yokai sort en décomposition comme d'un presse-purée. Ça pue et ça effraie tout le monde, moi le premier. Des granulés d'infecte pâte à modeler me démangent entre les orteils, alors je secoue mon pied en ferraille dans tous les sens et les morceaux de mon grand-père s'étalent sur les murs. J'en envoie même quelques-uns en direction de l'assistance, le docteur Tanaka reçoit sa part sur le torse et sursaute. J'aurais préféré viser Nobutada, mais il ne perd rien pour attendre. Quand j'arrive à bouger mes doigts de pied sans avoir envie de vomir, je me concentre et serre le poing. Alors, c'est mon dos qui me démange. Oh non ! Le démon se trouve toujours dans mon corps ? Est-ce qu'il va me faire sortir les viscères par-derrière ?

Une lueur illumine la pièce.

Alors je me retourne et je vois.

Deux ailes d'or viennent de me pousser dans le dos. Elles n'ont pas transpercé l'armure, elles s'y sont délicatement accolées comme des hologrammes, et heureusement ! J'imagine la gueule de Satô si j'avais ne serait-ce qu'égratigné les reliques de son maître vénéré. Même dans ces circonstances, il ne m'aurait jamais pardonné ! Mes jambes en angle obtus au-dessus de mes pieds remis à neuf, une paume posée sur le sol et l'autre entre mes ailes pour brandir l'épée de la destinée, mes yeux envoient des éclairs en direction de tous les gorilles. C'est la panique dans la savane, je vois les visages et les calbutes se liquéfier !

Aucun n'a même le temps de bouger.

J'ai bondi et parcouru leurs rangs en une fraction de seconde.

Et les têtes se détachent des cous au même moment, avant que tous les corps ne s'écroulent à l'unisson. Nobutada essaye de s'échapper, alors je lance l'épée de maître Yukata comme un harpon sur la baleine. Elle se plante entre ses omoplates et il tombe à genoux, c'est bien, prosterne-toi devant la nouvelle divinité ! Implore notre pardon, mon gros. Et voilà qu'on l'entend chialer, pffff... Tu voulais le Samouraï d'or, tu l'as eu ! Pourquoi regretter ? Il se retourne, crache du sang et exhibe sa gigantesque bedaine empalée. Alors, le long nez de mon masque se penche vers ce gros sac éventré, je lui demande :

— Où sont Yukiko et maître Robert ?

Forcément, il me répond en jérémiades japonaises. Ça donne à son agonie une tonalité toute solennelle, et Tanaka me traduit :

— Ils ne sont plus ici...

Oh non, qu'est-ce qu'il veut dire ? Il les a butés ? Ordure ! Mon pied nouvellement guéri se lève bien haut avant d'atterrir de tout son poids sur le pommeau de l'épée. Un bruit de viscères froissés précède un hurlement déchirant, Nobutada essaye de s'expliquer entre deux vomissements sanglants. Ça ne m'atteint vraiment pas, la petite Sakura semble même se réjouir du spectacle, alors j'enfonce un peu plus le clou, mais le doc me fait signe d'arrêter :

— Ils sont désormais aux États-Unis.

— Aux États-Unis ?

— Dans une succursale des yakuzas à Dallas, avec Issei.

— Issei ? Bordel, c'est qui Issei ?

Là, tout le monde sursaute car c'est une voix robotique qui me répond après un vague grommellement :

— C'est le petit nerveux que tu as déjà affronté. Le bras droit de Nobutada !

Nous nous retournons tous. Téléphone à la main, Satô s'avance lentement vers le corps meurtri à l'agonie. Arrivé à son niveau, il l'invective durement avant de poser son propre pied sur l'épée. Tanaka m'explique que Nobutada a ruiné la carrière professionnelle du sumo lorsque les yakuzas ont cessé de le sponsoriser.

— Pareil pour moi, je réponds. Ce connard m'a vendu de la camelote et il a niqué ma vie par la même occasion.

Le téléphone traduit automatiquement mes paroles en français, alors le gros mafieux s'agite sévèrement dans sa flaque rouge. Tanaka continue de superviser les échanges :

— M. Nobutada veut savoir de quelle camelote vous voulez parler.

— Je veux parler du foutu katana en toc que sa connerie de société m'a vendu !

Hystérie de la baleine.

— Aucun katana ne transite par Tokyo. Toutes les contrefaçons viennent de Dallas. C'est un certain Vittore qui en a la charge.

Bon sang, c'est pire que ce que j'imaginais. Il va vraiment falloir que je me rende dans l'Amérique profonde.

Mais avant, je demande au médecin des yakuzas une bonne raison de l'épargner.

— M. Vittore, Issei et vos amis se trouvent à Dallas. Avec l'aide de Satô, je pourrais vous y mener sans difficulté.

Comme pour sceller cet accord, notre sumo shoote sèchement dans l'épée, Nobutada se voit ainsi coupé en deux. Le marché est conclu, mais Tanaka tire une drôle de tronche.

Partie 3
AMERICAN SEPPUKU

Nous avons survolé l'océan Pacifique dans un jet privé, mais ce n'était pas gagné.

Il a d'abord fallu ranimer Nobutada.

Et c'était juste pour signer un papier ! Le plan du docteur Tanaka était simple, il allait user de ses passe-droits pour nous emmener aux États-Unis, tout cela aux frais de l'organisation yakuza. Satô servirait de prétexte au voyage, une compétition de sumo qui aurait soi-disant lieu à Dallas... Nobutada n'avait qu'à signer un contrat pour réembaucher notre ami et le faire concourir. La signature du grand chef représentait une carte blanche infaillible pour tous les projets, il suffisait de se rendre sur la piste de décollage avec le papier adéquat pour que le pilote s'exécute.

Seulement, Satô n'avait pas anticipé le potentiel du mourant avant de le découper encore vivant. Tel un scientifique fou du siècle dernier, le docteur Tanaka s'est employé à réanimer en urgence le vieux serpent, on aurait dit un mutant post-Fukushima. Mais il lui a promis de le ramener à la vie s'il validait le document. Heureusement qu'il pouvait vite l'imprimer ! Le vieux mafieux y a cru, il a apposé sa signature d'une main tremblante, puis le médecin l'a achevé à coups de talon sur le crâne, probablement pour témoigner sans ambiguïté de sa nouvelle allégeance.

Il y avait bien plus que du respect dans cette mise à mort, il y avait de la crainte. Le pilote non plus n'en menait pas large, il m'a laissé monter dans le jet malgré mon armure aux antipodes des normes de sécurité. Aussi, Satô semblait défaillir à chacun de mes mouvements, comme si j'allais abîmer l'armure ancestrale de sa *heya*. Mais si elle avait traversé les âges pour parvenir jusqu'à moi, pourquoi tant d'inquiétude ? Et puis, mieux valait que je la porte plutôt que de la laisser prendre la poussière sur son socle. J'allais redonner à cette pièce de musée une seconde jeunesse ! Une fois bien installé, Tanaka m'a demandé :

— Depuis quand pouvez-vous invoquer Kanbari Nyūdō ?

— Il faut arrêter avec ça, je ne l'ai jamais invoqué ! C'est lui qui débarque toujours pour me détruire de la pire des façons.

— Pourquoi ça ?

— Eh bien, c'est une vieille affaire de famille avec du bon et du mauvais. Mon grand-père s'est réincarné en Kanbari Nyūdō pour continuer de me mener la vie dure, mais l'esprit ancestral du Samouraï d'or se manifeste régulièrement pour le contrecarrer.

— Le Samouraï d'or est un autre *yōkai*, c'est bien ça ?

— C'est plutôt une force qui prend possession de mon corps. Un peu comme Venom, le symbiote extraterrestre dans Spider-Man. Vous connaissez ?

— Non.

— Ah. Heu, alors c'est comme si on m'injectait la force de Godzilla et que je devenais capable de tout détruire.

— Excellent !

— Mais c'est aléatoire, je ne le contrôle pas. En tout cas, il vient souvent me sauver dans les situations critiques.

Le docteur se met à traduire pour Satô et Sakura qui subissaient notre dialogue en français, complètement largués. Alors, les yeux du sumo s'écarquillent, à présent il cerne mieux comment j'ai pu tenir tête à sa petite confrérie malgré la décrépitude de mon état de santé. Sakura aussi semble avoir une révélation lorsque Tanaka fait part de ma dualité, elle s'excite et déblatère dans sa langue. Un peu gêné, le vieux médecin assure quand même la traduction :

— Sakura devait vous espionner, mais une attirance irrésistible s'est emparée d'elle au moment où vous vous êtes... rencontrés dans la salle de bain. Probablement les... phéromones du Samouraï d'or qui ont exacerbé sa libido.

Allons bon, est-ce qu'ils insinuent que je n'aurais jamais pu susciter un tel sex-appeal à moi tout seul ? Heureusement que mon masque pointu de samouraï recouvre ma grimace vexée.

— Bon, parlons d'autre chose...

— Oui, votre diabète, il va falloir le traiter.

— Mais je n'ai aucun diabète ! Vous n'avez pas compris ? C'est Kanbari Nyūdō qui a investi mon corps, puis le Samouraï d'or l'a purgé ! Mon pied est revenu à neuf, vous n'avez pas vu ?

— Non...

— Ah oui, ça s'est passé sous mon armure de protection. Attendez, je vais vous montrer !

Je me penche pour attraper mon soulier d'acier, mes doigts le saisissent et tirent, mais il résiste ! Gnnnn, gnnnn, gnnnnnn, mais merde ! Comment j'ai fait pour l'enfiler ? Me voilà bloqué dans mon armure ! Oh non, la claustrophobie commence à me paralyser le cerveau, je halète d'angoisse sous mon masque souriant. L'intérieur de l'avion devient flou, mais je vois quand même le pilote se retourner pour m'observer depuis le cockpit, il doit se demander pourquoi je gesticule comme un taré. Argh, tout ça n'était qu'une stratégie supplémentaire de mon grand-père pour me détruire ! Je vais mourir étouffé dans ce tombeau sur mesure, c'est trop cruel. De mon plein gré, je me suis enfermé dans une dame de fer ! C'est la panique, je saisis mon masque à pleines mains et pousse au niveau de mon cou, rien à faire... Gnnnn ! Bordel, je ne veux pas crever. Pas maintenant !

Alors un truc se passe, personne ne s'y attendait. À force de trop tirer sur mon masque coincé, il se débloque d'un coup et part comme une balle de fusil. En direction du cockpit...

Avec sa porte ouverte...

Et son pilote trop curieux !

Un bruit de pastèque éclatée succède au vrombissement du projectile, la face de métal vient de s'écraser sur le visage de chair. C'est la merde ! Le nez pointu de Pinocchio a transpercé le crâne du pauvre type comme un harpon, mais nous sommes toujours coincés dans le ventre de Monstro ! Et déjà, l'avion penche pour nous enfoncer dans les abysses. Tout le monde se met à s'exciter :

— Hiiiiii ! (Sakura)

— Mais qu'est-ce que tu as fait ? (Docteur Tanaka)

— *Anata wa orokana rokudenashi* ! (Satô)

— Spfltchklptkplfkchrch... (le pilote)

Comme si je l'avais fait exprès ! Bon, je fonce dans le cockpit pour rattraper le coup, mais des bouts de cervelle parsèment le tableau de bord et, de toute façon, je n'y comprends rien. Je saisis une espèce de levier et le tire pour redresser l'appareil comme j'ai vu dans tous les films catastrophe, mais ça ne fonctionne absolument pas. Pire, l'avion commence à se retourner sur lui-même ! Notre petit groupe lévite mais ne rigole pas du tout, mes trois comparses blêmissent d'angoisse. Je n'ai plus qu'une solution, il faut y croire ! Je récupère mon masque au long nez ensanglanté, le replace sur mon rictus et reviens tant bien que mal dans la cabine. J'attrape Sakura par les jambes et installe ses cuisses sur mes épaules, puis je saisis les bras de Satô et Tanaka à qui je demande :

— Docteur, vous allez traduire ça pour moi...

— Quoi donc ?

— « Ayez confiance. »

Alors, sans prévenir, je défonce la porte pressurisée d'un coup de pied métallique, puis je bascule dans le vide avec tout le groupe pressé contre moi. C'est le plongeon de la mort, mais je vais assurer ! J'aurais juste dû mettre des boules Quies, parce que je ne vous raconte pas la violence en stéréo ! Bonjour la confiance... L'avion commence à piquer du nez au loin, très vite il perd de l'altitude et nos yeux levés se baissent tous en même temps pour le voir sombrer dans les nuages. Quelques minutes plus tard, c'est le crash, l'explosion et la fumée noire qui ondule vers les cieux. Nous, on continue de tomber. On va tellement vite, ça va être terrible quand on touchera le sol ! Je vois déjà les stalactites rougeoyantes des tréfonds... Ou alors, on va traverser le centre de la Terre et se retrouver de nouveau au Japon ? Je nous vois traverser les tuyaux de la fosse septique et retrouver Kanbari Nyūdō. C'est peut-être ça, l'Enfer, rester coincé pour l'éternité dans les chiottes d'un *yōkai*...

Mais une détermination soudaine me comprime le cerveau.

Je ne veux pas retrouver mon grand-père !

J'enserre un peu plus tout le monde et me concentre. Une lueur inattendue nous illumine au cours de notre chute libre, alors je jette un œil derrière mon dos et vois les ailes d'or. Je viens de les déployer sans m'en rendre compte et cette fois, elles vont me servir ! Enfin, je crois... Pour l'instant, elles ne s'agitent pas plus que dans la *heya*, et nous prenons de plus en plus de vitesse ! Est-ce qu'un foutu parachute serait seulement capable de nous sauver avec mon armure de 100 kilos, sans compter Satô le sumo ? Lui semble retenir son souffle, Sakura continue de hurler et Tanaka me demande au travers de ses bajoues gonflées d'air :

— Quelle solution allez-vous trouver ?

— Hé, c'est vous le scientifique !

— Je dois vous l'avouer, les lois de la gravité ne nous sont pas tellement favorables...

Qu'est-ce qu'on s'en fout, de la science ? Les monstres existent, les miracles aussi. Je crois dans le Samouraï d'or, alors il viendra nous sauver. Je vois le sol se rapprocher. Un sol jaunâtre et sablonneux, parsemé d'herbes sèches, de canyons et de cactus. Un désert d'Amérique ! Mes trois compagnons d'infortune bougonnent des prières en japonais, c'est d'un ridicule... J'entends le nom de Yukata tourner en boucle dans la bouche de Satô, il flippe pour l'armure ancestrale de son ancêtre. Prier à l'approche de l'au-delà et se préoccuper d'un foutu morceau de ferraille, où est la logique ? Même si cette armure s'est révélée aussi magique que matérielle, va-t-elle à nouveau me sauver ?

Le sol arrive.

Je serre le groupe dans mes bras, ferme les yeux et soulève mes jambes pour maintenir mes pieds bien parallèles aux dunes.

Alors, c'est le point de contact !

Ça fait un bruit de casserole fracassée, une explosion de poussière nous enveloppe comme une éruption volcanique et une onde de choc part de mes pieds pour remonter jusqu'aux épaules. Mes amis sont projetés dans toutes les directions et font des roulés-boulés interminables tandis que je reste accroupi dans mon cratère, le fer de mon armure légèrement froissé par le choc. Je ressemble à une boîte de conserve tombée d'un transpalette, mais au moins j'ai survécu ! Et j'ai sauvé les autres, même si Satô commence à chialer parce que j'ai dégradé la panoplie de maître Yukata. J'aurais dû me servir de ce gros tas comme trampoline, ça nous aurait fait des vacances ! Heureusement, le docteur Tanaka donne le change et reste très calme, époussetant ses manches. Il se contente de me toiser :

— Bon, à présent, nous voilà perdus au beau milieu du désert de Chihuahua. J'estime notre espérance de vie à une poignée d'heures, pas plus.

— Mais vous ne savez que vous plaindre ! On devrait être réduits en tortillas mexicaines en ce moment même ! Hé attendez, elle est où Sakura ?

Nos yeux parcourent le sable et finissent par trouver le corps étendu, inanimé. Seulement, ce n'est pas le plus gros problème. Une meute d'énormes serpents à sonnette s'approche d'elle, oh putain ! Ça bouffe les humains, ça ? Je ne tiens pas à vérifier ce détail zoologique, je cours vers l'épée de maître Tanaka qui s'est plantée un peu plus loin dans une verticale parfaite telle Excalibur dans le rocher. D'ailleurs, quand je la saisis, un halo de flammes la parcourt, le Samouraï d'or n'est décidément pas très loin. Alors, je me rue vers le bestiaire et ça ne traîne pas, je décapite tous les serpents qui se démultiplient comme une hydre, les têtes sautent avec leur langue pendante et les bouts des queues s'agitent comme autant de maracas. Au final, mon armure n'est plus seulement défoncée mais aussi recouverte de sang, comme ma lame tendue droit devant moi.

Mais il reste un serpent du désert.

Bien plus gros que les autres ! Et il me fixe…

Pourquoi ne bouge-t-il pas ? Serait-il plus intelligent que tous ses congénères ? Qu'il ne croie pas pouvoir s'en sortir, en tout cas. J'ai des millénaires de puissance samouraï derrière moi, qu'est-ce qu'un vulgaire reptile s'imagine pouvoir faire ? J'exécute un large mouvement de cuisse et des moulinets de katana pour donner le coup de grâce au dragon, lorsque sans prévenir, il me parle :

— Et alors, p'tit con ? Tu vas faire quoi ?

Sa queue s'agite en une sarabande assourdissante et il dévoile ses longues canines dans un sourire satisfait. J'en lâche carrément mon katana :

— Kanbari Nyūdō !

— Tu as réussi à franchir l'océan Pacifique pour atterrir en Amérique, bien joué ! Mais ne crois pas que tu te sois débarrassé de moi pour autant, ce n'est que le début.

Heureusement que je porte l'armure de maître Yukata, celle qui repousse les *yōkais*. J'ai pu maîtriser ce démon alors même qu'il faisait partie intégrante de mon corps, qu'est-ce que je risque avec cette nouvelle incarnation ? Il ne pourra même pas m'approcher ! La queue du serpent continue son vacarme tandis que sa voix résonne dans les dunes arides :

— Tu sais quoi, petit ? Ton attirail va faire fondre mes écailles, mais tant pis. Nous mourrons ensemble et mon suicide mettra un terme à la dynastie d'or. Le monde des démons vaincra l'Empire du Bien !

Là, il ne me laisse même pas le temps de réagir. Cet enculé de rampant me saute dessus et se glisse dans la fine ouverture entre mon masque et mes épaulettes, je le sens s'immiscer dans mon armure ! Oh merde ! Il va me mordre, c'est la fin ! Sa peau rêche me parcourt le cou, puis les bras, il descend jusqu'à mon zgueg ! Noooon ! Je commence à danser malgré moi dans le sable et mon public japonais hallucine. Survivre à un crash d'avion pour se faire niquer par un serpent, mais quelle purge ! Fidèle à lui-même, le docteur Tanaka garde son sang-froid et s'approche. Il m'observe gesticuler pendant plusieurs secondes et, dans ces conditions alarmantes, j'ai envie de lui sauter à la gorge pour le faire réagir.

Mais il réagit.

D'un coup sec et précis, son bras se tend, traverse mon accoutrement et le yōkai s'arrête de bouger.

Comment il a fait ? Je baisse les yeux et me rends compte que le doc a enfoncé une de ses seringues dans un angle ouvert au niveau de mon bassin, et il a visé juste ! Le monstre se tortille pour s'échapper de l'armure, il tombe au sol où il s'éparpille en mille morceaux comme autant de grains de sable. Tanaka l'aurait-il enfin terrassé ? Sakura se réveille et demande :

— *Nani ga okotta ?*

Ce qu'il s'est passé ? Tanaka rétorque, l'air abattu :

— Je viens d'épuiser toutes mes réserves de drogue. Notre traversée du désert s'annonce pénible...

*

Nous marchons vers l'Est et le soleil tape à fond contre mon armure fracassée. Je sue tellement que j'ai l'impression de bouillir comme une cocotte-minute, alors je m'assois pour essayer de la retirer à nouveau. Il n'y a que mon masque au nez pointu que j'arrive à dévisser. Pour le reste, la malédiction continue ! Je me relève plein d'abnégation et me remets en marche, nouveau Moïse dans le désert avec ses nouveaux disciples japonais. Seuls quelques cactus et touffes d'herbe sèche ponctuent l'immensité jaunâtre, puis des canyons apparaissent. Au loin, la fumée noire du crash commence à s'estomper. La police fédérale n'a donc rien détecté ? Quand est-ce qu'ils arrivent, les hélicoptères ? Tout ce que je vois, ce sont des aigles qui nous observent du haut des mésas, et ils ont l'air hostile.

Heu, attendez.

Merde, c'est comme tout à l'heure !

Après les serpents, c'est la bande d'oiseaux qui nous menace, la sempiternelle réincarnation maléfique de mon grand-père. C'est trop, là ! Je me concentre et sens mon armure s'alléger, alors je m'accroupis et pose une main sur le sol, avant de bondir à plusieurs dizaines de mètres pour les rejoindre. J'agrippe le bord de leur plate-forme millénaire et, d'un vif mouvement de katana, découpe les cous. Mille plumes s'envolent dans le vent sablonneux tandis que les serres tentent en vain de me traverser. Dans la bataille, je recherche le plus gros aigle pour régler une bonne fois pour toutes son compte au *yōkai*, mais ne vois que des aiglons piailler dans leur nid parmi leurs œufs. J'hésite à tous les écrabouiller pour ne plus courir aucun risque, mais ils me font un peu pitié avec leurs tronches d'asticots. Allez, je les épargne. Après tout, il doit s'agir d'espèces protégées...

Des hurlements me parviennent en contrebas, je m'approche du bord et vois la petite silhouette du docteur Tanaka m'engueuler avec ses mains en porte-voix :

— Nous avons encore beaucoup de route, tu ferais mieux de te ménager !

De quoi est-ce qu'il parle ? Tout seuls en plein désert avec ma seule armure de samouraï pour nous protéger, mieux vaut exterminer un par un tous les animaux suspects ! Mon grand-père se ferait une joie de nous sauter dessus comme une araignée des sables… Quelle sera la prochaine réincarnation de Kanbari Nyūdō ? Un porc-épic ? Un scorpion ? Un iguane ? Des mouches commencent à me tourner autour, là aussi je me méfie et claque des mains pour les exploser dans d'innombrables et frénétiques coups de gongs. Et puis me vient une idée ! Je me rappelle ma traversée de Paris pour rejoindre la villa d'Hervé Ply, j'avais sillonné la région en quelques secondes, quasiment couru sur la Seine ! À nouveau, je me sens replet de toute cette énergie, je peux nous faire quitter ce désert en quelques minutes comme Bip Bip devant Vil Coyote !

Je laisse la progéniture piailler au milieu de la purée de plumes et, en un majestueux salto, rejoins mes amis tout en bas.

Accrochez-vous à moi, les gars ! 3 h 10 pour Dallas, grand max.

*

Mais avant Dallas, il y a Fort Worth. Le Samouraï d'or a beau agiter mes jambes sans effort, mon armure se remplit de sueur et la soif me gagne, surtout avec trois personnes sur le dos. Je ne suis pas un putain de chameau ! Alors nous rejoindrons la terre promise après cette étape, j'ai dit ! Et ça fait du bien de rejoindre la civilisation après le désert, j'ai presque une érection quand les premières maisons de style colonial apparaissent, grandes et espacées parmi les herbes arides. C'est rustique et charmant, il y a même un puits à l'ancienne, et il tombe merveilleusement bien ! Je dépose mes amis sur le sol et nous nous précipitons vers le trou miraculeux.

Mais il y a un problème.

Nous nous sentons observés...

Un regard en l'air, et je vois mille yeux nous dévisager depuis les vastes propriétés. Hum, *hello* ? D'un coup, les mille pupilles se transforment en mille fusils braqués sur nous, des canons sciés, tout le Texas est équipé ! Je lève mes bras qui grincent comme des boîtes de conserve, alors les armes se chargent et s'avancent un peu plus dans notre direction, oh non ! *We come in peace ! We come in peace !* Et j'agite toujours plus mon armure recouverte de sang, de bouts de cervelle et de plumes d'aigles. Super engageant, vraiment, surtout avec mon accent ! Je suis l'ennemi public n° 1 des USA, extraterrestre français entouré de Japs, ils vont m'atomiser ! Ils ont bien vu le vaisseau spatial s'écraser au loin dans la fumée ! On a survécu, mais on n'ose plus bouger, un silence de mort s'abat sur la banlieue pavillonnaire du désert. J'entends Sakura lâcher un sanglot effrayé, elle commence à reculer lentement. Qu'est-ce qu'elle croit ? Qu'elle va pouvoir s'enfuir ? Hé attention ! Son dos cogne contre le puits.

Alors, un seau posé sur le bord tombe dans le trou profond.

C'est le grand plongeon.

Au contact de la surface, le bruit de la bombe aquatique surprend tout le monde. Il n'en fallait pas plus ! Un coup de feu part et une éruption de grains de sable décolle entre mes jambes. Il m'a visé les burnes ou quoi ? L'apocalypse est actée, une pluie inversée de sable décolle vers le ciel tout autour de nous, les trompettes du Jugement dernier prennent la forme de multiples détonations. Les anges de la désolation commencent à sortir en masse des maisonnettes pour mieux nous viser et notre petit groupe se met à danser la sarabande du désert. Je crois bien qu'on va tous crever à Fort Worth ! C'est triste, mais ça aura de la gueule dans ma nécrologie. Yukiko, j'aurai parcouru le monde pour te sauver... Puisses-tu au moins pleurer sur ma tombe, enfin, si Captain America ne t'a pas transformée en esclave sexuelle sans temps libre...

Et tandis que je gesticule comme une marionnette mue par des gamins sadiques, cette image d'une Yukiko avilie dans les rues de Dallas me monte à la tête. Je vois rouge et mes nerfs entrent en fusion, je sens mes doigts se serrer malgré moi autour du pommeau de mon katana. Vous vous êtes crus dans un western, vous allez goûter au style du samouraï. Allez, place au carnage ! Mes jambes auréolées d'or me font décoller dans les airs et, dans mon ascension, ma lame prend son élan avant de retomber sur trois cous d'un seul coup, puis de s'enfoncer consécutivement dans un ventre, un foie et un cul. Six hommes à terre ! Tous les canons me braquent à nouveau, une infinité d'ogives cherche à m'atteindre, mais je la vois au ralenti dans un halo d'or. Je m'amuse à les éviter en une chorégraphie élaborée, saltos avant, arrière et pirouettes en tous genres, jusqu'à ce que je bute contre un énorme ventre flasque.

Je lève les yeux et vois un monstrueux ogre à la barbe mal entretenue, un *redneck* hors de proportions. Il profite de ma surprise pour m'enserrer, alors mon armure gémit comme une canette écrabouillée. Satô vole à mon secours et fonce sur le colosse comme un rhinocéros. Le problème, c'est que le mammouth américain doit faire trois fois la taille de Satô, qu'il balaye d'un revers de main négligé tout en continuant à me maintenir. Le sumo s'écroule et fait un roulé-boulé dans le sable comme un vulgaire pangolin. Tous les *white trash* nous encerclent, ils attrapent Sakura et la plaquent au sol, ils vont la violer ? Les pèlerins fondateurs n'étaient-ils pas des prudes ? Pensez à vos ancêtres, merde ! Je crois bien qu'on va tous y passer... L'opercule de ma boîte de conserve va bientôt péter, mais pas pour me libérer ! L'étau se resserre, l'ogre a fini sa canette de coca, maintenant il la comprime avant de la jeter aux ordures. Oui, la canette de coca, c'est moi ! La puissance dorée s'estompe face au mastodonte et je commence à perdre connaissance. Tout devient noir, adieu...

Mais un cri me réveille.

Un hurlement horrible. Est-ce un nouveau monstre qui sort du sable ?

Le fond comprimé de mes globes oculaires reflète une image terrifiante. Je vois le docteur Tanaka en furie, qui court d'un assaillant à l'autre et le taillade au cou comme un terroriste islamiste. On dirait une goule en pleine crise, Kanbari Nyūdō se serait-il réincarné dans le médecin pour rejoindre le panthéon des *yōkais* ? Finalement, ma mort s'annonce bien pire que prévu ! Et mon instinct de survie reprend le dessus, dopé par les souvenirs angoissants des démons nippons. Je dois m'échapper ! Les cadavres continuent de tomber et Tanaka se rapproche avec son arme, son énergie noire et ses yeux fous. Sakura est libérée mais c'est moi qui vais y passer. Au secours ! Changement de stratégie, je me recroqueville dans les bras du *redneck* gigantesque. Protège-moi, je ferai tout ce que tu voudras ! Même si ça implique mon opercule... Le docteur arrive à notre niveau, un sourire à la fois sadique et crispé au coin des lèvres. Il a perdu toute humanité ! Ça y est, Mammouth me lâche, ou plutôt il me balance contre le puits et je rebondis contre les vieilles pierres dans un bruit de cymbale.

Maintenant, je vois flou, mais je vois quand même : l'Américain essaye de reprendre son fusil mais manque de rapidité, Tanaka lui a déjà sauté à la gorge pour le taillader comme un marteau-piqueur. Le géant reste figé quelques secondes, ses gros doigts appuyés sur ses plaies pour essayer de les comprimer, puis s'effondre en arrière comme une masse. Sakura et Satô, eux, peuvent se relever au milieu du charnier, vêtements en lambeaux et ceinture ensablée. Ce joli petit coin rustique s'est transformé en camp de la mort, et c'est entièrement la faute des locaux ! Tout ça va mal finir... Je remarque alors l'arme entre les doigts du docteur, son éternelle seringue, apparemment vide. Il est redevenu normal, juste un peu tremblant :

— Je fais... une crise de manque... Nous allons arriver à la grande ville... il faudra absolument... me ravitailler...

*

On a pris la grand-route et, après quelques milliers de pas ensanglantés, le paysage est devenu plus verdoyant, puis on a aperçu les buildings de Fort Worth au loin. La vraie civilisation, enfin ! Mais qui sont les barbares ? Autant l'accueil à l'orée de la ville s'est avéré peu chaleureux, autant les vicissitudes des dernières heures ont fait de nous des tueurs multirécidivistes, à la fois d'un pilote et de son jet, de serpents et de vautours, ainsi que de dizaines de *rednecks*. Vu la taille de notre petit groupe, nous n'avons rien à envier à Gengis Khan et son armée, seulement à craindre des représailles fédérales. Pourra-t-on sauver mes amis et notre honneur sans nous faire coffrer ?

Première chose à faire, nous changer intégralement. On ne peut décemment pas se balader dans les rues d'une telle agglomération avec les fruits des conflits sur les épaules. Tanaka et moi sommes comme des bouchers au sortir de l'abattoir, Sakura une dresseuse de fauves inhabile déchiquetée, quant à Satô et sa simple ceinture de sumo, je n'en parle même pas. On se ferait directement enfermer ! Lorsque les premières personnes bien habillées apparaissent, on se planque derrière un mur pour ne pas détonner. Une simple boutique de vêtements reste inenvisageable pour déverrouiller la situation, trop de clients à effrayer, trop de caméras pour nous dénoncer. Peut-être devrions-nous retourner dans le désert trouver quelques fennecs à dépecer, créer une nouvelle ligne de vêtements en fourrure *made in* Samouraï d'or !

Alors nous restons là, plaqués contre le muret sans issue, lorsque des détonations sourdes de coups de fusil nous parviennent aux oreilles. On se regarde mutuellement tous les quatre, la famille élargie des rednecks serait-elle sur le point de nous retrouver pour se venger du massacre ? Je garde une main sur le pommeau de mon katana puis plisse les yeux pour examiner les environs. Mon acuité dorée refait surface et je localise la provenance des coups de feu. Ils viennent d'un immense bâtiment, l'Arena Game au vu des gigantesques lettres inscrites sur la façade, c'est un complexe sportif !

Qui dit sport dit tenue de sport.

Qui dit tenue de sport dit vestiaires. Dit changement, dit solution, dit on y va !

Parce qu'il reste quelques badauds dans ces rues isolées, je saisis mes amis et nous fais décoller en toute discrétion sur le toit du building. Un coup de pied métallique dans la porte de secours et nous pouvons descendre dans le temple des muscles. Tanaka montre des signes évidents de stress liés au manque, ses mains tremblent et ses yeux virevoltent sans pouvoir rien fixer. Nous passons devant des grandes vitres où des Américains obèses s'escriment sur des machines de remise en forme. Peut-être le docteur devrait-il les rejoindre pour décompresser ? Nous descendons d'un étage et derrière d'autres vitres toujours plus gigantesques, une piscine olympique donne l'impression d'un tableau de Jérôme Bosch aquatique, bestiaire de déplacements mous et de graisse implacable. Nous nous rapprochons des coups de feu, mais une porte attire notre attention. Les vestiaires !

Nous entrons et je longe la rangée de casiers avec ma lame, tous les cadenas sautent, les portent s'ouvrent. Nous n'avons plus qu'à nous servir ! Le choix est immense, c'est la caverne d'Ali Baba américaine. Peu investi, le docteur Tanaka plonge mollement sa main dans la première cavité venue, il en retire un survêtement de jogging aux couleurs fluo qui ne correspond absolument pas à son rang social, quoique : le médecin fouille dans une poche et en retire une énorme liasse de billets, qu'il remet à sa place, l'air indifférent. Satô, plutôt limité par son poids, n'arrive à entrer que dans une tenue de *redneck* façon bûcheron, avec bonnet criard et doudoune sans manches vert foncé, on dirait un gilet de sauvetage, voire un bateau pneumatique. Quant à Sakura, tout lui va, son physique avantageux lui offre le luxe d'hésiter entre plusieurs ensembles sexy. Visiblement, les femmes s'entretiennent mieux que les hommes dans ce complexe ! La petite Japonaise finit par trancher, ce sera des collants noirs recouverts de baskets Converse et d'un short en jean légèrement déchiré, un sweat à capuche rose sur un petit collier ras du cou en dentelle.

Et moi, je trouve un T-shirt et un baggy aux motifs militaires qui ont l'air à ma taille. Parfait ! Je m'assois sur un banc en bois qui a dû voir passer des milliers de culs flasques, probablement moins motivés que moi à l'idée de passer à l'action. Je saisis le fer de mes avant-bras et tire dessus. Rien ne se passe. J'agrippe mes jambes et tire le plus possible sur mes paumes, mais l'armure ne bouge pas d'un millimètre. Je ne peux toujours pas la retirer ! Je sens la claustrophobie m'envahir à nouveau, mon pouls s'accélère et résonne entre les parois ancestrales de mon sarcophage, il se mêle bientôt à de nouveaux coups de feu. Tant pis, je vais continuer d'honorer la mémoire de maître Yukata, et en tant que meneur d'hommes, je dois cacher mon angoisse et me relever. Mes jambes grincent tandis que je me dirige vers la salle des douches qui jouxte le vestiaire. Je me place sous le premier pommeau et tourne le robinet au maximum. Alors, le puissant jet inonde ma peau de métal et le sang des combats se détache pour rejoindre le trou d'évacuation.

Un bruit... Je coupe l'eau puis avance à pas prudents parmi l'épaisse vapeur. Une silhouette bizarre se dessine dans l'encadrement de la porte. Kanbari Nyūdō ? Aurait-il survécu à la seringue de Tanaka pour mieux me violer dans les douches ? Je sors ma lame et pars affronter le démon, mais je reconnais bien vite Satô, ses yeux ahuris et son bonnet ridicule. D'un coup, il se met à gesticuler en me hurlant dessus en japonais. Sans la traduction du téléphone portable, je ne comprends rien et j'ai même envie de rigoler. Comme il me pointe du doigt dans ses imprécations, je comprends bien vite qu'il flippe pour l'armure. Hé c'est bon ! Elle a survécu à notre chute depuis l'avion, à de multiples attaques d'animaux et aux coups de feu des cow-boys. C'est une armure magique, juste un peu cabossée mais indestructible. Qu'est-ce qui pourrait lui arriver ? Mais le sumo continue de monter dans les tours, alors je m'empare d'une éponge et commence à me frotter partout avec du gel douche.

Là, il se tait, mais ouvre grand la bouche et les yeux.

Il frise la syncope. Je veux juste lui prouver qu'il n'arrivera rien !

En réalité, il arrive quelque chose. Satô pousse un ultime cri de guerre et me fonce dessus, merde ! Je n'ai pas envie de me battre contre lui, alors je l'esquive et m'enfuis par la porte loin des vapeurs d'eau et de haine. Tanaka et Sakura nous voient courir comme des fous, ils se regardent l'un l'autre puis nous emboîtent le pas. Je dévale l'escalier et me retrouve dans un long couloir, sans vitres cette fois. Une grande porte apparaît sur le côté, probablement la sortie ! Le sol tremble derrière moi, Satô va me terrasser comme un éléphant furieux, alors je m'engouffre vers la liberté. Sauf que ce n'est pas la liberté, c'est un nouveau camp de la mort ! Des dizaines de rustres se retournent vers moi et font cesser leur vacarme, armes fumantes à la main et cibles au loin. C'est une salle de tir sportif ! Tous me fixent jusqu'à ce que le sumo débarque dans ses habits de *redneck*, lui aussi surpris par la nouvelle donne. Il freine au dernier moment et me rentre dedans, suivi du docteur et de la Japonaise au pas de course. Long silence de jauge, c'est vraiment pas de bol. Ils vont soit nous canarder, soit appeler la police pour intrusion dans leur club. Ça ne rigole pas avec la propriété privée par ici ! Tout est foutu, je vais devoir les massacrer et nous finirons tous dans le quartier haute sécurité d'une prison fédérale...

Seulement, un petit homme en jogging avance tranquillement vers la mêlée des péquenauds, c'est Tanaka ! Il tremble un peu des mains, mais réussit à garder son calme, si bien qu'il réussit à décrocher un fusil rangé parmi les innombrables armes alignées contre le mur. Mais quel suicide ! Forcément, tous les canons se braquent sur lui, mais le médecin ne se laisse pas démonter. D'un mouvement à la fois saccadé et précis, il lève son propre fusil et tire une série de coups de feu. Bordel, ça va être l'engrenage, je ne veux pas voir ça ! Mes yeux se ferment, mais je n'entends plus qu'un vaste silence. Je les rouvre et observe un étrange spectacle, tous les Américains se montrent ébahis ! Au loin, une cible laisse échapper une fine fumée en son centre élargi. Tanaka vient de tirer toutes ses munitions dans le mille ! Il fait coulisser la crosse de son arme, souffle sur le bout et les douilles tombent au sol. Alors, tout le monde se met à applaudir !

Satô profite de la pâmoison générale pour m'attraper par l'arrière de mon masque, argh ! Son gros bras arrive à se frayer un chemin jusqu'à mon cou, ce taré va m'étrangler sur l'autel de son pseudo-dieu ! Pourquoi protéger les vestiges de maître Yukata mort et enterré depuis des années, alors que moi je suis bien vivant ? C'est moi et la magie du Samouraï d'or qu'il devrait vénérer ! Mais le sumo doit me relâcher quand tous les *rednecks* s'approchent pour nous refiler des flingues, ils veulent vérifier qu'on possède tous le même talent. Autant Tanaka a dû s'essayer de nombreuses fois au tir, voire à la chasse vu sa caste, autant moi, je ne me suis jamais servi d'une arme à feu ! Qu'est-ce qu'ils vont nous faire si on échoue au test ? Discrètement, je demande au docteur comment il a pu réussir son exploit :

— Quand on intègre une mafia, mieux vaut savoir viser ! Je me suis entraîné quotidiennement pendant plus de dix ans.

Super, ça va vraiment nous aider... Sakura va inaugurer les balles, elle lève tant bien que mal son fusil et met en joue une nouvelle cible. Mais quand elle tire, le coup part trop fort pour ses petits bras et la crosse lui rentre dans la tronche. Satô lui prend l'arme afin qu'elle puisse comprimer son visage tuméfié, puis tire à son tour, l'air sûr de lui-même. Mais au bout du dixième coup, la cible reste toujours intacte. C'est l'hilarité générale, le sumo se voit déshonoré et il va falloir que je sauve les meubles. Un vieillard aux dents pourries et à la casquette usée vient m'examiner de bas en haut, puis m'invective directement :

— *What's that outfit, buddy ?*

Il se fout de ma gueule, mais j'assume :

— *I am a samurai !*

— *A samurai ? An underdog samurai !*

Ses insultes, je vais les lui faire ravaler. Le vieux dégueu descend probablement d'une longue lignée de taulards multirécidivistes dégagés d'Europe afin de repeupler le nouveau continent, mais mes propres ancêtres ont su prouver mille fois leur valeur, et ils vont continuer ! Je me concentre pour capter l'esprit du Samouraï d'or, mon armure se met à s'illuminer et mon katana encore plus. Tout le monde hisse un bras protecteur devant ses yeux afin d'échapper à la lueur aveuglante, alors je bondis et assure le record mondial de saut en longueur avant d'atterrir sur la cible et de lui enfoncer ma lame en plein centre.

Haha, qu'est-ce que vous dites de ça ?

Encore plus fort que Tanaka ! Heu...

Il y a un léger problème, je me suis trop enflammé. Au sens propre ! Dans mon élan surpuissant, mon armure et mon épée ont pris feu. L'esprit du Samouraï d'or m'a transformé en Super Saiyan, sauf que je n'avais pas de planète à sauver, juste une pauvre cible à poinçonner. C'était excessif, et maintenant les flammes commencent à prendre leur ascension depuis les cercles concentriques. Tous les *rednecks* ont les yeux exorbités et commencent à hurler. Oh, ça va ! Vos prédécesseurs ont cramé des forêts entières pour venir s'installer, vous n'allez pas flipper pour un tout petit feu de camp ! Mais d'un coup, les flammes rugissent et s'allongent de plusieurs mètres, elles atteignent les autres cibles pour se répandre partout dans la salle de tirs. Ça crépite de tous les côtés, l'alarme incendie se déclenche et le plafond commence à nous arroser. À l'américaine, des néons s'allument et des flashs de lumière rouge tourbillonnent comme des gyrophares au cas où on n'aurait pas saisi le danger. On se croirait en enfer, directement plongés dans les ténèbres pourpres après l'apocalypse.

Tous les tireurs courent et gesticulent dans la cohue délirante, mais les Japonais arrivent à se regrouper autour de moi. Alors je nous crois sauvés, lorsque Satô pose à nouveau ses pognes pleines de hargne sur mes épaules. Ni oubli, ni pardon, il va profiter du bordel pour me buter ? Sans prévenir, le sumo me décale sur le côté. Il ne supportait tout simplement pas que de l'eau continue de tomber sur l'armure de maître Yukata. Allez, enterrons la hache de guerre et partons, avant que la fumée ne nous intoxique.

*

On est trempés, les autres dans leurs nouveaux habits et moi dans mon armure rouillée, mais au moins, on a réussi à échapper à la fournaise. Tous les *rednecks* évacuent l'Arena Game au pas de course et nous, dos collés au mur du complexe, on lorgne une autre direction. Bientôt Dallas ! Je me baisse pour laisser grimper le petit groupe sur mon dos et foncer à la vitesse dorée, l'entrejambe de Sakura sur ma nuque et Satô accroché à mon épaule. Mais le docteur Tanaka reste à l'écart, un drôle d'air sur le visage. Sans prévenir, il s'écroule par terre et se met à trembler en grinçant des dents. Merde, lui qui semblait tellement à l'aise au stand de tir !

— Docteur, arrêtez votre cinéma ! Il faut qu'on parte !

— Impossible... Je n'ai plus de force... Il faut me trouver une dose...

— Vous rigolez ou quoi ? Toute la région doit être à notre recherche, nous n'avons pas de temps à perdre dans une ville aussi petite que Fort Worth !

— Eh bien laissez-moi crever… Prévenez ma femme à Tokyo… Qu'elle me pardonne de lui avoir menti sur mon sevrage…

— Oh, ça va. Je vais vous la trouver votre foutue came !

Tel Énée portant Anchise pour fuir Troie en flammes, je ramasse le médecin en jogging et l'installe sur le dos cabossé de mon armure. Il est tellement crispé qu'il la griffe par endroits comme un vieux chat sentant approcher la piqûre, alors Satô serre le poing. Je vois bien qu'il s'apprête à décrocher le docteur Foldingue pour préserver la relique de maître Yukata, mais un halo doré commence déjà à nous entourer. La force du Samouraï monte en moi, n'essaye même pas de t'y frotter. Je me mets en position de départ et saisis d'un coup sec le portable du sumo. Une recherche rapide m'indique le quartier le plus pourri de la ville. Parfait ! Sakura et Satô, rejoignez-nous aux derniers numéros de la Hurley Avenue, la zone des junkies à l'autre bout de Fort Worth. Prenez votre temps, mais ne vous faites pas repérer !

À peine mon discours terminé, j'ai disparu dans un nuage de poussière. En quelques accélérations et deux triples sauts d'immeubles, j'arrive au misérable district et, le plus délicatement possible, je dépose Tanaka contre le béton craquelé d'un mur en reconstruction. Le médecin s'est transformé en une espèce de momie recroquevillée, il croise les bras sur son torse et se malaxe les veines comme un demi-dingue. Ça va aller, docteur !

Mais un groupe de racailles locales nous a déjà repérés. Ce sont des post-ados en survêtements, ils s'approchent, déterminés à défendre leur territoire. Derrière eux, un 4×4 massif, semblable à ceux qui sillonnent la frontière mexicaine pour débusquer les clandés. Sauf qu'ici, on imagine facilement qu'elle contient la drogue à refourguer plutôt que celle des coups de filet. Un iPhone dépasse d'une poche pour vociférer du rap agressif, le rythme ponctue le pas de leurs baskets Nike sur le bitume comme des tambours de guerre. Le plus grand, habillé tout en blanc avec une casquette rouge, m'invective directement :

— *T'ain't yar neighborhood mothafuckers !*

C'est quoi cette approche vindicative ? Rien compris à son vomi à part qu'il se croit dans *Boyz n the Hood* version white trash. Le petit groupe nous encercle rapidement, mais une espèce de Mexicain au bonnet gigantesque reste en retrait. Il semble impressionné par mon armure, je crois qu'il me prend pour un démon de son folklore sud-américain. Rictus entre les lèvres, il me pointe du doigt d'un air accusateur :

— *What kinda fuckin' alien are ya mothafucka ?*

Ah non, c'est pas de la superstition, juste du lavage de cerveau par les mauvaises séries SF ! S'il veut voir de l'alien, je vais lui sculpter la tronche avec mon propre scalpel. Je dégaine le katana de maître Yukata hors de son fourreau et toutes les racailles ont un mouvement de recul. Alors, bande de bolosses ? On refait le match Japon *vs* USA ? Sauf qu'aujourd'hui, vous êtes dans la merde, aucune bombe A ne viendra plus vous sauver. Le féodalisme va botter votre petit cul de post-modernes sans idéal. Et je m'apprête à bondir pour récolter la salade de têtes lorsque PAM ! un coup part.

De la fumée sort d'un Desert Eagle tenu à bout de bras par le Grand Blanc.

Mon épée décolle dans les airs...

Sur le coup, j'ai cru que ma balle l'avait scindée en deux, un mauvais souvenir m'est revenu en mémoire. Je me serais tout de même senti moins révolté qu'en France face à mon armoire Ikea. Authentique sabre contre vraie ogive, cette mauvaise surprise aurait eu pour elle le mérite du sens ! Mes économies se sont effondrées pour un morceau de toc, ici l'armement rudimentaire aurait juste plié contre la balistique de pointe. Maître Yukata ou pas, la panoplie anti-démons du Japon n'aurait tout simplement pas fait le poids face à la puissance technologique de l'Amérique.

Heureusement, la balle a juste percuté la garde de mon sabre, mais toute la troupe me fonce dessus et je bascule comme un handicapé sans ma lame. Étendu sur le dos, je vois en contre-plongée Casquette Rouge qui abaisse le canon de son arme droit devant mon front en ferraille. Argh, ma tête va finir comme les deux sabres, mon destin était tout tracé depuis le début ! Un sourire narquois se dresse de plus en plus sous la visière, au fur et à mesure que l'index se presse sur la détente. Le coup va partir !

— Stop !

Un regard sur le côté.

Le docteur Tanaka vient de sortir de sa léthargie !

D'une main tremblante, il fouille dans la poche de son jogging et en ressort la liasse de billets trouvée dans les vestiaires de l'Arena Game :

— *Let's do business. I need your services.*

Mais le petit Mexicain ne l'entend pas de cette oreille. Il s'approche et envoie son pied entre les côtes du médecin en crise de manque, à plusieurs reprises, comme on laboure un champ sans pesticides, jusqu'à ce que Tanaka se mette à cracher du sang. L'assaillant n'a plus qu'à se baisser pour ramasser tous les billets entachés. Casquette Rouge rigole et se baisse pour carrément coller son flingue dans le trou de mon œil droit, le canon racle contre l'airain de mon masque. A-t-on le temps de souffrir lorsqu'une balle de Desert Eagle vous traverse le cerveau ?

PAW.

J'ai eu le temps de l'entendre, en tout cas.

Quand on meurt, le pouls s'accélère, c'est bizarre. Je rouvre les yeux, et l'archange de la mort pleure sur moi des larmes de sang. Et le soleil m'aveugle et je n'aperçois que d'un œil sa gigantesque silhouette. L'autre reste obstrué par le canon qui m'a tué, le fer du flingue mortel s'est soudé au fer de mon armure. Je déambulerai donc au paradis avec un Desert Eagle qui sort de la tête ? Ou alors en enfer ? Ah mais, attendez. Non ! Je me trouve toujours sur la Hurley Avenue, et c'est toujours le Grand Blanc devant moi, ses épaules s'agitent en soubresauts comme si on lui avait coupé les nageoires. Puis sa casquette déteint sur son visage, le *white trash* devient Peau-Rouge avant de s'écrouler sur moi. Alors je constate qu'il a une balle logée au beau milieu de son front. Il tenait son flingue à l'envers ? D'autres coups de feu sifflent dans les airs, je bascule le cadavre sur le côté, mais n'arrive toujours pas à me relever. Les racailles s'agitent de droite et de gauche comme des lapins, le FBI nous aurait enfin retrouvés ? Telle une tortue torturée, je réunis toutes les forces qu'il me reste pour me remettre à l'endroit, je parviens à m'accroupir.

Alors je vois.

Sakura vient de débarquer et elle tire à vue avec une arme de poing ! D'où est-ce qu'elle sort ça ?

Plusieurs dealers s'effondrent, les corps chutent à la cadence destructrice du massacre de Wounded Knee. Seulement, le seul descendant natif du continent, alias le Mexicain, s'en tire à bon compte. Il s'est planqué derrière une borne électrique désaffectée, je vois ses dents en or grincer de rage qu'une *chiquita* intempestive vienne ruiner leurs basses besognes. Tout à coup, il baisse les yeux et un rictus se dessine sur sa sale trogne. Il vient d'apercevoir une plaque d'égout ! Qu'est-ce qu'il va faire ? D'un geste rapide, il saisit le disque de métal et le soulève au niveau de son torse. Puis, il attend patiemment derrière sa petite borne aux fils électriques rouillés.

Quand Sakura s'escrime sur la gâchette sans résultat plus abouti que le clic clic clic clic mécanique du chargeur vide, le survivant à bonnet bondit hors de sa cachette avec son pilon démesuré. La Japonaise hurle, elle se projette instantanément dans la peau d'une crêpe humaine. Tremblant dans ses beaux collants, elle arrive tout de même à insérer une nouvelle balle dans la chambre de tir. Son bras se tend à nouveau, le coup part, mais ricoche sur le disque du taureau d'airain en train de foncer. Et la jeune fille n'est ni une Argonaute, ni une harpie, elle ne pourra pas échapper au monstre. Son si joli visage se transforme en grimace de Méduse, mais c'est elle qui se retrouve pétrifiée.

Le Mexicain fou arrive sur elle.

Adieu Sakura...

BONG ! Deux ex machina ! Vous y croyez ? Ce n'est pas la jeune fille qui se retrouve aplatie, mais bien le bélier ordurier ! Satô vient d'entrer dans la partie. Alors que le Mexicain arrivait sur ma sauveuse comme un bulldozer, le sumo a fait obstacle et l'autre s'est pris sa bouche d'égout en pleine tête. Quelle cloche ! Qui continue de résonner tellement le coup était fort, DRRRRRRRRR ! Bien sûr, c'est le disque qu'on entend, pas sa caboche puisqu'elle a explosé comme une bombe à fragmentation option morceaux de cervelle. Cette fois, on est venus à bout du gang et je me précipite sur le corps recroquevillé du docteur Tanaka. Tout ça, c'est sa faute, mais je lui pardonne car il paraît mal en point. Il n'arrive même plus à faire semblant :

— Je vais... crever... Prévenez ma femme... et aussi ma maîtresse Saya de Yokohama... mais discrètement, s'il vous plaît...

— Mais non, docteur, accrochez-vous !

— C'est moi le médecin... Je sais mieux que vous...

Super, l'argument d'autorité. Ce vieux bourgeois n'a juste pas l'habitude de se battre, et encore moins d'essuyer les coups. Il suffit de voir à quelle vitesse il a capitulé quand j'ai décidé de l'embarquer pour l'Amérique. Mais sa tête bascule, il vient de s'évanouir. Eh merde ! Il n'est quand même pas mort ? Je veux tâter son pouls entre mes doigts, mais les foutus gants m'empêchent de le sentir. Argh ! Pas le temps de déléguer cette tâche à Satô ou Sakura, je me précipite vers le 4×4 des trafiquants. Forcément, c'est verrouillé. Stressé à l'idée de perdre la pièce maîtresse dans mon plan de sauvetage de Yukiko et Robert, mon cerveau s'embrouille et je commence à fouiller un par un les cadavres des dealers pour retrouver les clés comme un teubé, jusqu'à ce que je revienne assez à la raison pour arracher la porte du véhicule de mes propres mains. À l'intérieur, les banquettes débordent de marchandises. Une valise remplie de crack. Une mallette avec du matos de shoot.

Et un sac de sport plein de billets.

Je balance tout sur le sol et m'agenouille pour préparer une dose, mais je ne sais pas faire, alors Satô vient m'aider. Il casse une petite roche brune qu'il place dans une coupelle, puis il y ajoute le liquide d'une fiole à usage unique jusqu'à ce que le caillou se dissolve. D'un geste, il me demande de lui amener une seringue et un briquet, comme s'il était chirurgien et moi son assistant. Alors, il écrase la mixture avec le bouchon en plastique de la seringue et quand c'est bien dilué, il place la flamme de son briquet sous la coupelle et la garde en mouvement pour qu'elle lèche toute la surface. Enfin, il peut aspirer le mélange dans la seringue et l'injecter dans le bras de Tanaka après le lui avoir tamponné avec un morceau de coton. Malgré leur sauvagerie, les dealers vendent des kits très complets pour se droguer, tant que tous ces outils peuvent se transformer en dollars...

Un œil s'ouvre. Puis le deuxième.

Le docteur bondit.

Quelle pêche, il est inarrêtable ! Tanaka nous explique qu'il faut rappeler sa femme et sa maîtresse tout de suite. Qu'il faut profiter de ce voyage pour acheter le meilleur Viagra des Amériques. Qu'il a son permis de port d'armes et qu'on peut passer à l'armurerie. Qu'il va descendre lui-même Issei pour libérer mes compagnons. Qu'il attend les démons de Tokyo s'ils s'avisent de revenir nous faire chier. Qu'il connaît un club de strip-tease à Houston et qu'il va payer sa tournée. Qu'il a faim et qu'un bon burger de chez Wendy's lui ravirait l'estomac. Ou alors, un menu Taco Bell, qu'il pourrisse un employé mexicain afin de se venger des coups reçus. Qu'il veut conduire cet énorme 4×4 à toute blinde sur la Route 66. Que dans l'idéal, il faudrait aller jusqu'au Missouri pour escalader l'Arche de Saint-Louis. Et pourquoi pas au Cap Canaveral pour décoller dans une fusée ? Qu'il nous conduira quand même à Dallas par le plus court chemin, son cerveau devient un GPS survolté. Qu'il va écraser tous les coyotes et chiens de prairie sur son passage. Qu'on n'arrivera jamais à canaliser toute l'énergie qui coule dans ses veines. Qu'il a une idée pour exploiter à bon escient toutes les valises des trafiquants. Qu'il n'y a plus une seconde à perdre.

*

Downtown Dallas, enfin ! On a pris deux chambres dans un hôtel coréen qui ne paye pas de mine, dans un coin peu fréquenté à la limite du sordide. Pour justifier nos tenues, on a expliqué à M. Kim, le gérant, qu'on se rendait à l'E3, le Salon du jeu vidéo de Los Angeles. Ce sont des cosplays de manga qu'il ne connaît pas. *Great Teacher Yukata* et *Kanbari Nyūdō's Bizarre Adventure*, oui, pas la peine de vérifier. Aussi, les employés parlent à peine anglais, on peut donc espérer qu'ils ne consultent ni les journaux, ni les chaînes d'info américaines, si tant est que nos exactions aient eu le temps de parvenir jusqu'aux comités de rédaction. Nos gueules finiront-elles placardées sur des affiches WANTED comme dans les westerns que regardait mon grand-père ?

Forcément, j'ai pris une chambre avec Sakura et j'ai laissé le docteur Tanaka se débrouiller avec l'autre ours de 200 kilos. J'en ai déjà soupé avec les sumos dans le dortoir, maintenant j'ai le droit au confort maximal ! Comme il s'agit principalement d'un hôtel de passe, la literie n'est constituée que de matelas deux places. Éclatez-vous, les gars ! Heu, pourquoi vous tirez la tronche, tous les trois ? Satô m'explique que Japonais et Coréens se détestent depuis des siècles, et encore plus depuis la deuxième guerre mondiale. Les employés n'ont sûrement pas oublié les exactions commises sur leur pays, la haine se transmet dans les gênes ! Peut-être même que les employés vont profiter de leur sommeil pour nous éliminer, ils vont vouloir venger leurs ancêtres... Caaaalmez-vous, ça n'arrivera pas. On est en Amérique, s'ils avaient voulu nous buter, ils nous auraient déjà descendus à coups de fusil en inventant un prétexte. Décompressez un peu, les Japs ! Et allons nous coucher.

Enfin, nous coucher...

J'ouvre le mini-frigo et m'enfile quelques flasques de whisky, avant de m'affaler sur le matelas.

Sakura prend son temps sous la douche, j'ai hâte qu'elle me rejoigne. Quand elle sort enfin de la salle de bain, ses cheveux ont changé de couleur. Elle vient de se faire une teinture blonde ! On vient d'échapper aux yakuzas, de sauter d'un avion sans parachute, de vaincre les serpents, les *rednecks* et les dealers, mais visiblement c'est cette décoloration qui lui occupait l'esprit jusqu'ici. Et elle n'a pas perdu de temps ! Dès son retour à la civilisation elle s'est occupée de sa crinière, alors moi aussi je veux jouer au lion. Nous sommes en voie de disparition, il faut copuler pour survivre ! Avant même que sa tignasse ait eu le temps de sécher, je l'attrape et la fais basculer sur le matelas. Sa serviette tombe et je colle son corps nu contre moi. Comme le serpent de tout à l'heure, ma bite s'agite dans tous les sens à l'intérieur de mon armure, il faut que je la retire. Allez, je dois faire sauter cette ceinture de chasteté ! J'essaye de dévisser mes jambières.

Crouik, crouik, crouik...

Merde.

Je n'y arrive toujours pas ! C'est la honte, ma concubine tire une drôle de tronche. Elle n'a pas dû le rencontrer souvent dans son bar à strip-tease, ce cas de figure. Parce qu'on la connaît, la petite danse à la table individuelle, puis le whisky vendu 100 fois son prix pour tirer le rideau et faire plus ample connaissance. Mais là, je me suis montré bien trop ambitieux, directement au plumard sans pouvoir déballer mon attirail. Pourtant, il tambourine dans mon calbute en métal comme un fou dans sa cellule capitonnée. Je suis à deux doigts de foncer dans le mur, bas-ventre en avant, pour libérer mes couilles, mon sperme et ma virilité, lorsqu'on entend un cri au loin. Comme un hurlement de détresse, merde, c'est quoi encore ce bordel ? Je crois avoir reconnu la voix de Tanaka. Aussi vite que sa montée en flèche, ma libido redescend à pic et je dégage Sakura sur le côté pour bondir hors du lit. D'un coup sec, je saisis le saint katana de maître Yukata, j'arrive, docteur !

Je descends les marches quatre à quatre.

Fonce en direction du cri et arrive dans le hall.

Tanaka se trouve par terre, à hurler et gesticuler, mais il n'a pas l'air blessé.

— Docteur, qu'est-ce qui se passe ?

— Là ! Là ! Le démon !

À ce mot, j'ai un mouvement instinctif de recul et serre un peu plus fort le pommeau de mon épée, la lame tremble au-dessus de mon gant. Je regarde dans toutes les directions, mais ce hall semble désespérément vide ! À moins que le *yōkai* ne se cache dans le noir ? Hystérique, le médecin pris de spasmes tend un doigt devant lui :

— Là ! Juste là ! Le démon cactus !

Alors, dans la pénombre, je vois ! L'énorme monstre recouvert d'épines, Kanbari Nyūdō ressorti des sables. C'est une putain de tortue ninja mal rasée, Hulk version clochard énervé, le Géant vert transgénique ! Il se dresse devant moi comme le Kraken qui émerge des flots, il va m'attraper avec ses innombrables bras pour me croquer. Mais Persée sort le glaive d'Athéna, même pas besoin de gorgone décapitée. Le bruit de l'acier fraîchement libéré du fourreau retentit dans le hall, Tanaka continue ses petits gémissements hystériques et je bondis sur le titan. Mon pied atterrit sur le pot en céramique qui lui sert de slip et je tranche directement dans sa peau de kiwi, un premier morceau du porc épique d'Érymanthe vole dans les airs, puis un autre, et un autre, et tchac, et tchac et TCHAC ! J'aurais imaginé un peu plus de résistance côté ennemi, l'hydre de l'herbe s'effondre sans m'avoir seulement touché. Quand un morceau de cactus tombe à côté du médecin, il pousse un nouveau cri d'effroi.

Cette fois, il rameute tout l'hôtel, Satô débarque en éclaireur. Le sumo veut sauver le troupeau, mais j'ai déjà tout réglé ! Viennent M. Kim et plusieurs employés, le gérant s'est carrément muni d'un fusil à pompe, les autres de ce qu'ils pouvaient, une batte de base-ball, un balai, une tringle à rideaux... Quelle indignité pour Kanbari Nyūdō, mais le gros Coréen charge son arme et me braque, attendez ! C'est bon, j'ai maté le *yōkai*, nous sommes en sécurité ! Regardez, je lui ai laminé les épines, je l'ai réduit en bouillie. On ne risque plus rien, haha !

Seulement, M. Kim ne rigole pas du tout.

Il s'agenouille sur la bouillie de cactus et commence à chialer. De quoi ?

D'un coup, il s'énerve complètement contre moi, pourquoi j'ai fait ça ? Son cactus préféré, offert par sa mère lors d'un voyage au Mexique ! Mais non, c'était le démon, je lui explique. Seulement, quand je vois les morceaux de céramique et de plante décédée, je dois bien me rendre à l'évidence. La succulente ne représentait aucun danger, c'est l'alcool du mini-frigo et les délires de Tanaka qui m'ont fait halluciner, je me suis imaginé un monstre dans le noir comme un gamin de quatre ans ! *Sorry, sorry, Mister Kim ! I apologize so much !* J'ordonne même à Satô d'aller chercher la mallette de billets, on va lui payer les dédommagements au centuple. Ne nous virez pas, et surtout, n'appelez pas la police ! À la vue des billets verts, la tension retombe. On peut remonter se coucher. Au moins tout ça m'a épuisé, je n'ai même plus envie de baiser.

*

Au réveil, petit-déjeuner coréen, il est compris dans la nuit. Qu'est-ce qu'ils mangent le matin, les Coréens ? Soupe de poisson, légumes et riz. Étant donné qu'on doit se faire pardonner, je ne dis rien, mais au secours... J'ai presque envie d'aller m'acheter un Snickers au distributeur. Tanaka me fait remarquer que de toute façon, je dois me calmer sur le sucre, selon lui je serais incontestablement diabétique. C'est n'importe quoi. Et quand bien même, depuis, j'ai revêtu l'armure de maître Yukata. Elle me sert de corps tout neuf ! Mieux qu'un exosquelette, elle m'a purgé de l'intérieur, venant à bout des démons surnaturels comme de mes faiblesses physiques. Faites-moi une prise de sang quand vous voudrez, docteur ! Vous verrez, je ne me suis jamais senti aussi bien. Enfin, j'aimerais me dépenser un peu plus, notamment avec Sakura. Elle baisse la tête à table comme si elle avait mal dormi, j'aurais dû l'épuiser un peu plus, mais on verra plus tard. En revanche, qu'en est-il de vous, docteur ? Vous avez eu des hallucinations hier soir, vous m'avez entraîné dans vos délires, ça a failli créer un incident diplomatique. Il va falloir vous sevrer, docteur, car nous avons une mission d'importance : sauver mes amis des griffes de la mafia, tant qu'il est encore temps. Heu, vous m'écoutez ?

— Hein ? Oui, oui...

Tu parles, il semble hypnotisé par ses foutus légumes sans même les manger. Ça ne donne pas faim, le crack ? Moi-même, je croque dans un piment pour me réveiller. Merde... Je commence à suer à grosses gouttes et tout mon corps s'enflamme après mon palais. Je me sens à l'étroit dans l'armure de Yukata, on dirait qu'elle chauffe à blanc ! Une larme coule de mon masque, mais devant le regard froncé de M. Kim, je fais comme si de rien n'était. Bloqué dans un taureau de Phalaris, j'espère juste que la fumée ne va pas sortir des interstices, car j'entends mon cerveau crépiter. Satô, lui, semble se poser moins de questions, il se bâfre et pousse des petits grognements de satisfaction entre chaque bouchée. En quelques minutes, il s'est enfilé toute la table, l'intégralité de nos assiettes et il se retient de piocher dans celles des Coréens. Au moins, il fait honneur au repas, ça rattrape nos incorrections de fines bouches. Il ne faut pas trop se faire remarquer...

D'ailleurs, pour ne pas donner l'impression de nous enfuir comme des voleurs, j'explique à M. Kim que nous allons rester quelques jours à Dallas pour visiter la ville. Mais oui, nous avons tout le temps d'arriver à Los Angeles ! On va tout vous payer en liquide, rubis sur l'ongle.

(En vrai, on va se barrer vite fait.)

(Je veux juste éviter que le Coréen n'appelle la police trop tôt.)

On s'apprête donc à sortir tous ensemble, le docteur Tanaka va nous indiquer où se situe le QG des yakuzas. Ça va chier ! Mais avant, je lui ordonne de prendre sa petite valise pleine de crack afin qu'on s'en débarrasse. Qu'il la balance dans la première poubelle venue, ni vu, ni connu. Il faut arrêter les conneries maintenant, et passer à l'action ! Le médecin accepte, et à ma grande surprise, propose même qu'on parte de l'hôtel à des moments différents afin d'éviter l'effet de groupe. Très bonne idée, docteur, content de constater votre méticulosité ! Il s'en va le premier, puis vient le tour de Satô, puis Sakura, et moi je sors en dernier. Seul Tanaka connaît le chemin, il ne faut pas se perdre de vue. On a décidé de se rejoindre dans une petite rue déserte, la deuxième à droite, alors je retrouve tout le monde sauf le docteur Tanaka ! Bon sang, qu'est-ce qu'il fout ? Il s'est perdu ? J'espère que les yakuzas ne nous ont pas repérés. J'espère surtout que ce vieux drogué n'a pas réintégré son organisation en secret. Peut-on vraiment quitter une mafia ?

En tout cas, cet abruti nous fait perdre du temps. On part à sa recherche dans les rues adjacentes, il mérite des claques ! Heureusement qu'on ne croise personne à part quelques clochards et toxicos, car on a l'air de beaux touristes fraîchement débarqués, hagards et bien paumés. Soudain, Satô me tape sur l'épaule et tend le doigt. Tanaka vient d'apparaître au bout d'une ruelle, entouré de mecs bizarres. Merde, il nous a vraiment balancés ? Ma main se jette instinctivement sur le pommeau de mon sabre, lorsque le docteur nous fait signe de loin. Les silhouettes autour de lui se barrent mollement et lui-même se dirige vers nous. C'est quoi ce plan ? Mes doigts serrent toujours plus mon katana, parce que je constate quelque chose qui m'énerve. Tanaka porte toujours sa foutue mallette dans une main, et des billets chiffonnés de l'autre. Je rêve, ou est-ce qu'il est en train de dealer devant nos yeux ? Je m'avance vers lui, je sens que je vais le découper :

— Docteur, je rêve ! Vous étiez censé vous débarrasser de la mallette, pas la montrer à tout le quartier !

— Tout va bien ! J'ai juste eu une meilleure idée. Pourquoi se délester d'une telle manne quand on peut la faire fructifier ? On va s'en débarrasser, mais contre de l'argent. Ce serait quand même dommage de gâcher !

— C'est notre casier que vous allez faire fructifier ! Et c'est votre connerie qui fait des dividendes. Vous allez nous faire couler pour une poignée de dollars !

— Fils de pute !

Là, ce n'est plus le docteur Tanaka, mais une silhouette sortie de nulle part. Après m'avoir insulté par-derrière, elle me fonce dessus et me fait tomber sur le sol. Probablement un des drogués qui vient de se ravitailler, maintenant il veut nous détrousser. Le parcours classique ! Mais qu'est-ce qu'il croit ? Que j'ai du stock supplémentaire dans mon calbute en ferraille ? Il va plutôt tâter de mon fourreau. Hé mais attendez, il a vraiment parlé en français ? Et ça continue :

— C'était toi ! Au Palais nippon !

Hein ? Le junkie se penche un peu plus sur moi.

Oh putain, je le reconnais !

— Qu'est-ce que tu as fait de Yukiko ?

Et là, il sort son opinel. Ou plutôt, son hachoir à dépecer les poissons ! C'est bien lui, le cuisinier du Palais nippon, le jeune gars qui me regardait de travers ! Mon rival face aux beaux yeux de Yukiko... Comment m'a-t-il retrouvé, à presque dix mille kilomètres ? Je reste ahuri par autant de détermination et d'efficacité, ça c'est bien un Japonais ! Perdu dans ma sidération, je reviens à mes esprits lorsqu'il tâte les interstices de mon masque, probablement pour trouver la faille où me planter ! Il va me trancher la jugulaire comme il découpe des branchies à longueur de journée, je vais finir découpé en tranches sur son plan de travail. Est-ce qu'on va me rapatrier dans une boîte de sushis ?

Mais d'un coup, le serial pêcheur décolle dans les airs.

Instantanément remplacé par le gros ventre de Satô.

Il l'a catapulté comme un bélier ! J'ai le temps de me redresser sur mes deux jambes que le jeune cuisinier est encore en plein roulé-boulé dans un nuage de poussière. Il finit par buter contre un mur, tête à l'envers et jambes écartées. Satô marche calmement vers lui, l'attrape par la peau du cou et l'immobilise avec son bras mastoc. Ainsi escorté par mon escouade, j'ai l'impression d'être moi-même devenu un chef yakuza. Je vais pouvoir cuisiner ce suppôt des poissonneries ! Tandis qu'il se tord dans tous les sens comme une anguille prise dans les filets dérivants, je sors mon katana de son fourreau pour le placer sous sa gorge. Il semble encore trop énervé pour vraiment s'effrayer, je lui demande :

— Qui t'envoie ?

— Hein ?

— C'est M. Vittore ? Il sait qu'on vient le chercher ?

— Je ne connais pas ces gens ! Je viens pour sauver Yukiko.

— Arrête de mentir, c'est nous qui venons sauver Yukiko !

— Mais tu l'as enlevée, enfoiré ! Elle m'a dit que tu avais piqué dans la caisse et qu'elle devait te suivre à Tokyo ! Et puis j'ai reçu un message en provenance de Dallas, où est-ce que tu la séquestres, sale fils de pute ?

Satô doit augmenter la pression afin que M. Poisson ne lui glisse pas entre les bras, il s'agite beaucoup trop ! Je pose ma semelle en fer sur sa cheville offerte et commence à appuyer de tout mon poids. On n'insulte pas ma mère défunte comme ça, petit enfoiré ! D'un coup, ses dents grincent et il devient beaucoup plus calme. Revenons sur de bonnes bases, maintenant on va pouvoir discuter :

— Écoute-moi bien, l'attardé. De deux choses l'une : soit tu continues à te faire des films et il va falloir t'enfermer, soit tu t'allies à nous pour sauver Yukiko. Le docteur Tanaka ici présent connaît le quartier général des yakuzas qui la retiennent prisonnière. Qu'est-ce que tu choisis ?

Il entrouvre la bouche de douleur, les yeux écarquillés, puis, très lentement, il arrive à articuler :
— La... deuxième proposition.
C'est bien. Il est un peu moins stupide que prévu.

*

Le découpeur de poissons s'appelle Ren, et il vient donc de rejoindre notre équipe. Qui aurait pu croire qu'on deviendrait alliés à Dallas quand je venais écumer son boui-boui de France rance ? Je reste quand même sur mes gardes, mais il a l'air de croire à la version véridique de mon périple autour du monde, et de toute façon, il n'est pas en mesure de la discuter. Avec mon armure magique et mes amis japonais, je suis carrément en position de force ! Sur le chemin de la Ross Avenue qui nous mène au QG américain des yakuzas, le docteur Tanaka nous raconte l'histoire de M. Vittore, le grand patron qui chapeaute la mafia.

M. Vittore est un ancien entrepreneur franco-italien. Il fabriquait des jouets de facture médiocre en France, mais n'a jamais vraiment su gérer une entreprise. Il a donc essuyé des faillites à répétition. Endetté, puis acculé par le Trésor public, il a dû se réfugier au Japon où la triade du Soleil levant l'a accueilli à bras ouverts. Les jouets de mauvaise qualité à destination des pigeons occidentaux, c'était un marché à haut potentiel et les yakuzas l'avaient bien compris. Comme un poisson dans l'eau dans ce grand bain d'escroquerie, Vittore est vite monté en grade, jusqu'à intégrer le cercle très privé des gros bonnets de l'organisation. Après une succession de décès plus que suspects au plus haut niveau de cette pyramide de pouvoir, Vittore s'est retrouvé seul au sommet. Son influence s'est amplifiée et l'activité de la mafia s'est décuplée jusqu'à ouvrir des antennes dans de nouvelles grandes villes d'Asie, d'Europe ou des États-Unis comme ici. Le katana en toc que j'ai reçu n'était qu'un vestige de l'ascension de cet homme, parvenu au plus haut sommet de la crapulerie malgré sa médiocrité.

Nous arrivons sur une vaste place parsemée de fontaines. Au loin, une grande tour s'impose à nos regards éblouis. Elle ressemble à un cercueil immense, mais intégralement composé de miroirs qui reflètent le soleil dans une lumière angélique, comme s'il s'agissait d'une fusée divine pour rejoindre le ciel. Vraiment, les yakuzas ne s'embêtent pas ! Comment le gouvernement américain peut-il laisser la pire engeance venue d'Orient s'installer dans un monument aussi magnifique ? À un moment donné, il va falloir prendre les armes. Peut-être est-ce à nous de nous en charger ? Vu la taille et l'emplacement de ce QG, il va falloir la jouer fine ! Je demande au docteur Tanaka :

— Je suppose que ce gros cake de Vittore se trouve tout en haut de la tour ?

— Comment cela ?

— Bah oui, ce serait trop facile qu'il se soit installé au rez-de-chaussée, il va falloir gravir tous les étages un par un et buter dix mille sbires !

— Pourquoi vous regardez ce gratte-ciel ? Ça c'est le Fountain Place, un des plus grands édifices de Dallas. Mais le QG de M. Vittore, c'est celui-là !

Et il me montre du doigt un ridicule immeuble marronnasse en retrait, à peine plus élevé que les murs couleur terre du petit parking qui l'entoure. Mais c'est quoi, ça ? Complètement merdique, ridicule ! On se croirait dans les Balkans après la guerre, une ruine mal vieillie. Et le parking, je n'en parle même pas ! Il me fait penser au campement de Robert quand je l'ai rencontré devant l'AccorHotels Arena. S'il parvient à s'échapper, il risque de tout stopper net pour s'installer ici, parmi les poubelles...

— Vous êtes sûr qu'ils sont là-dedans ?

— Sûr et certain, qu'est-ce que vous croyiez ? La règle numéro 1 de la mafia, c'est de faire le moins de vagues possible pour se fondre dans le décor.

— Ouais, enfin là, ils vont surtout attirer l'attention des services d'hygiène !

D'un coup, un mouvement vif nous fait sursauter. Pas dans la décharge, mais juste à côté de nous ! C'est Ren qui s'est senti pousser des ailes, il tape un sprint en direction de l'immeuble marron ! Nous comprenons tous très vite ce qui lui passe par la tête, car il crie en français :

— Yukiko, j'arrive ! Je viens te sauver !

Merde, Satô n'a même pas eu le temps de le contenir, alors j'effectue un quintuple salto jusqu'à me retrouver devant lui. Le poissonnier bute contre mon armure et s'effondre par terre, ça fait un bruit de gong qui résonne dans tout le quartier ! Merde, il va encore falloir se planquer !

Je saisis ce bolosse par les pieds et nous nous réfugions tous derrière l'un des murets du parking. Satô plaque sa grosse main sur la bouche de Ren encore excité, alors je pose la mienne sur celle de Sakura, parce qu'on ne sait jamais. Mais j'ai presque envie de la dégager au loin pour sauter à la gorge de Tanaka lorsque je vois ce qu'il fait. Cet abruti profite d'être accroupi dans son coin pour ouvrir sa foutue mallette et préparer une seringue. Docteur, ne faites pas ça ! Évidemment, il reste concentré sur sa petite activité pourrie. Son bras se tend, le garrot découvre une veine et l'aiguille y pénètre. Un petit râle de plaisir s'extirpe d'entre ses lèvres, mais ta gueule ! J'entends le grincement d'une porte, puis des bruits de pas, oh putain ! Ils se rapprochent, mes yeux croisent le regard affolé de Satô. Même pas le temps de se replier, une grande silhouette en costume sort du parking, puis tourne dans notre direction pour nous surplomber. Le gars s'allume une clope le plus calmement du monde, puis recrache la fumée. Il nous regarde d'un œil distrait, il faut croire qu'il a l'habitude de croiser des rangées de clochards sur le trottoir.

Mais d'un coup, ses orbites s'agrandissent et il se met à tousser.

Il a vu mon armure, et tous les autres Japonais.

Sa main plonge dans la poche intérieure de son costume, merde ! Dans ma position, je n'aurai jamais le temps d'éviter les balles. Nous sommes morts, d'autant que le Samouraï d'or ne réagit plus depuis longtemps, comme s'il avait abandonné son tutorat envers moi. Comme si j'étais majeur en magie ! Pourquoi m'avoir surestimé ? Ma seule chance, c'est que Ren et Sakura nous servent de boucliers humains afin qu'on puisse contre-attaquer avec Satô. Pas très glorieux, mais toute guerre comporte ses martyrs. Allez, advienne que pourra.

La main sort de la veste.

Le flingue se pointe vers nous. Et puis...

Le yakuza ne nous tue pas, il se met à danser comme un putain d'Amérindien, mais quoi ? Bras levés, il tire la langue et pousse des youyous ! Il fait la danse de la pluie ? Est-ce qu'il invoque le dieu du tonnerre pour nous foudroyer ? Je lâche Sakura et saisis mon épée, alors je vois ! Là, tout en bas, le docteur Tanaka s'est affalé sur le sol pour lui planter sa seringue en plein pied ! L'aiguille a traversé la chaussure, ça a l'air douloureux. Je prends appui sur mes talons et, malgré le poids de mon armure, arrive à bondir et tournoyer sur moi-même, ma lame comme une hélice ! La tête de l'homme de main décolle dans un geyser pourpre, catapultée jusque derrière le mur, oh non ! Le corps vidé de toute volonté propre s'effondre et je plaque à nouveau ma main ensanglantée sur la bouche de Sakura. Ren aussi essaye de hurler entre les doigts de Satô, c'est une colonie de vacances ou quoi ? Ce monde est rude et ça ne va pas s'arranger, je vous conseille de vous endurcir ! En attendant, il faut que j'aille récupérer cette putain de tête, sinon ça va mal se passer. Docteur, planquez-moi ce corps à la Sleepy Hollow le plus vite possible, sous une bagnole ou dans une bouche d'égout, débrouillez-vous, moi je dois mener mon expédition dans le parking.

Et j'entre.

Et je recherche la trombine de tous les côtés, elle est où ?

Une nouvelle porte s'ouvre et des coups de feu partent, paw, paw, paw, paw, paw ! Grillés, nous sommes grillés, alors on détale. Même pas eu le temps de voir qui me visait, peut-être bien Vittore en personne ? Ou Issei le petit hystérique ? Il va voir la tête de son collègue sur le sol, ça va lui donner envie de jouer au foot, je le connais ! Au moins, ça nous laisse une chance de les semer. On reviendra plus tard ! Mais quand même, c'est dommage. Si Ren n'avait pas déconné, on aurait au moins pu bénéficier de l'effet de surprise. Il va falloir dresser cet idiot de Français.

*

Après quelques détours de sûreté le long des petites rues annexes, on est revenus du côté de la grande tour. Pas la minable planque couleur merde des yakuzas, mais bien la majestueuse Fountain Place avec ses innombrables miroirs. Aucun flic n'est venu patrouiller, pas même un badaud pour sortir le bout de son nez. Soit personne n'avait entendu les coups de feu, soit les détenteurs de l'autorité avaient joué les sourdingues. Les Japonais avaient-ils acheté tout le quartier ? Après plusieurs heures d'errance, on a décidé de prendre le taureau par les cornes. Quand on est arrivés au pied du gratte-ciel et que j'ai levé la tête sur ses 220 mètres de hauteur, j'ai presque vacillé de vertige dans mon armure, essoufflé. Après tout ce chemin, nous étions parvenus à la Cité d'Émeraude ! Le reflet du soleil nous aveuglait sur la façade, alors on est entrés, bien décidés à défroquer le Magicien d'Oz.

À l'intérieur du hall se dressent des colonnes de miroirs comme à l'extérieur, ils forment de minuscules immeubles dans l'immeuble, c'est super méta ! Et au beau milieu trône une espèce d'énorme *nerd* derrière un bureau, hypnotisé par un écran. La direction a-t-elle vraiment chargé ce gars d'accueillir les visiteurs ? Il s'excite sur une manette, ça se voit clairement qu'il est en train de jouer à un jeu de combat sur son ordinateur professionnel ! On entend même des bruits de coups et des vociférations sortir de ses écouteurs. Sa grosse langue pend sur le côté, puis il se met à taper du poing en lançant des jurons américains. Quand on arrive à son niveau, il blêmit et planque rapidement tout son matériel dans un tiroir, c'est tellement ridicule ! Mais quand il voit Sakura, il se redresse et affiche son plus beau sourire bien bouffi :

— *Hello darling ! Nihonjindesu ka ?*

Est-ce qu'il vient vraiment de parler en japonais, là ? On est tombés sur un kikoo jap, je rêve. Ça va peut-être nous aider ? Sakura répond « *Hai* » et le docteur Tanaka m'explique que le gros a tout simplement demandé si elle était japonaise. Entre deux parties de jeu vidéo débile au travail, je parierais qu'il se tape des branlettes à répétition sur son intégrale de *hentai* ! Il continue de déblatérer nippon, focalisé sur Sakura qui sourit l'air gêné, on sent bien qu'elle ne comprend pas grand-chose à son charabia. Niveau profondeur, je le sens plus pencher du côté *Saint Seiya* que Sōseki. Cette bite sur pattes bave sur l'unique femelle du groupe, il nous ignore même complètement jusqu'à ce qu'il remarque mon armure ensanglantée. Eh merde, quel mytho je vais encore devoir inventer ?

— *Yoroi ? Dōshite ?*

— Il demande pourquoi vous portez une armure.

Ouais bah ça va, je m'en doute ! Comme le docteur Tanaka est un trilingue de compétition, je lui demande de traduire : Dallas a été choisi pour le tournage d'un nouveau film *Power Rangers*. Il s'agit d'une superproduction nippo-américaine, nous sommes l'équipe de Tokyo, acteurs et cascadeurs. La prod nous envoie ici pour nous reposer. Tout cela doit rester secret, évidemment, mais on le met dans la confidence.

Alors, le gars ouvre grand la bouche.

Il se lève et ses mains commencent à trembler.

Qu'est-ce qui lui prend ? D'un mouvement sec, l'excité ouvre l'un des gigantesques tiroirs sous son bureau, plonge ses mains au milieu des paquets de mouchoirs et en ressort des figurines. Des tas de figurines Power Rangers ! Les héros de toutes les couleurs, et puis les monstres improbables. Il a quoi, six ans d'âge mental ? Un à un, il nous les présente avec une intonation super sérieuse, quel malaise. *This is Brody and this is Calvin and this is Astronema and this is Preston and this is Sarah and this is Darkonda and this is Prince Olympius and this is Haylay and this is Zeltrax and this is Broodwing and this is Zordon and this is Frax and this is Lord Zedd and this is Hydro Hog and this is...* Ta gueule ! Hum, il s'arrête net. Est-ce que « ta gueule », c'est international comme « je t'aime » ? Les plis de son énorme front se plissent, il n'a pas l'air content du tout. Eh merde ! Le Fountain

Place a une vue plongeante sur le QG des enfoirés, je dois me mettre ce gardien dans la poche. C'était bien parti, mais j'ai tout fait foirer, alors j'essaye de rattraper le coup en déclarant :

— *I love Power Rangers !*

Le *nerd* n'a pas l'air dupe, il va falloir le faire rêver un peu. Je m'en vais lui accorder quelques exclusivités ! Docteur Tanaka, continuez de traduire en direct : dans le nouveau film *Power Rangers* que nous tournons, je joue le petit-fils du Ranger rouge rongé par la malédiction d'un *yōkai* qui le parasite, lui et les descendants de ses acolytes jaune, bleu, jaune, noir, rose et blanc. Il s'agit d'une souche démoniaque venue tout droit du Japon ancestral profond et qui a infiltré le système nerveux des Rangers pour les transformer en super soldats de nouvelle génération tout en siphonnant leurs organes vitaux pour phagocyter l'énergie magique dont ils ont hérité. Là où la situation devient critique, c'est quand le *yōkai* décide également d'invoquer Hydro Hog pour ressusciter les ennemis rabiques de leurs aînés : Zeltrax, Darkonda et le prince Olympius devenus des démons zombis en putréfaction mutagène. Nos nouveaux héros doivent alors retrouver le Centre de commande cybernétique, où les anciens ont rencontré Zordon, afin de le hacker et reconnecter son programme aux super pouvoirs initiaux des Rangers pour vaincre la nouvelle force du mal et déjouer ses plans démoniaques de conquête de l'univers.

Seigneur, qu'est-ce que je peux raconter comme conneries. J'aurais plutôt dû lui parler d'une adaptation en prises réelles d'*Evangelion*, il y aurait eu plus de niveau... Ou encore mieux, d'un remake des *Sept samouraïs* ? Comment les consommateurs de culture ont-ils pu passer de Kurosawa à Haim Saban, producteur de navets en série ? Les hommes d'affaires ont sorti la seringue à merde pour l'injecter dans les cerveaux enfantins, moi-même j'y suis passé ! Remarquez qu'aujourd'hui, ça m'a servi. Enfin, je crois ? Ai-je été convaincant ? Le *nerd* garde la bouche grand ouverte, un seul de ses sourcils froncés. Est-ce que Tanaka m'a bien traduit, au moins ? Même s'il s'était emmêlé les pinceaux, ça resterait un scénario crédible ! Alors pourquoi le gros ne réagit pas ? Peu sûr de ma version, j'essaye d'en rajouter un peu, histoire de noyer le poisson. Je pointe Satô du doigt et précise qu'il va jouer le rôle d'Hydro Hog, l'espèce de chamallow extraterrestre.

M. Nerd se tourne vers le sumo, il le fixe. J'ai dû me surestimer, je n'ai aucun talent de conteur ! Qu'est-ce que je fais ? On a trop besoin de s'installer dans cet hôtel, je vais découper ce gars en morceaux et les planquer dans son tiroir. Ça va sentir la viande avariée dans les couloirs ! Ses doigts boudinés commencent à trembler tant il serre ses conneries de figurines, on dirait qu'il va nous sauter dessus ! D'un coup, il balance les Powers Rangers en plastoc et il le fait, il se rue sur Satô, argh ! Les deux doivent peser le même poids, mais l'Américain bénéficie de l'effet de surprise. Qui nous dit qu'il n'a pas appuyé sur un bouton sous son foutu bureau pour rameuter toute une équipe de sécurité ? On est mal ! Le Fountain Place appartient peut-être d'ores et déjà aux yakuzas, contrairement à ce qu'affirmait Tanaka. Il est aussi dans le coup ? Est-ce qu'il nous a vendus pour une poignée de crack ? On ne sort jamais vraiment d'une mafia, j'ai été trop con !

Heu, mais attendez. Non ! L'Amerloque enlace le Jap, le câline comme un gros grizzli ! J'éloigne ma main de mon katana, le nounours semble sincère, voire ému. Sa paume épaisse tapote le dos de Satô et il murmure comme un amant au lit après l'orgasme : *wonderful, wonderful, what a great movie, I can't wait*, etc. J'espère qu'on ne sera plus là quand il se rendra compte de la supercherie, sa déception va faire mal au cœur. Ou sa furie ? D'un coup, il recule un petit peu et jauge le reste du groupe. *You must be the Pink Ranger*, il dit à Sakura, et la pauvre ne comprend rien mais acquiesce, heureusement. Puis il se tourne vers Ren, *and you, who are you* ? Merde, je lis la détresse sur le visage du Français qui débarque. Il faut rester crédible, alors j'interviens, pas de risque à prendre avec cet impulsif ! Cascadeur, je réplique, *stuntman*, traduit Tanaka, lui-même producteur. Le nerd sautille sur place, encore plus excité, si c'était possible... Il veut une démonstration, merde... Allez, Ren, improvise ! Le sort de Yukiko se retrouve entre tes mains, montre-toi à la hauteur, s'il te plaît !

La mâchoire de Ren part sur le côté.

Ce manque de confiance...

Soudain, il a une idée ! Son regard se pose sur un chariot rempli de nourriture, probablement destinée aux clients dans les étages. L'employé empâté allait probablement monter ces repas dans les chambres après sa partie de *Street Fighter*. Depuis combien de temps ces plats traînent-ils là ? Sous la cloche en aluminium, on devine de la viande faisandée. Heureusement que tout le reste a été emballé dans du plastique pour échapper à l'air vicié du hall, on va peut-être éviter quelques intoxications alimentaires. En tout cas, cette nature morte façon XXIe siècle inspire Ren qui prend son élan, oh non, il va faire quoi ? D'un coup, il part comme une fusée en direction du chariot à roulettes, je crois qu'il s'est pris pour Tony Hawk ! Sûrement pour se donner du courage, il hurle yaaaaaah juste avant de sauter à pieds joints sur la surface en métal. Je ne l'aurais jamais cru si expansif, même pour jouer un rôle de cascadeur ! Sa voix résonne dans tout le hall, pourvu que le grand patron du Fountain Place ait posé sa journée...

L'hystérique atterrit sur le chariot.

Qui dévale à toute vitesse le long du mur. Ça va mal finir...

Et en effet, ça ne loupe pas. L'objet roulant non identifié prend une direction dangereuse, celle d'une poutre recouverte de miroirs comme la façade de l'immeuble ! Bien trop ambitieux pour sa première cascade, Ren s'apprête à reproduire l'explosion du World Trade Center ! Collision imminente, il n'aura pas fait illusion bien longtemps... Tout le monde ferme les yeux au moment de l'impact, puis les oreilles résonnent au gré du chariot ratatiné, des plats écrasés et des miroirs brisés. Combien d'années de malheur ? Quand on regarde le désastre, Ren a carrément disparu ! Ce n'est plus un cascadeur, c'est un illusionniste ! Notre Américain rouvre grand la bouche, j'espère qu'il a bien profité de sa dernière branlette devant l'ordinateur de l'hôtel, parce que c'était probablement la dernière ! Un râle de douleur s'échappe du plafond, nous levons la tête pour apercevoir l'autre casse-cou accroché à une lampe. Pas mal, se serait-il trouvé une vocation ?

Forcément, malgré sa passion des Power Rangers, l'agent d'accueil veut nous virer. Mais qu'est-ce que ça va changer ? Les dégâts ne vont pas s'envoler parce qu'on n'est plus là, autant prendre notre argent et réparer ! Tanaka l'a bien compris, qui sort à nouveau sa connerie de mallette pleine de crack et de billets. Un petit aperçu de notre quotidien de superstars du grand écran, qu'il prétend. Veut-il partager avec notre équipe cette vie à part, ou bien laisser passer sa chance d'intégrer le grand monde ? Souhaite-t-il vraiment rester le cul vissé dans son petit siège de minable, devant son ordinateur de minable avec ses figurines de minable ? Bon, ça c'est moi qui le rajoute dans ma tête, mais le docteur semble avoir posé les bonnes questions. L'Amerloque hésite, avant d'empoigner une liasse. Pas très difficile de convaincre le peuple du dollar, il nous aide à décrocher Ren du plafond et nous indique nos chambres. Les hôtels de ce pays se révèlent épuisants, mais peut-être qu'on va enfin pouvoir se reposer.

*

Je prends une douche.

Enfin...

Je me suis glissé tant bien que mal dans la cabine avec mon armure et j'attends comme un automate déglingué sous le flot, le haut de mon masque accolé au pommeau. Je n'arrive toujours pas à retirer le fatras de maître Yukata... Pourtant, Michael, le gros de l'accueil, a distribué les chambres de manière adéquate : Sakura et moi de nouveau dans une chambre avec un gigantesque plumard, et les trois autres à côté avec des lits d'appoint. La juste répartition féodale entre le samouraï dominant et ses vassaux puceaux. Il ne me manque que la liberté... À force d'humidité, peut-être que mon armure va s'ouvrir comme un fruit mûr, j'aimerais tant que ses composantes se détachent ! Mais je sens qu'elle va juste se recouvrir de champignons, ça parachèvera le ridicule...

Quand j'ai fini de m'essuyer après avoir bien galéré pour m'extirper de la cabine, la serviette a complètement roussi. Des traces de rouille, ça va mal finir... Je reviens dans la chambre et contemple Sakura quelques secondes, elle lit des magazines, allongée en travers du lit sur son joli petit ventre. Je me dirige vers la fenêtre et contemple la place avec ses fontaines, ses parkings et ses immeubles dégradés. Notre cible marronnasse se dresse en contrebas, à une centaine de mètres seulement. On va pouvoir faire le guet ! Des hommes d'affaires, des clochards et des junkies épars se croisent sans se parler, ils n'ont même pas l'air de se voir. Mais globalement, le vide domine sur cette si belle place, c'est la Grande Dépression ou quoi ? Le stade juste en dessous, ce serait les bâtiments qui s'écroulent par manque d'entretien et les tentes de campings pour abriter les déclassés. Pas étonnant que la mafia prospère ! Les coucous du Pacifique s'installent dans les nids mal protégés. L'Oncle Sam se retrouve à quatre pattes, un gros sumo va le sodomiser !

Eh mais, en parlant de mafia, regardez ! Ça y est, ils sortent du QG ! Impossible de se tromper, même de si loin, je reconnais ce blaireau d'Issei, ainsi que Yukiko qui marche juste derrière lui. Je vois à peine son visage tant elle le baisse vers le sol, probablement par résignation, mais qu'est-ce qu'elle fout ? Pourquoi n'essaye-t-elle même pas de s'enfuir ? Yukiko est bien plus grande que cette espèce de nain diabolique, elle pourrait le pousser et courir à toute vitesse... Et puis, en plissant bien les yeux, je vois. La paire de menottes qui relie leurs poignets, et surtout le long flingue qui sort de la poche de Captain America. Maître Robert ne les accompagne même pas, j'espère qu'ils ne l'ont pas liquidé... Je continue d'observer Yukiko avancer lentement telle une condamnée, ça faisait si longtemps que je n'avais pas pu contempler sa perfection ! À mon avis, Sakura se rend compte de l'état de transe qui m'envahit, car elle me demande :

— *Dō shita no ?*

— Rien, rien, tout va bien.

Mais en réalité, ça ne va pas du tout, car la scène évolue en temps réel devant mes yeux ! *Issei* et Yukiko s'arrêtent au niveau d'un vieux gras au crâne chauve, avec une minable mallette de petit chef et un costume mal repassé. Probablement le cadre en fin de course d'une boîte en fin de vie, célibataire malsain qui passe toutes ses fins de journées au bistrot. Issei seul lui parle, et la femelle reste en retrait. Au bout de quelques minutes d'échanges, le tocard en costard lâche une liasse de billets et repart avec Yukiko, oh non ! Quelle abomination, ma chérie va se faire souiller par ce beauf bovidé ! Si seulement j'avais mon *yumi*, je lui planterais une flèche dans son énorme ventre, ainsi que celui de Captain America sans bouclier ! Mais je ne peux qu'assister impuissant à la traite de ma dulcinée, des images écœurantes de ce qu'elle va endurer parcourent mes synapses et me donnent envie de vomir !

— Non, Yukiko ! Ne fais pas ça !

Hein ? Mais que ?

C'est la voix de Ren qui vient de hurler comme ça !

Qu'est-ce que c'est que ce délire ? Je me penche vers l'extérieur et alors, c'est une vision d'effroi : l'autre abruti de Franco-Japonais qui met ses mains en porte-voix, il gesticule à la fenêtre d'à côté !

— Ne pars pas avec ce gros tas, on va venir te sauver !

Eh merde, il crie vraiment fort, si bien qu'Issei et les deux autres commencent à regarder de tous les côtés. Ils vont nous repérer, Ren fait à nouveau foirer notre plan ! Il suffit que le petit groupe lève la tête vers la fenêtre pour qu'une armée de yakuzas parte à l'assaut de notre hôtel ! C'est Michael qui va en tirer, une tronche, quand ils vont tous débarquer à l'accueil du Fountain Place ! Ses foutues figurines de Power Rangers ne lui seront d'aucun secours...

— Toi, lâche-la ! Lâche-la !

Rhôôô, mais il ne va jamais s'arrêter ? J'essaye d'attirer son attention par de larges mouvements afin qu'il la ferme, seulement il est bien trop concentré sur ses conneries. Si le Samouraï d'or revenait pour réinvestir mon corps, je pourrais sauter par la fenêtre et courir sur le mur pour lui sauter à la gorge, mais j'ai bien trop peur du vide et je ne veux pas courir le risque de chuter du 10e étage. Paniqué, je prends mon katana et le tends à bout de bras pour essayer de lui toucher l'épaule. Seulement, il me manque une dizaine de centimètres, c'est trop con ! Je n'y tiens plus, je traverse la pièce, fonce dans le couloir et tambourine à la porte. Parce que bien sûr, ils l'ont fermée !

— Satô ? Docteur Tanaka ? Assommez Ren ou ouvrez-moi, mais faites-le taire, par pitié !

On me tape sur l'épaule.

— Qu'est-ce qui se passe ?

Je me retourne, c'est Satô qui bouffe un Snickers ! Il vient de se le prendre au distributeur automatique de l'accueil... De l'autre côté du mur, j'entends toujours Ren hurler par la fenêtre, mais merde ! Je cogne à nouveau contre la porte avec mon gant en ferraille :

— Docteur Tanaka ! Ouvrez-moi ! Pourquoi vous n'avez pas encore neutralisé cet imbécile heureux ?

— Pardon ?

Une autre main sur mon autre épaule, le médecin vient d'arriver juste derrière moi ! Lui aussi se baladait tranquillement dans l'hôtel, c'est quoi cette insouciance d'adolescent à la masse ? D'autant qu'il trimballe encore sa foutue mallette de drogué, je vais finir par la lui faire bouffer ! Allez, on n'a plus le temps, je recule de quelques pas pour prendre mon élan, puis je fonce dans la porte tel un bélier.

Samouraï d'or ou pas, elle vole en éclats, j'ai tout juste le temps de freiner quand j'arrive sur Ren, toujours posté à sa connerie de fenêtre. J'aurais pu le pulvériser ! Mais je me contente de le saisir par les épaules, puis de m'écrouler sur lui de tout mon poids. Recroquevillé par terre dans mon armure, j'en profite pour adresser une prière à mes ancêtres et tous les esprits samouraïs : pourvu qu'Issei n'ait pas eu le temps de nous voir !

Tanaka entre tranquillement dans la chambre, suivi de Satô qui finit de mâcher son Snickers. Leur calme m'énerve tellement dans cette situation critique ! La main toujours plaquée sur la bouche de Ren, je demande au médecin de s'approcher de la fenêtre, est-ce qu'Issei ou d'autres badauds nous observent ? Non, il n'y a personne, juste un gros Américain qui s'éloigne avec une Japonaise au creux du bras. Oh putain ! Si j'avais mon *yumi*, un massacre aurait déjà eu lieu. Une flèche bien sentie au travers des bourrelets, c'était réglé ! Mais je dois penser aussi à mon maître Robert, laisser couler l'affront pour pouvoir le sauver. Tanaka fronce un sourcil :

Est-ce que j'ai besoin de m'équiper ?

C'est une question sérieuse.

Le docteur connaît une boutique spécialisée, on va y faire un tour.

*

Juste après la Woodall Rodgers Freeway, l'équivalent du périphérique tout près du Fountain Place, nous suivons Tanaka qui nous conduit dans les petites rues autour d'un imposant musée, le Perot Museum of Nature and Science. Seulement, notre destination se révèle bien plus ésotérique : une boutique obscure digne de *La Peau de Chagrin*, mais avec des idéogrammes japonais. On passe le long d'immeubles délabrés, des hôtels miteux dont je scrute chaque fenêtre dans l'espoir malsain de retrouver Yukiko, et surtout d'interrompre la saillie. Inconsciemment, Sakura reste près de moi, mais elle n'occupe plus du tout mes pensées. J'ai tellement hâte de retrouver mon premier amour !

On pousse la porte qui grince et une petite clochette retentit. Au fond de la boutique, un vieillard japonais en costume traditionnel. Il écarquille les yeux et je sursaute quand sa barbichette gigantesque s'ouvre pour hurler :

— *Tomodachi no Tanaka !*

Alors, le médecin lui répond illico :

— *Kobayashi, anata wa kawaranakatta !*

On dirait des imprécations de sorciers, ils vont me bouffer ou quoi ? Je leur souhaite bon courage, parce qu'avec mon armure, ça risque de croustiller ! Et justement, le vieux sage se lève de sa vieille chaise en bois et me pointe du doigt, il s'exclame dans une tonalité admirative :

— *Honmono no yoroi ! Kono yoroi wa doko de teniireta nodesu ka ?*

Tanaka m'explique :

— Mon ami Kobayashi demande où tu as eu cette armure.

— *Kore ga watashi no heya no yoroidesu !*

Cette fois, c'est Satô qui a répondu. On aurait dit un dragon enragé ! Forcément, j'ai pris l'armure de maître Yukata dans sa heya. Mais qu'est-ce qu'il attendait ? Qu'elle reste coincée dans un couloir à prendre la poussière ? Moi, j'ai su lui redonner ses lettres de noblesse ! Laissée à l'abandon depuis des décennies voire des siècles, elle n'a jamais été aussi utile que sur mon frêle corps de Français ! L'efficacité féodale bouscule la léthargie du XXIe siècle ! Quoi que Satô ou d'autres bornés japonais puissent en penser, je fais honneur aux combattants du Soleil levant, j'ai su me montrer digne de tous ces vestiges !

Mais Kobayashi s'approche et fronce ses sourcils blancs, il semble moyennement d'accord avec ma vision. S'il pouvait me lancer un sort pour m'extirper momentanément de mon armure, j'avoue que ça m'arrangerait ! J'aimerais retrouver l'air libre, ne serait-ce que quelques secondes. Le vieillard se trouve à présent juste devant moi, je sursaute à nouveau quand il pointe du doigt mon épaulette de droite : « *Sorehanandesuka ?* » Bah quoi ? Je suppose qu'il a vu un morceau de rouille, voire quelques centimètres de moisissure, je suis preneur de ses conseils d'entretien ! Et encore, moi j'ai droit aux odeurs de l'intérieur, je sens que ça commence sacrément à fermenter.

Le doigt de Kobayashi se rapproche et se pose sur la surface en fer forgé. Il s'exclame : « *Akuma !* » Allons bon, pourquoi il parle d'Akuma ? C'est un personnage de *Street Fighter*, lui aussi veut jouer à la console ? Ou se bagarrer pour de vrai ? Moi je l'attends ! Mais il insiste, Akuma, Akuma, et bong,

bong, bong, tapote frénétiquement sur mon épaule. Il m'a pris pour son meilleur pote ou quoi ? Je me contorsionne le cou pour en avoir le cœur net, j'arrive à regarder le haut de mon bras du coin de l'œil.

Alors, je suis choqué.

C'est quoi, ça ? Ça n'y était pas avant !

Au creux de l'airain forgé, sculpté en relief comme les trous d'un moule à gaufres, je crois percevoir un ornement que je n'avais jamais remarqué. On dirait un dragon japonais, gros serpent avec une dizaine de têtes, un nouveau démon du panthéon maléfique ? La bouche de Satô forme un O d'incrédulité, lui non plus n'avait jamais remarqué ce détail... C'est bien la preuve qu'il vient d'apparaître ! Comment c'est possible ? Le vieillard vient-il vraiment de s'adonner à la sorcellerie ? Il recule de trois pas et devient hystérique :

— *Yamata-no-Orochi ! Yamata-no-Orochi !*

Je commence à en avoir marre de ne rien comprendre, c'est quand même un comble d'être largué par du japonais en plein cœur des États-Unis ! Pourquoi Satô n'allume-t-il pas son foutu téléphone avec son traducteur ? À défaut, je me tourne vers le docteur Tanaka, le seul gars valable de l'équipe malgré tous ses vices :

— C'est quoi, « Yamata-no-Orochi » ?

— Yamata-no-Orochi, le serpent-*yōkai* à huit têtes et huit queues !

— Ah oui ? Comment il est apparu ?

— Je crois que ton armure est ensorcelée.

Pfff, n'importe quoi. Je suis sûr que non, c'est quoi encore ces conneries ?

— Hiiiiiiiii !

Bordel, maintenant c'est Sakura qui se met à hurler. Ça ne finira donc jamais ? Elle recule de trois pas et dirige elle aussi son index dans ma direction. N'apprend-on donc pas aux petits Japonais qu'il est impoli de montrer du doigt ? Mais la tétanie s'installe sur tous les visages, j'ai une crotte de nez qui pend ou quoi ? Non, tous fixent mon épaule, alors je tortille à nouveau mon cou pour mieux observer l'ornement. C'est le dessin de Tamagotchi Ogotchi qui leur fout la pétoche comme ça ? Il va falloir s'émanciper de ses superstitions à un moment donné ! Je vais prendre un marteau et niveler tout ça, ce sera vite réglé !

Sauf que... Argh !

Mon cœur effectue un triple salto dans mon armure et je me sens pâlir comme un fantôme européen.

L'hydre-*yōkai* à douze têtes, là ! Elle vient de bouger ! Ou alors c'est la fatigue, mon œil accommode bizarrement ? Mais non, l'ornement se déplace sur mon armure, et pas qu'un peu ! Il passe de mon épaule à mon bras, puis de mon bras à mon gant ! J'agite la main dans tous les sens en espérant qu'il disparaisse, je manque même d'assommer plusieurs fois Sakura à force de gesticuler. Seulement c'est peine perdue, le dessin monstrueux fait littéralement partie de moi. Il a intégré cette enveloppe d'airain que je n'arrive plus à retirer. Autrement dit, c'est avec moi-même qu'il a fusionné ! Comment je vais pouvoir m'en séparer ? Je fixe quelques instants ma paume, alors le dragon en creux me regarde et ricane.

Oh non ! Je prends mon élan et encastre mon poing dans le mur, des gravats de briques explosent dans tous les sens. Cette fois, le *yōkai* a disparu, haha ! Heu, attendez, ça me gratte au niveau du bassin. Je baisse les yeux et vois Tamagotchi qui se balade sur mes cuisses ! Argh ! Il se rapproche dangereusement de mon zgueg et je me trouve totalement impuissant ! Un soubresaut violent secoue tout *mon bas-ventre*, je plisse les yeux d'effroi tandis qu'une douleur immense m'aspire les burnes.

Alors un éclair jaillit à cet endroit, dans un bruit fracassant.

Et de la fumée semble même sortir de mon calbute.

Je plonge mes mains sur ma triste ceinture de chasteté, histoire de protéger ce qui reste de ma bite, puis je bascule sur le côté pour m'écrouler sur le sol. Mon monde vient de s'effondrer ! Je n'ai même pas pu profiter de mon bien le plus précieux ces derniers soirs, c'est un serpent qui m'a avalé le sexe et même pas Sakura ! C'est la honte, je veux mourir ici, tant pis pour le retour en France, tant pis pour Yukiko ! Je glapis presque de tristesse tant cette histoire de faux sabre m'a lésé, il faudra quand même que je retrouve Vittore. Je vais lui découper le chibre pour me le greffer, je jouirai à sa place, lui qui s'est tant immiscé dans ma vie intime ! En attendant, je ne sens plus la sculpture monstrueuse se balader sur mon armure, est-ce qu'elle s'est vraiment réfugiée dans mes couilles ? Une voix lointaine m'interpelle pour m'accabler encore plus :

— *Daijobudesuka* ?

Pitié, achevez-moi !

— Kobayashi te demande si ça va.

— Ouais, super, qu'il demande donc ça à ma bite !

À la vérité, ça n'ira plus jamais, à moins que le docteur Tanaka soit aussi compétent en chirurgie testiculaire qu'en traductions du japonais.

— *Tabun watashi wa sukoshi ganbatta.*

— Il dit qu'il y est peut-être allé un peu fort.

— Qui ça ? Le Tamagotchi ? C'est un euphémisme !

— Mais non ! Kobayashi ! Heureusement que mon ami maîtrise parfaitement la contre-sorcellerie des *yōkais*, il a pu maîtriser le démon ! Mais on ne fait pas d'omelette sans casser des œufs...

Je déteste cette expression, surtout dans ces circonstances. Heu, attendez. Sur le sol, juste devant moi, je remarque des éclats de verre. Et le fond explosé d'une fiole ! Un liquide violet s'est répandu un peu partout, y compris sur mon bas-ventre en fer. Le symbiote crépite et dégage de la fumée, on dirait de l'acide chlorhydrique. Est-ce que c'est le sang du *yōkai*, corrosif comme celui d'un Alien ? Je trempe puis ressors très vite mon doigt de la mare pourpre, comme on titillerait les fils d'un chauffe-eau pour vérifier le courant, mais je ne vois aucun changement sur mes articulations en ferraille. J'entends seulement un bruit, celui des pas de Kobayashi qui s'avance vers moi. En contre-plongée, je vois un autre tube de verre au creux de sa main. Il la lève dans les airs et tient ces paroles :

— *Anzen no name ni !*

Le docteur a tout juste eu le temps de traduire : « c'est par sûreté ! » lorsque le vieillard abat sur moi sa foutue fiole. Elle explose en mille morceaux entre mes jambes, une éruption violette en décolle comme d'un volcan et j'ai l'impression de sentir une inondation au niveau de mes poils pubiens ! Tel un robot-chat échaudé, tout mon corps décolle du sol sous l'effet de la surprise, cet abruti vient d'achever ma bite ! Je me sens liquéfié, alors je repense au démon. En stress, je jauge toute la surface de mon armure, mais impossible de retrouver le motif diabolique. Kobayashi l'aurait-il exterminé ? D'un coup, j'entends un choc violent, puis une espèce de tremblement de terre derrière moi, eh merde ! Je me lève parmi les trombes de liquide, prêt à me défendre, puis je vois.

C'est Satô, étendu sur le sol. Il vient de s'évanouir.

La relique de maître Yukata le rend vraiment trop soucieux.

*

Un autre tube à essai concocté dans le laboratoire secret du vieux Kobayashi, puis généreusement transvasé dans la large bouche de notre sumo, et le revoici sur ses deux pieds de combattant, remis d'aplomb jusqu'à la prochaine tôle froissée de mon amure. Il faut dire qu'elle a pris cher ces derniers temps, et la première fiole l'a littéralement ravagée. Toute la texture qui m'enveloppe a maintenant l'aspect de ces vieilles voitures rouillées abandonnées au fin fond des décharges, dans l'enfer éternel de l'oubli, avec la fin des temps pour seul horizon. Le savant fou a bien chargé la mule, mais selon Tanaka, il s'agissait de la mixture minimale pour terrasser la sculpture hantée, puisque le legs de Yukata devait d'emblée repousser les démons. Quelque chose a merdé dans notre combat contre les *yōkais*, mais heureusement, Kobayashi a les compétences pour y remédier. Alors pour les simples humains de la mafia pourrie, ça va être du gâteau !

Le vieil ami de Tanaka fouille dans une armoire pour en ressortir une espèce de baume, probablement destiné à mon armure. Satô finit alors d'émerger de sa syncope avec la puissance d'une baleine, il se précipite devant moi pour protéger son vestige. Dans un sursaut de désespoir, il empoigne même mes bras et tire de toutes ses forces pour essayer de m'extirper de ma combinaison, mais rien, cette armure est devenue ma seconde peau. Kobayashi s'approche et tente de calmer le jeu par des paroles apaisantes. À mes oreilles, elles sonnent presque comme des chants bouddhiques. Alors, la mort dans l'âme, Satô s'écarte, toujours méfiant. Kobayashi applique le baume sur mon torse, et la magie commence à opérer. Tous les cabossages s'aplanissent et l'armure revient même à sa couleur d'origine !

Toute l'assistance hallucine.

Le vieux maîtrise définitivement la sorcellerie !

Et ça ne fait que commencer. Tel un vendeur face à des mercenaires dans un centre de déstockage de l'armée, Kobayashi ouvre un à un ses placards antiques, puis nous présente ses meilleurs produits. Ren a l'air complètement largué depuis qu'il est entré dans la boutique, alors il se voit offrir le premier cadeau, peut-être que ça va le réveiller ? Le vieux lui tend une armure, mais il faut qu'il souffle sur la poussière qui la recouvre entièrement pour qu'on puisse bien la visualiser. Elle est fine, verte et recouverte d'écailles, comme la peau d'un poisson ! Ça correspondrait presque au métier du Français, le sorcier lirait-il dans les esprits ? Ren se montre charmé, il enfile sa nouvelle tenue par-dessus les vêtements qu'il doit porter depuis l'aéroport de Paris-Charles-de-Gaulle. Pour le coup, il a vraiment l'air d'un Power Ranger, et la distribution de cadeaux continue, moyennant quand même quelques billets tout droit sortis de la sacoche du docteur.

Satô a précisément droit à une ceinture de sumo, mais sa profession était quand même moins dure à deviner. Le bout de tissu se révèle bien banal, mais attendez ! Le Japonais part l'enfiler derrière un paravent, ça me rappelle de mauvais souvenirs. Quand il ressort, il tire une grimace pas possible, ça se voit qu'il se sent à l'étroit dans son nouveau moule-bite. N'empêche, le vieux a l'air sûr de lui, alors on attend de voir. Place à la démonstration ! Kobayashi glisse quelques directives à l'oreille du gros suspicieux, qui ferme quand même les yeux pour se concentrer. Dans sa tenue presque nue, avec un visage aussi sérieux, c'est d'un comique ! Mais je ne rigole pas bien longtemps, car d'un coup, sa ceinture se met à s'agiter. Argh, mais merde ! Le démon, il est revenu ! Revenu investir le nouveau *mawashi* de Satô, le vieux sorcier a-t-il conclu un pacte avec les *yōkais* ? Il a balancé les fioles pour instaurer la confiance, mais maintenant on est niqués ! Je sors mon sabre et fonds sur mon éternel ennemi. Désolé, Satô, il ne fallait pas te laisser zombifier !

Seulement, mon élan se trouve stoppé net.

Directement par un coup en plein masque. Et je m'écroule sur le sol dans un bruit de casserole. Tandis que le paysage bascule en contre-plongée, que j'entends mon katana rebondir sur le sol puis s'éloigner de moi en de multiples moulinets, les voix de mon petit groupe semblent se pâmer d'admiration. C'est une blague ou quoi ? Vous vous liguez contre moi, vous collaborez avec les démons ? Comment ai-je pu croire un seul instant que je pouvais compter sur des Japonais ? Kanbari Nyūdō aura fini par m'avoir au fin fond d'un bric-à-brac texan, qui l'eût cru ? Votre trahison me désespère moins que cette fin lamentable, va-t-on rapatrier mon corps au Japon plutôt qu'en France afin de récupérer l'armure ancestrale ? Tant qu'à mourir en samouraï, je garderai mon honneur, même si je dois tuer le *yōkai* à mains nues. Je me relève et scrute le *mawashi* ensorcelé, peut-être vais-je croiser le regard de mon grand-père ?

Mais le spectacle se révèle plus bizarre encore.

La ceinture du sumo danse comme un serpent et très vite, elle se démultiplie pour prendre des proportions tentaculaires, elle ressemble à une pieuvre monstrueuse. Les ventouses manquaient cruellement à tout ce bestiaire japonais, il fallait bien que j'affronte un poulpe à un moment donné ! Seulement, les tentacules, qui s'agitaient comme dans l'attraction Disney de *Vingt Mille Lieues sous les Mers*, s'abaissent d'un coup et le petit groupe applaudit. Vous délirez ou quoi ? Satô aussi semble satisfait, le *yōkai* lui aurait-il massé la prostate ? À nouveau, la ceinture s'étend et tournoie comme une hélice, tandis que Kobayashi se met à déblatérer. Un véritable exposé, même dans ce moment de tension ! Et Tanaka prend le relais pour une traduction instantanée :

— Voici un *mawashi* extensible, une spécialité de la société secrète de l'Océan Noir, disparue dès la fin de la deuxième guerre mondiale. Nul ne sait par quelle sorte de magie elle se meut, mais elle est capable d'assommer d'elle-même toute cible approchante, comme elle vient de le démontrer.

Merci du cadeau, vous m'avez pris pour une bête de foire ? La ceinture de Satô tremble encore quelques secondes, avant de reprendre sa forme initiale. Ne comptez pas sur moi pour m'approcher à nouveau ! Mais de toute façon, tout le monde m'ignore, ils se fichent de savoir si le tissu maléfique m'a infligé un trauma crânien, tous lorgnent les moindres faits et gestes de Kobayashi pour réceptionner au plus vite leur cadeau. C'est le joyeux Noël des *yōkais*, et moi, je n'ai aucune envie de voir la crèche ! Un nouveau placard s'ouvre, et le vieillard en ressort une arbalète qu'il offre illico à Sakura :

— *Sore wa anata no tamedesu.*

— *Arigatogozaimashita !*

— *Sa, samurai o nerau !*

Mais qu'est-ce qu'ils racontent ? Pourquoi Tanaka a-t-il arrêté de traduire ? Et pourquoi Sakura me fixe-t-elle comme ça, tandis que le vieux fou insère une flèche énorme dans la gouttière de l'arbalète ? Énorme en largeur, mais courte en longueur, un carreau d'arbalète, quoi ! Heu, attendez, pourquoi elle lève l'arc horizontal dans ma direction, puis ferme un œil, pourquoi elle me vise comme ça ? Putain, mais merde, non, attends ! Attends, Sakura, ne fais pas ça !

Mais si, elle le fait.

Elle appuie sur la détente.

Et le coup part ! L'énorme carreau arrive sur moi comme une putain de fusée-godemichet ! Instinctivement, je bondis en arrière. Pas assez vite, forcément... Avec les compétences du Samouraï d'or, j'aurais vu le projectile se déplacer au ralenti. Mais l'esprit doré m'a totalement abandonné, alors je reçois directement le projectile. Un craquement me lézarde le torse, pire qu'une attaque cardiaque ! Je vais encore tournebouler sur le sol, une autre occasion pour l'assistance de se foutre de ma gueule... Vont-ils vraiment se marrer de me voir empalé, mon cœur ou mon foie transpercé de part en part ?

Seulement, je ne tombe même pas.

Mon équilibre demeure précaire, mais je suis resté à la verticale, bien droit ! Trop droit...

Le petit groupe me regarde bien, mais doit lever la tête ! Pourquoi ? Moi, je baisse les yeux et je les vois ébahis. Parce que je flotte dans les airs, je lévite au-dessus d'eux ! Est-ce que de nouvelles ailes viennent de me pousser dans le dos, l'ange de la mort vient-il de m'embrasser à défaut du Samouraï ancestral ? Je reste suspendu à deux mètres du sol sans pouvoir bouger, des arcs électriques tournoient autour de mes membres figés. Ce n'est pas tellement douloureux, mais légèrement perturbant ! Et Kobayashi qui continue de déblatérer, et moi qui dois attendre la traduction de Tanaka...

— Ceci est l'arbalète d'Hachiman, le dieu de la guerre. Elle peut immobiliser n'importe quel ennemi grâce à ses carreaux magiques de l'ère Yamato ! Nul ne connaît leur composition, mais leur efficacité n'est plus à prouver ! Même si elle n'est que temporaire...

Et là, comme dans une synchronisation parfaite, le charme s'estompe et je retombe dans le vide sans préavis. Mon armure s'étale sur le sol dans un bruit de percussions sur marmites, quelle humiliation ! J'en ai marre, copain du docteur Tanaka ou pas, je vais buter cet abruti de Kobayashi ! Lorsque je me relève, on dirait qu'il appréhende la fureur dans mes yeux, alors il reste bien face à moi et tend le bras vers un autre placard. Ce débile va essayer de m'amadouer avec un nouveau cadeau, mais ça ne marchera p... Oh ! Qu'est-ce que c'est beau, regardez-moi ça ! Un carquois et un nouveau *yumi*. Merci, M. Kobayashi, je vous aime ! Je vais les essayer tout de suite. Je vois justement une cible bien ronde avec des cercles concentriques tout neufs au bout de la pièce.

Alors, je place une flèche devant la corde, la pince et la tire au maximum. Le coup part et j'entends le vieillard gueuler, mais c'est trop tard ! Mon missile balistique siffle déjà dans les airs, et atteint son point d'impact presque instantanément.

Trop vite.

Trop fort.

Trop n'importe quoi !

Tout le monde hurle dans le petit magasin, car ma flèche n'a même pas atteint la cible. Elle l'a mangée, littéralement avalée dans une explosion atomique, et le mur avec ! Une vague de poussière déferle sur nous, agrémentée d'une pluie de gravats. Le vieux a mis du C4 dans la pointe en acier ou quoi ? Est-ce qu'il va nous refaire un speech de guide touristique ? Était-ce une barre d'uranium *made in* Hiroshima ? Le souffle de la déflagration a retourné tous les meubles antiques dans la boutique, et le bruit a sûrement percé jusqu'à la frontière mexicaine.

Forcément, Kobayashi m'engueule en japonais, il m'invective et gesticule des menaces de mort de son poing devenu gris. Mais quoi ? Tout le monde a eu le droit d'essayer son arme sur moi, et je n'ai même pas cherché à me venger. Je me suis concentré sur une putain de cible ! Pourquoi est-ce qu'il m'a offert un cadeau piégé ? On ne file pas à un inconnu le déclencheur de la bombe A, ou alors il faut le prévenir... Tanaka commence à remballer sa mallette, il a peur de voir débarquer toute la police de Dallas par la grande ouverture du mur. Au moins maintenant, on est surarmés de manière on ne peut plus illégale, un attirail surnaturel à notre disposition. Le Japon s'est toujours montré tatillon quant à son patrimoine historique et guerrier, mais on va le dilapider dans la ville symbole de l'hégémonie américaine.

Et purger ce qu'il a ensemencé de pire.

Ce qui a détruit ma vie, mais l'a aussi magnifiée.

Allez, est-ce qu'on n'irait pas occire du yakuza ?

*

On s'immisce tous dans le trou béant creusé par ma flèche explosive, mais c'est moi qui pars en premier. La poussière commence à retomber, il ne faudrait pas que le SWAT arrive maintenant, ils n'auraient même pas besoin de lunettes infrarouges ! Au moment où je franchis l'ouverture, j'ai peur de me faire faucher par un sniper. Seulement, c'est un autre contretemps qui m'attend, et je me pète la gueule sur un obstacle. Mon armure brinqueballe sur le sol, j'ai peur de finir ma vie ici, dans la rue miteuse d'un obscur magasin de sorcellerie.

C'était quoi, cet accroc ?

L'obstacle bouge à côté de moi. Il est vivant !

Il parle, même, *wadda fuck, wadda fuck* ! Je plisse les yeux dans la poussière, et quand elle s'estompe assez pour que mes pupilles percent la purée, je reconnais le gros Michael ! L'agent d'accueil du Fountain Place, qu'est-ce qu'il fout là ? Comment pourrait-il se trouver devant ce bâtiment par hasard ? Cet abruti nous a suivis, c'est clair ! Qui es-tu au juste, Michael ? Un collabo des yakuzas ? Un agent du FBI ? Toujours sur le sol, j'arrive à rouler sur le côté, puis à sortir mon katana de son fourreau. Quand ma lame arrive sous le cou de l'Amerloque dans un mouvement fluide et parfait, sa bouche s'entrouvre et sa langue pend sur le côté. Le gros crapaud se retrouve pris au piège, il n'aurait jamais dû s'aventurer hors de sa mare ! Qu'est-ce que tu vas faire maintenant, impuissant batracien ?

Ses paupières se distendent.

Me regardent en coin.

Et puis, il se met à se marrer ! Mais genre, rigoler comme un macaque devant un tour de magie, qu'est-ce qui lui prend ? Les échos de sa voix résonnent dans les décombres, alors je me relève et le surplombe, le sabre toujours dressé. Toi, tu vas me prendre au sérieux, tu peux me croire ! Mais au moment où je m'apprête à renforcer légèrement la pression sur sa pomme d'Adam, un détail bouscule mon cerveau. La lumière se renforce dans la petite rue et je vois ses bras. Ils sont recouverts de piqûres ! Oh bordel, c'est signé ! Tanaka, qu'est-ce que tu as encore fait ? Je me retourne vers l'inconséquent médecin, et ma fureur le fustige au travers de mon masque :

— Docteur, vous avez filé du crack à Michael ?

— Non...

— Vous vous foutez de ma gueule ? Ses bras, on dirait des meules de gruyère ! Il est complètement déchiré !

— Je lui ai *vendu* du crack ! Cela fait quand même une grosse différence !

Bon sang, comment a-t-il obtenu son diplôme, ce danger viral ? Et l'autre hilare qui délire complètement, la drogue va l'achever ! Déjà qu'il s'était flingué la tête aux séries, aux jeux vidéo et à la *junk food* ! Vraiment, il n'avait pas besoin d'une couche de crack sur son obésité morbide. Ses doigts boudinés agrippent ma jambière tandis qu'il continue de rigoler :

— *It was so cool ! I can't wait to watch the full movie !*

Mais de quoi il parle, ce déficient mental ?

— *What a blockbuster ! Looks like true explosions, but where are the cameras ?*

Oh merde, il croit toujours à mon histoire de nouveau film *Power Rangers*. Tant mieux ! Mais maintenant, il va falloir dégager. Tout le monde va retourner aux loges, les acteurs, les figurants et les pyrotechniciens. Allez, lâche-moi les basques, pourquoi tu t'accroches comme ça ? Ce *crackhead* nouvelle génération retarde notre fuite, on va tous finir sur la chaise électrique à cause de cette putain de limace !

— *I want to be in the movie ! Please ! Please ! Please !*

Ça ne finira jamais, Tanaka commence à regretter. Mais avec sa verve de vieux professeur, il s'essaye quand même à raisonner le benêt. Tu ne peux pas jouer dans le film car tu n'as pas de costume, c'est l'évidence même ! Des producteurs sérieux ont investi dans cette superproduction, il faut rester crédible. Regarde, tous les acteurs ici ont des tenues spéciales et des armes, aucune fausse note ne doit gâcher la grande œuvre en cours de réalisation. Vraiment, ce n'est pas négociable...

Alors, Michael commence à lorgner la ceinture de Satô, l'arbalète de Sakura et l'espèce de peignoir moisi de Kobayashi. On peut lire la jalousie sur sa face déformée par la drogue, mais ce visage s'éclaire d'un seul coup ! Quelle idée d'abruti a bien pu lui traverser l'esprit ? Dans une démarche saccadée par le crack, il boite vers un amas de poubelles un peu plus loin dans la rue. Pfff... Il vide un énorme sac plastique noir rempli d'immondices, puis le déchire en plusieurs endroits pour y passer la tête et les bras. Ensuite, il arrache la partie supérieure d'une benne et la met devant lui comme un bouclier, ainsi que le couvercle d'une poubelle plus petite qu'il place sur sa tête comme un sombrero. Pour parachever la panoplie, il s'empare d'un long néon tout pété, le genre qu'on trouve sur les devantures des restaurants.

— *Let's go ! I'm ready for the scene ! Where are the cameras ?*

Vraiment, c'est beau, tant de motivation, mais comment va-t-on la gérer ? Est-ce qu'on ne devrait pas assommer ce bolosse et le planquer momentanément derrière ses foutues poubelles ? Tanaka propose une meilleure stratégie, mieux vaut profiter de cette énergie qu'inoculent les paradis artificiels, nous allons l'emmener dans le QG des yakuzas et il va se battre à nos côtés ! C'est ce qu'il lui explique dans un anglais parfait. La scène finale du film *Power Rangers* nouvelle génération va pouvoir finir dans la boîte, à quelques centaines de mètres d'ici. Soyons prêts à embrasser notre destinée !

Hé, ça pourrait faire une bonne accroche sur l'affiche !

*

À peine a-t-on traversé quelques ruelles au pas de course qu'un hélicoptère de police surplombe le quartier. Merde, il va falloir faire vite ! Entre deux halètements de chien crevé, Michael soulève le couvercle de poubelle sur sa tête pour contempler les pales qui tournoient. Forcément, il se pose des questions ! Eh bien quoi ? Les voilà, tes foutues caméras ! Ça s'appelle une prise de vue aérienne, il y en a dans tous les films. Tu ne vis pas si loin d'Hollywood, Michael, il va falloir te réveiller. Souris à l'objectif, c'est ton heure de gloire ! Alors, ce gros cake tend son cou et grimace de toutes ses dents, puis se met à mouliner avec son long néon. Il le fait tournoyer comme pour une démonstration de *bō-jutsu*, version méga mongol.

J'ai honte, j'espère que ces images ne vont pas passer en direct à la télé pour de vrai ! Seulement, le gros ne sourit pas bien longtemps, car une rafale de coups de feu commence à pleuvoir sur nous. Les balles ricochent sur le sombrero puant de Michael, autant vous dire qu'il ne rigole plus du tout ! Mais on essaye de le rassurer :

C'est rien, ça aussi c'est dans le script ! Ça va rendre incroyablement bien, ce plan d'impacts vu des airs.

Mais le clou du spectacle, ce sera ma propre prestation en plongée, regarde !

Et je m'arrête en pleine course, pivote et tends mon nouveau *yumi* en direction de l'hélico. Je tire au maximum sur la corde, puis lâche mon missile. En une demi-seconde, l'engin s'est transformé en feu d'artifice à fumigènes explosifs, une bombe à hydrogène vient éclairer le ciel de Dallas. Plusieurs pales enflammées s'effondrent à proximité, mais c'est toujours pour le film, Michael ! Il faut juste presser le pas, le spectateur ne doit pas décrocher, il ne tolérera aucun temps mort.

Alors, on se retrouve assez vite au QG avec sa façade maronnasse et son parking mal clôturé. Ça commence très fort. D'autres coups de feu partent, plus frontaux, le sol se soulève autour de nous en mille déflagrations. Ce sont les hommes de Vittore qui nous servent de comité d'accueil, avec costumes-cravates et fusils d'assaut M16 bien chargés. Parmi eux, des visages caucasiens et japonais, l'alliance des Ricains et des Nippons dans notre face, mais on va arrêter le Maître du Haut Château !

D'abord, j'ordonne à Tanaka et Kobayashi de s'accroupir derrière le muret, car ils sont les plus vulnérables. Ren en combinaison verte, moi-même dans mon armure ancestrale et Michael avec, heu, son sac-poubelle, on part à l'assaut des yakuzas enragés. À mes côtés, le Français et l'Américain s'adonnent à une course frénétique au beau milieu des balles, ils hurlent à pleins poumons. Les Power Rangers refont Little Bighorn, les sauvages vont dévaster le fort des salopards ! Alors, le doute s'installe parmi les tireurs, notre détermination les plonge dans la plus vive interrogation. Ce nouveau folklore s'est créé à notre entière instigation, vous n'êtes pas près de nous analyser ! À quoi bon les armes automatiques face à l'art de la guerre ? Nous avons traversé les océans pour vous anéantir, ça ne vous rappelle rien ?

Mais ils ne se laissent pas impressionner aussi facilement, évidemment. Ils appellent du renfort.

Beaucoup de renfort...

Les hommes de main se démultiplient, comme les canons des M16 et les balles qui sifflent le long de nos armures. Certaines atteignent leur cible et ricochent sur une jambière, une épaulette ou un couvercle de benne à ordures. Satô, quant à lui, voit sa ceinture danser comme un serpent pour absorber toutes les ogives. La magie de l'Océan Noir le protège à merveille, mais combien de temps allons-nous tous résister ? Les Américains ont bien réussi leur débarquement en Normandie, mais là, c'est eux les Américains ! Quand la pression devient trop forte, la stratégie de groupe à adopter me traverse les synapses par automatisme. Je croise les regards de mes deux gars, puis me retourne vers Sakura et tous acquiescent. On se baisse ! La petite Japonaise à l'arbalète d'Hachiman s'accroupit sur le sol, puis commence à viser. Elle décoche les carreaux trois par trois, qui nous survolent pour atteindre l'ennemi. Les dizaines de yakuzas se retrouvent scotchés en lévitation d'éclairs bleus, leurs armes tombent par terre et ils gesticulent de détresse.

C'est le moment choisi par Michael pour se transformer en *berserker*. Du moins dans sa tête. Il traverse fou furieux le parking constellé de cartouches vides et sa voix résonne dans tout le quartier du Fountain Place ! Paré de tous ses réceptacles à détritus, il hurle comme un démon puis se met à frapper les tireurs bloqués avec son néon tout pété. Mais il n'arrive à rien malgré sa surdose de crack ! Même dans leur position délicate de *piñatas* sacrificielles, les yakuzas ricanent sous les coups ridicules. L'odeur de Michael les gêne plus que ces espèces de chatouilles, c'est pathétique… Michael nous jette un regard de détresse, il craint d'avoir plombé le film. Ne t'inquiète pas, mon gros, nous allons sauver l'honneur des Power Rangers ! Et je pose ma main sur le pommeau de mon katana, vous allez voir le carnage.

Seulement, une apparition inattendue retarde mon mouvement.

J'ai vu un visage dans une fenêtre du QG. Et un nouveau canon, pointé dans ma direction.

Une détonation surpuissante retentit à plusieurs reprises et trois éclairs fendent le vide pour me traverser. L'avant de mon armure explose en un triangle irrégulier, des morceaux d'airain giclent dans tous les sens et transforment mon ventre en charbons ardents. Putain, je tombe à genoux, des vers de feu commencent à me ronger de l'intérieur. Du coin de l'œil, j'ai tout juste le temps de voir l'angle de la fenêtre recharger un fusil d'assaut, le sombre T-shirt de Captain America en arrière-fond. Issei, quel infâme fils de pute ! Au moins, ça veut dire qu'il est revenu, et Yukiko doit avoir fini ses affaires... Allons les délivrer, puis je laisserai Kobayashi et maître Robert le torturer ! Le petit salaud rentre bien vite dans son antre, alors mon attention se focalise à nouveau sur les yakuzas suspendus, parce que quelque chose cloche.

Oh, oh.

Les éclairs bleus s'estompent peu à peu.

Le charme va se rompre, et Sakura n'a plus de carreaux ! Je crois bien que c'est la fin, cette fois c'est vrai. J'ai les viscères en compote, le Samouraï d'or m'a abandonné et le surnombre de la mafia va nous avaler. Tout est foutu ! Ils vont m'achever, dégommer le tas de poubelles ambulant sous une rafale d'ogives, puis torturer mes amis. Les Power Rangers ont échoué, Zeltrax a gagné, le Mal va s'abattre sur le monde... Au moins, pour Michael, c'était une super expérience de vraie réalité virtuelle !

Les *piñatas* humaines redescendent tout doucement, elles lorgnent déjà leurs M16 sur le sol. Les ténèbres vont bientôt se déchaîner, j'attendrais presque ce moment tellement j'ai mal. La ceinture de Satô retombe comme une demi-molle. Tanaka et Kobayashi restent planqués derrière le muret, ils s'injectent du crack ou quoi ? Mais attendez, où est passé Ren ? Je me retourne et vois l'ancien poissonnier se ruer vers l'ennemi bientôt opérationnel. Qu'est-ce qu'il s'apprête à faire, au juste ?

En réalité, lui-même a l'air étonné, comme s'il n'avait aucune prise sur ses propres mouvements. Vous verriez son air ahuri ! Alors, il bondit dans son armure verte, ou plutôt, c'est son armure verte qui bondit autour de lui, et tourne sur elle-même au beau milieu des pendus. Ren se transforme en tourbillon humain, au point qu'on ne distingue même plus ses traits, est-ce qu'un nouveau *yōkai* est en train de prendre possession de son corps ? D'un coup, des dizaines de projectiles partent de sa combinaison comme des dagues, ou les épines de certains poissons japonais. Kobayashi n'avait pas nommé l'armure, je suis sûr qu'elle descend d'un démon-fugu. Les écailles et cette attaque spéciale en attestent !

En cercles infinis, les picots balayent tous les yakuzas encore bloqués en l'air. La chair se déchire, les membres se découpent et des flots de sang recouvrent progressivement le parking. Quand l'électricité bleue s'est définitivement diluée, les dizaines de corps gisent par terre en centaines de morceaux.

Michael recule de trois pas, puis vomit. Effets spéciaux, mon gars, PEGI 18 !

Allez, relève-toi, on arrive à la scène finale !

*

Tout le petit groupe s'engouffre par la porte principale du QG, moi en dernier parce que je me tiens le ventre comme un kangourou fraîchement rescapé du braconnage. Ren ouvre la marche, il a quand même plus d'allure de ce côté de l'Atlantique que derrière le comptoir du Palais nippon ! En France, il découpait des poissons avec méthode, certes, mais comme un robot sans consistance. Ici, les cartes ont été redistribuées, le surnaturel s'est mis de son côté. Maintenant, c'est lui le poisson, mais c'est aussi lui qui découpe tout le monde ! Il a pris de l'assurance et avance d'un pas décidé, bien résolu à débusquer Zeltrax et tous les autres ennemis des Power Rangers. Et ça tombe bien, car un ricanement trop familier précède un nouveau coup de feu façon fusil d'assaut, putain de Captain America ! Il nous attendait tout simplement au bout du couloir avec sa face de vicieux.

Mais nous sommes les nouveaux samouraïs. Ren, dans son armure de fugu, a vu la balle partir.

Et il s'est gonflé comme le poisson !

Son enveloppe d'écailles vertes s'est muée en une gigantesque boule pour mieux absorber les balles et nous protéger ! Quand le chargeur du lâche s'est complètement vidé, Ren se dégonfle et reprend sa taille normale. La grosse tronche frustrée d'Issei apparaît derrière la fumée de son canon, quel pied ! Mais il s'échappe à nouveau et monte quatre à quatre les marches d'un escalier. Moi je vous le dis, il ne perd rien pour attendre ! Son T-shirt de Captain America, je vais le lui faire bouffer. Plus confiants que jamais, nous le poursuivons à grande vitesse, et peu importe le nombre d'étages.

Tu vas prendre cher, Issei, et il n'y aura aucun cascadeur pour essuyer les coups à ta place. On va passer du blockbuster familial au film d'horreur, l'initiation de Michael ne fait que commencer. Seulement, un autre bruit nous arrête net. Aucune déflagration d'arme automatique, cette fois, mais une espèce de frottement indescriptible, comme si on déplaçait un meuble. Est-ce qu'il pousse des étagères devant une porte pour se barricader comme un minable ? Crois-moi bien que ta porte et ta petite gueule de fouine vont voler en éclats !

Le bruit s'arrête. Un léger silence.

Et puis, un grattement, suivi de chocs saccadés, qui s'amplifient, s'amplifient, S'AMPLIFIENT !

Alors on lève la tête, et on voit ! Un piano dévale les marches, il nous arrive droit dessus comme un auroch inarrêtable. Quel putain d'odieux bâtard ! Cette fois, c'est Satô qui s'interpose, il nous passe devant et avance son bassin face au monstre noir et blanc. Sa ceinture ensorcelée se dresse devant lui et sort ses tentacules. Deux banderoles de tissu magique gigantesques s'érigent au-dessus des marches et s'encastrent dans le piano, tellement fort qu'un bruit de cordes cassées par le choc retentit dans tout le QG. On croirait du Jean-Louis Costes dans son bunker le jour de l'apocalypse ! Un troisième tentacule décolle, puis éclate en deux parties le pauvre instrument qui n'avait rien demandé à personne, glong. Tel un diablotin perdu au purgatoire, Issei nous observe à moitié planqué dans l'encadrement du haut des escaliers.

Au moment où il va s'échapper pour nous jouer je ne sais quel nouveau coup tordu, une flèche siffle le long du mur ascendant et frappe le fuyard de plein fouet. Une explosion d'électricité bleue immerge Captain America et verrouille son mouvement, waouh ! Nous nous retournons tous et voyons Sakura accroupie en position de sniper, elle a retrouvé un carreau pour son arbalète ! Notre ennemi se retrouve figé dans les airs par la force d'Hachiman, qu'est-ce qu'on va lui faire ? C'est Kobayashi qui monte le premier tout en haut des marches, la détermination se lit sur son visage. Quand il arrive au niveau de la nouvelle *piñata*, sans hésiter, il sort des ongles démesurés de son kimono de pouilleux.

Ses bras s'allongent et il arrive à lui agripper le visage.

Qu'il attire vers sa bouche grand ouverte. Très très grand ouverte, un gouffre !

Merde, Kobayashi montre sa vraie apparence, *il est lui-même un* yōkai ! Je comprends mieux pourquoi il détenait autant d'armes mythologiques. Il a pris un risque en nous les confiant, est-ce qu'il voulait nous tester ? Pour le moment, sa mâchoire s'élargit tellement qu'elle finit par se refermer sur la tête d'Issei. Assommé par l'effroi, le groupe ne peut détacher ses yeux du nouveau prédateur, est-ce qu'il va aussi falloir combattre ce foutu démon glouton ?

Le docteur Tanaka s'est constitué un cercle d'amis un peu trop large, réseaux yakuzas, français ou surnaturels. Peu d'ennemis, peu d'honneur, est-ce qu'il nous a vraiment envoyés dans l'antre d'un *yōkai* ? Le sang de l'assistance se glace lorsqu'on entend les cris d'agonie, terrorisés et caverneux, c'est la tête encore consciente d'Issei en train de se faire ingérer, oh mon Dieu ! On se regarde les uns les autres et Michael tombe carrément dans les pommes. Power Rangers est devenu un *snuff movie* ! Sakura cherche un nouveau projectile à insérer dans son arbalète, Ren gonfle à nouveau son armure de poisson-fugu, la ceinture de Satô effectue quelques moulinets de nunchaku et moi-même, malgré ma douleur au ventre qui croît, je sors mon sabre.

Que je fais tournoyer pour me donner du courage.

Le monde entier contre nous, je commence à en avoir marre. On passe à l'attaque ?

Mais au moment où on s'apprête à fondre sur le vieux, le docteur Tanaka ouvre ses bras recouverts de piqûres, il s'interpose entre nous et le *yōkai*, non mais quel traître !

— Docteur, à peine s'est-on débarrassé de Kanbari Nyūdō que vous nous vendez au premier démon venu ! C'est quoi votre problème ?

— Mais ce n'est pas un *yōkai* !

— Mon cul, qu'est-ce qu'on vient de voir ?

La mâchoire de Kobayashi reprend alors une taille normale, puis il recrache une pelote de cheveux comme un putain de hibou.

— *Onaka ga suite ita nda. Mahō wa anata o kūfuku ni shimasu !*

Merde, le voilà qui lance des imprécations, il invoque une nouvelle armée maléfique ?

— Qu'est-ce qu'il raconte ?

— Il dit juste qu'il avait faim. C'est un sorcier ! La magie, ça creuse.

Là, Kobayashi nous adresse un large sourire de papi gâteau. Elle a bon dos, la magie ! Tous les sorciers sont-ils anthropophages ? J'espère que ce n'est pas une ruse. De toute façon, il faut avancer pour libérer Robert et Yukiko. C'est eux notre véritable objectif. Ainsi que M. Vittore.

*

Mais il est interminable, ce bâtiment ! De l'extérieur, on dirait un immeuble décrépi, une espèce de ruine post-guerre civile. Seulement, une fois à l'intérieur, les marches n'en finissent plus de monter. C'est le chapeau retourné de Mary Poppins ! Impossible de soulever le gros Michael évanoui, même dans l'hypothèse où le Samouraï d'or reviendrait, alors on le laisse en bas des marches et on grimpe toujours plus haut. Kobayashi, le sorcier aspirant *yōkai*, a l'air de savoir se tenir. Il ne lorgne aucun d'entre nous comme des morceaux de viande, mais je garde quand même un œil sur lui. Ce qui est sûr, c'est que ça sent mauvais pour le grand patron de la mafia. On se rapproche dangereusement de M. Vittore, il va basculer directement du paradis à l'enfer. Puisqu'il a choisi les États-Unis comme lieu de résidence, on va bien voir s'il apprécie le base-ball. On va faire des *home runs* avec sa tronche.

Seulement, on finit par arriver tout en haut.

Et au bout du chemin, c'est la surprise. Surnaturelle, une fois n'est pas coutume.

Ni porte, ni grille, ni encadrement, ni rien du tout. L'escalier aboutit à une espèce de miroir noir, comme une ardoise géante, mais luisante. C'est quoi, cette matière ? Si on entre là-dedans, ça ne m'étonnerait pas qu'on disparaisse à jamais dans une autre dimension, ou bien qu'on fonde jusqu'à l'os. Je me tourne vers le docteur Tanaka, il m'explique :

— C'est une passerelle maléfique, un portail hermétique pour prévenir tout passage. Il est impossible à franchir pour des êtres humains, bien plus efficace qu'une porte blindée.

Quelle publicité dans sa bouche, ce n'est plus un médecin mais un VRP pour entreprise de magie noire ! Je le trouve trop convaincant, au point que je hurle :

— On est baisés !

Mais il se veut rassurant :

— Non, non. Tu as revêtu l'armure de maître Yukata. Elle est invulnérable aux sorts, souviens-toi.

— Oh.

— Tu vas pouvoir traverser le portail. Mais tu seras le seul.

— Ah.

Dans l'escalier en contrebas, mes compagnons lèvent la tête vers moi, chacun sur une marche. Leurs yeux ont l'air de me supplier, comme si j'étais le dernier espoir de l'univers, eh merde. Je me retrouve acculé devant le portail des Enfers, il n'y a aucune échappatoire !

— Vous êtes sûr que je peux y aller ?

— Oui, mais il te faudra passer vite, la pression du portail pourrait causer des dégâts irréversibles sur tes muscles, ta circulation sanguine ou même ton cerveau.

— C'est super sympa de me rassurer comme ça, docteur. J'en avais vraiment besoin...

— *Hayaku ! Mō jikanganai !*

Kobayashi s'excite, qu'est-ce qui lui arrive ?

— Il vient de dire quoi ?

— Le temps nous est compté. Il faut que tu te dépêches.

— Oh, ça va ! Facile d'envoyer les autres au casse-pipe, hein !

Bon sang, je ne veux pas y aller !

Toujours les mêmes qui doivent prendre tous les risques, c'est injuste. Depuis le début, j'aurai servi de putain de cobaye !

Eh mais attendez, ça me donne une idée. Kobayashi se trouve sur l'avant-dernière marche, juste derrière Tanaka. Autrement dit, clairement à ma portée ! Mon gars, puisque tu me presses, tu vas toi-même donner de ta personne. D'un geste vif auquel personne ne s'attendait, je passe le bras devant le médecin et saisis le poignet du vieux sorcier. Un glapissement précède un cri d'horreur, car sans prévenir, j'ai enfoncé sa main ridée dans l'obscure mélasse du portail. Le hurlement s'éternise, ça fait mal au cœur, mais c'est pour l'expérience. Quand je le lâche enfin, Kobayashi retire son poignet comme échaudé par l'eau bouillante d'une marmite. Ses orbites s'élargissent devant ce qu'il lui reste de main, juste un amas de lambeaux qui s'effritent au contact de l'air, puis tombent sur le sol en minuscules copeaux de peau. Alors, ses cris redoublent et il semble devenir fou :

— *Watashi no teeee !*

— Oups.

— Mais pourquoi tu as fait ça ?

— Pour vérifier, docteur ! Vous croyez vraiment que j'ai envie de finir en hachis parmentier ? Jamais je ne m'engouffrerai là-dedans, c'est compris ?

— Personne ne te demande d'y aller tout nu ! Voyons, tu as l'amure de maître Yukata ! Et comme tu as pu le remarquer, Kobayashi n'a rien d'un *yōkai*, il est fait de chair et de sang ainsi que je l'avais dit. C'est bien la preuve que tu peux me faire confiance, non ?

En effet, si Kobayashi avait été un *yōkai*, sa main aurait traversé le portail sans problème plutôt que de nous offrir une assiette de purée. Au moins, on est fixés sur ce point, quoique... Maintenant, le vieux me regarde avec le faciès du roi des démons, ça mériterait presque une nouvelle vérification. Je sens une légère rancune, j'ai peur qu'il ne me saute à la gorge pour m'ingérer comme Issei. Les sourcils du sorcier se froncent de plus en plus, il va bondir alors que je me retrouve acculé devant l'ardoise à chiche-kebab !

Je n'ai plus le choix, et tant mieux.

Il ne faut pas se donner le choix, cesser de réfléchir pour agir.

Pour échapper au courroux de Kobayashi, je ferme donc les yeux, enfonce bien mon masque au long nez et fonce au travers de la paroi maléfique.

*

Alors j'arrive de l'autre côté, mon cœur bat à cent à l'heure et mon ventre endommagé devient d'autant plus douloureux. J'espère juste que la matière noire du miroir ne s'est pas infiltrée dans les interstices de mon armure. Au moins, mon corps n'a pas fondu, mais je manque de tomber dans mon élan. De la lumière bizarre traverse mes paupières closes. Je rouvre les yeux, seulement la pénombre m'enveloppe toujours. Une lumière faible et plutôt dégueulasse éclaire la pièce dans laquelle je viens d'arriver, c'est un long couloir avec des néons au plafond.

Mais ce n'est pas tout. Oh bordel.

Un sentiment de déjà-vu, dans mes cauchemars trop réels...

Au plafond, sur des rangées et des rangées interminables, des centaines de lames pendent comme des stalactites. C'est le Temple maudit, ou carrément la *red room* de *Twin Peaks* ? J'ai l'impression qu'elles vont m'empaler, ces pièges m'attendaient depuis toujours...

Des lames de mauvaise qualité. Des katanas.

Mon katana qualité Ikea, je le reconnais !

C'est donc de là qu'il provenait, même pas du Japon, l'arnaque est actée ! D'ici, ces pauvres contrefaçons ne font pas illusion une seule minute, on repère clairement l'aluminium mal forgé, la peinture écaillée, le moulage de troisième zone ! Comment ont-ils osé m'envoyer une merde pareille ?

Au creux de ma main, je serre le véritable katana de maître Yukata.

J'ai envie de défoncer toute cette installation.

Mais une plus parfaite lumière brille au fond du couloir. Tel un papillon de nuit, je me dirige vers la lueur au bout du tunnel. Au passage, je décroche une épée bidon du plafond et la soupèse dans ma main au fur et mesure que j'avance dans ma torpeur hypnotique. Toujours sortie, mon authentique lame du Japon ancestral racle le sol tandis que mes pas me portent vers la prochaine étape. Je débouche sur une pièce gigantesque, aux murs remplis d'étagères. Elles débordent de bibelots clairement luxueux, je crois même reconnaître des vases Ming. Je comprends mieux pourquoi la pièce a été barricadée derrière cette porte maléfique. Quand les dorures ont fini de m'éblouir, je baisse les yeux et remarque une table basse en fer recouverte de victuailles. Autour, assis en tailleur, trois personnes.

Maître Robert.

Yukiko.

Et un gros bonhomme au faciès méditerranéen.

J'ai enfin trouvé Vittore ! Et je retrouve mes amis. Ils ne m'ont même pas vu entrer, concentrés qu'ils étaient à manger à la japonaise. Mais pourquoi prennent-ils leur repas ensemble ? Ce sont des captifs avec leur ravisseur, ça n'a aucun sens ! Même si les denrées ont l'air savoureuses, les *gyozas*, les *takoyakis* et les *okonomiyakis*. D'incroyables effluves parviennent à mes narines, mais je m'efforce de rester concentré. Il faut que je marque les esprits pour mon entrée en scène, alors je balance le katana en plastique chimique sur la table.

Un énorme fracas transforme les plats en infâme patouille, le magnifique repas explose dans tous les sens. Alors, Yukiko et Robert poussent un cri en même temps, elle comme une chatte terrifiée, lui comme un clochard aviné, réveillé au petit matin par les éboueurs. Mais Vittore, lui, a gardé son bol dans le creux d'une main et continue très calmement d'avaler des nouilles au bout de ses baguettes. On dirait les *noodles* que mon maître avait achetées en masse, du temps de notre crise française. Mais je suppose qu'elles doivent être légèrement plus huppées, il les avale avec une distinction tout aristocratique, sans même me regarder. Robert, quant à lui, m'examine avec son regard hagard, puis demande d'une voix rauque à la limite du rot :

— Pourquoi y a Pinocchio ?

Une fois n'est pas coutume, il a l'air complètement fracassé par l'alcool. Je crois qu'il fait allusion à mon masque au long nez pointu, je le retire pour les retrouvailles :

— Robert, c'est moi !

Son visage se triture comme une clémentine comprimée, a-t-il toujours les capacités de me reconnaître ? Yukiko, quant à elle, tire une grimace beaucoup plus franche. Elle a l'air dégoûtée de me revoir, ça fait toujours plaisir ! Désolé d'interrompre ce repas pour te libérer du joug des yakuzas, ma chérie. Mille excuses, vraiment ! Vittore vient d'aspirer son dernier *noodle*. Toujours dans un calme olympien, il se tourne légèrement vers moi :

— Ainsi, vous avez vaincu Issei...

Il dit ça avec une tonalité tellement solennelle, à croire que ce nain de Captain America s'était constitué une réputation de super guerrier, non mais je rêve ! Un clown, oui, avec sa vieille pétoire et son piano-bélier. On se serait cru au cirque ! Un vieux macaque du zoo de Dallas nous aurait opposé plus de résistance que cet avorton, c'est une certitude. Même s'il est parvenu à me tirer dessus, il m'aura juste bien fait rigoler !

Une fois que Vittore a fini de jouer les Marlon Brando avec son regard de mafieux ténébreux, ses yeux s'agrandissent parce qu'il me jauge plus sérieusement. Son calme en prend un coup, et tandis que les deux autres continuent de me fixer comme le yin et le yang avec des sentiments bien différents, le Franco-Italien se met à bredouiller :

— Où avez-vous trouvé cette armure ?

— À la source, M. Vittore. Les *yōkais* mènent le bal dans ce monde, il fallait que je m'équipe directement dans leur pays. Maintenant, j'ai un compte beaucoup plus trivial à régler avec vous. On n'arnaque pas les gens impunément, M. Vittore. Vous m'avez révélé à moi-même, mais vous avez aussi niqué ma vie, et pour ça vous allez payer.

Il n'apprécie pas vraiment ma diatribe, alors il se lève dans un grognement et je me rends compte qu'il doit bien mesurer deux mètres. Hors de lui, le gigantesque patron se met à me hurler dessus :

— Vous savez qui je suis ? *Vous savez qui je suis* ?

Même en y mettant toute ma force au katana, je ne suis vraiment pas sûr de pouvoir trancher sa peau de pachyderme. Mais je me rappelle les prouesses de maître Robert dans le passé, il va m'aider ! Tout en reculant de quelques pas, je lui lance :

— L'épée en plastique, Robert ! Prends-la et bats-toi !

Un éclair semble se ranimer au sein de ses yeux éteints, la perspective du combat lui fait l'effet d'un électrochoc. Des souvenirs doivent remonter à la surface, Robert sort enfin de sa léthargie. Je viens de le ramener à la vie ! Bats-toi, maintenant, Robert ! Allez, bats-toi ! C'est bon, il saisit le pommeau en plastique, il va enfoncer la propre production de Vittore entre ses deux omoplates !

Heu. Non.

Problème.

L'euphorie redescend d'un seul coup, comme la lame ramollie de l'ersatz. Réduit à un amas de fromage fondu, le faux katana sous-Ikea a dû tremper dans une soupe miso ! Il n'a pas supporté la chaleur et Robert ne supporte pas cette déception, il balance l'arme au loin dans une gestuelle caractéristique de clochard aviné. Dégoûté, il semble à présent rechercher une nouvelle dose d'alcool parmi l'étendue des débris sur la table. Il ne lui faut que quelques secondes pour renoncer et se lever, il titube vers un placard au fond de la pièce et se fiche pas mal que Vittore se rapproche de plus en plus ! Et Yukiko, je n'en parle même pas, un large sourire traverse sa trogne de petite pétasse. Elle se réjouit de ma raclée imminente ! Au moins autant que le géant qui ouvre les bras devant moi, et alors, quelque chose de très bizarre se passe.

La douleur s'accentue dans mon ventre.

À un niveau insupportable. Je tombe à genoux.

Merde, je m'incline malgré moi devant le grand manitou de Dallas, quelle est donc cette puissance qui me dépasse ? Mon estomac grouille, Vittore va me faire imploser ! Argh, arrête, s'il te plaît. Arrête, je m'excuse ! Tu entends ? Arrête ! Je m'excuuuuse !

Mes boyaux se retournent dans tous les sens comme des serpents, j'ai l'impression qu'ils vont me traverser le nombril ! Je préférerais que Kobayashi arrive pour me bouffer la tête, j'en finirais plus vite qu'avec cette sorcellerie... J'ai trop sous-estimé le rital, maintenant je vais agoniser ici, derrière le portail maléfique ! Personne ne pourra le traverser pour récupérer mon cadavre, je pourrirai dans mon armure. Oublié de tous... Mais attendez. Mon armure, justement... Le trou dans mon armure, argh ! Mais merde, c'est quoi ce bordel ?

C'est
quoi
ce
bordel ?

Mes viscères s'échappent par le trou de balles d'Issei, et ce sont effectivement des serpents ! Des petits serpents, mais vraiment des serpents, je deviens fou ! Quels sont ces serpents qui s'immiscent dans mon cul ? J'en attrape un d'une main tremblante et tente de l'étrangler comme Héraclès, sauf que je ne serai jamais un demi-dieu. Au sein de mon gant d'airain, le minuscule reptile aux écailles noires s'agite, un sourire malsain au travers de la gueule. Du liquide gluant comme du placenta goutte entre mes doigts, j'aperçois des morceaux de coquilles. Ce sont des dizaines d'œufs minuscules qui se mettent à dégringoler de ma plaie, ils s'écrasent au sol et des centaines de vermisseaux venimeux commencent à ramper dans tous les sens.

Alors je comprends. Rien à voir avec Vittore !

C'est la salve finale de Kanbari Nyūdō...

Dans le désert de Chihuaha, le démon serpent a eu le temps de pondre dans mon armure avant que le docteur Tanaka ne l'achève à la seringue ! Les coquilles ont survécu à la magie de Yukata comme les œufs des punaises de lit résistent aux produits chimiques, et maintenant, ils éclosent tous en même temps ! Vittore ouvre grand sa mâchoire et Yukiko saute sur la table basse. Elle ne crie pas, mais je vois l'effroi dans ses yeux. Robert, lui, penche une bouteille de saké à la verticale dans sa gorge, il n'a strictement rien remarqué. Dans ma main, le vermisseau maléfique continue de se tortiller, je serre de plus en plus fort son petit corps fuyant et j'espère l'achever. Je crois bien que j'y arrive ! Sa tête tremble frénétiquement, comme une bombe sur le point d'exploser. Haha ! Allez, crève ! Oui, crève, je veux te voir agoniser !

Mais quand le spasme de la bête atteint une vitesse délirante, sa face commence à se brouiller, puis se stabilise pour réapparaître sous des traits que je ne connais que trop bien. Au bout du corps reptilien se dresse à présent la tête de mon grand-père. Elle pousse un rire diabolique :

— Hahaha ! Ça va ?

— Papi, c'est vraiment pas le moment...

— Non, ce n'est pas ton grand-père ! Ton grand-père est mort, nous sommes sa progéniture, ainsi que la tienne. Tu nous as couvés dans ton sein ! La descendance démoniaque des *yōkais* se reproduit bien plus vite que la descendance d'or, nous gagnons chaque jour un peu plus de terrain. Regarde-nous ! Qui va nous arrêter ?

En effet, je regarde mon ventre qui rejette toujours plus de coquilles brisées et de serpents comme une machine à spaghettis, les minuscules nouveau-nés rampent dans toutes les directions. S'ils parviennent à passer le portail en tant que démons, ils risquent d'envahir le monde ! J'ai l'impression que mon corps va se séparer en deux, la douleur devient trop intense et je n'ai plus rien à perdre. C'est le moment de construire ma légende au sein de la mythologie japonaise, j'irai droit au sacrifice !

Sans réfléchir, je balance le serpent à vieille tête humaine sur Vittore qui pousse un cri suraigu, le colosse s'est légèrement érodé ! Il jongle avec le démon qui tente de le mordre, le mastodonte se met à courir partout et les larves du sol s'accrochent à ses chaussures. Pour une fois que les *yōkais* veulent bien me donner un coup de main ! Je profite de la confusion générale pour me précipiter sur Robert et lui arracher la bouteille des mains malgré ses protestations de soûlard. Il buvait du saké, ça me rappelle des souvenirs mitigés, mais c'est exactement ce qu'il faut. Il reste un bon demi-litre de la boisson salvatrice, que je déverse sur les asticots de l'apocalypse. Ils se recroquevillent sur le sol. Quand toute la marmaille démoniaque se retrouve bien imbibée, je fracasse le katana de maître Yukata sur le pied de table en fer afin de créer l'étincelle. Le feu part et embrase la pièce ! Il parvient jusqu'au serpent hybride que Vittore maintenait tant bien que mal sous sa chaussure, le monstre s'embrase puis grimace comme mon grand-père dans ses phases de constipation. Sa queue carbonisée se tortille quelques instants, avant de s'arrêter pour toujours. J'ai mis une éternité à me débarrasser de Kanbari Nyūdō, mais ses bébés n'étaient que du petit lait !

Vive le saké !

BÂM !

Aïeuh ! Merde, qu'est-ce qui se passe ? Ce ne sont plus des morceaux de coquilles qui me sortent du ventre, mais des débris de verre ensanglanté qui me tombent de la tête, une nouvelle douleur m'envahit les cheveux ! Je me retourne et vois la trogne furibonde de Robert, il se retourne contre moi quand je combats le bestiaire des enfers ?

— Il ne reste plus beaucoup de saké, gamin ! Pourquoi tu m'as pris ma bouteille ?

— Mais tu viens de foutre en l'air une deuxième bouteille pour m'assommer !

— Ah ouais, putain...

— GRAAAAH !

Un cri rauque de bête enragée arrête net notre dialogue, et voici Vittore qui nous charge comme un troupeau sauvage à lui tout seul ! Dans un réflexe instinctif de disciple dévoué, je pousse maître Robert sur le côté afin de le protéger, puis j'encaisse le choc. Eurghl ! Le gros abruti en costume s'est vraiment pris pour un bélier des Apennins ! Sa tête s'enfonce carrément dans la plaie béante de mon ventre, quelle horreur. À mon avis, c'était involontaire, mais maintenant c'est trop tard ! Je sens son nez, ses cheveux et ses oreilles racler contre mes viscères, mais je ne suis plus à ça près. J'en profite, même ! De toute la puissance qu'il reste entre mes gants de fer, j'agrippe ses épaules et le maintiens dans cette position inconfortable. Puisse-t-il mourir étouffé entre deux fœtus de serpents ! J'espère juste que ce contact avec la matrice démoniaque ne va pas transformer Vittore en *yōkai*. Au bout d'un moment, il faut que le Mal s'arrête !

Mais quelque chose se passe. D'heureux, cette fois !

Un miracle de mes ancêtres !

Ce n'est plus la fange noirâtre de placentas monstrueux qui s'échappe de mon ventre, mais une espèce de pluie d'or ! Un liquide lumineux et épais, il ondule le long des épaules de mon ennemi, puis semble durcir. Kanbari Nyūdō a perdu le contrôle, Midas a pris le relais ! Vittore se débat dans tous les sens, des hurlements caverneux résonnent dans tout mon corps. J'ai l'impression d'être moi-même devenu un *yōkai* dévoreur.

Mais non.

Je suis un Samouraï d'or.

Et j'ai gagné !

Je lui balance un énorme coup de poing *chong quan* en plein torse, alors la tête de Vittore sort d'un seul coup et tout le monde peut admirer sa sale trogne devenue lingot d'or, comme le buste mal taillé d'un dictateur du tiers-monde. Il s'effondre sur le sol, et c'est terrible, tout le haut de son corps se brise en mille pépites parmi les cadavres calcinés de serpents. Le temps presse dans l'incendie général, mais je veux apporter la touche finale pour parachever le tableau. Sur la table basse, je saisis le katana de plastique fondu, ce même modèle que la mafia Vittore m'avait fait expédier. Alors, d'un coup sec, je lui enfonce le pommeau dans le derrière. On croirait une sculpture d'art contemporain, une installation complète dans cette pièce bizarre. Maintenant, je me sens plus apaisé, même si j'ai l'impression que je vais défaillir. Une main posée sur mon ventre pour contenir le pus maléfique et la poudre dorée, je déclare à mes deux amis dans un souffle saccadé :

— Vous êtes libres... à présent ! Et moi aussi... On peut y aller.

— Non !

Ils ont eu la même réponse en même temps, je crois rêver !

— Non ? Mais... pourquoi ?

Yukiko se dévoue pour me répondre la première avec son petit air de pimbêche :

— Qu'est-ce que tu crois ? On ne t'a rien demandé ! On se portait très bien, tu as tout gâché !

— Hein ? Mais ce salaud vous a kidnappés ! Il t'a prostituée !

— C'est moi qui menais le jeu, tu comprends ?

— Comment ça ? Tu as envoyé des messages de détresse à Ren ! On a tous traversé les océans pour venir te chercher !

— J'ai juste paniqué au début. Après, j'ai bien compris où se situait mon intérêt.

— Moi aussi, gamin ! Putes et picole à volonté, j'ai eu la vie de superstar dont je rêvais, encore mieux que celle d'Hervé Ply ! Mais toi, tu es venu et tu as tout brisé !

— Allez, arrêtez votre cirque... Les flammes gagnent du terrain... Comment on ouvre le portail ? Mon armure a dû perdre de sa consistance...

Tous deux restent dans leur coin sans bouger.

— Les yakuzas vont venir nous chercher. On n'a pas besoin de toi.

— Vous êtes fous ! Il n'y a plus de yakuzas... On les a tous tués avec mon équipe de Tokyo... Avec Ren, aussi... Il est de l'autre côté du portail, Yukiko... Il a pris de grands risques pour venir te sauver...

Dont celui de revêtir une armure de démon-fugu, mais je ne me sens pas la force de lui expliquer cette histoire pour l'instant. Mon énergie s'écoule à une telle vitesse par le trou béant de mon armure que j'en viens à mettre en avant l'infâme poissonnier pour peser dans la négociation. À vrai dire, je ne sais pas si je préférerais qu'elle se réfugie dans ses bras plutôt que de se laisser immoler par pure bêtise. La température commence vraiment à devenir insoutenable. Tant pis, je ne peux plus leur laisser le choix, je les attrape par les bras. Ils vont me suivre de gré ou de force !

Mais juste au-dessus de nous, un craquement m'assourdit. Une poutre enflammée s'écroule devant moi.

Pile sur eux.

Mon Dieu ! Je venais à peine de retrouver mes amis, ils se sont transformés en blinis ! Tout le plafond est en train de s'effondrer, une tonne de bois incandescent vient de recouvrir Yukiko et Robert. Aucune chance qu'ils en aient réchappé... Incroyable que je sois encore en vie, ça s'est joué à quelques centimètres. Le Samouraï d'or continuerait-il de me protéger ? J'ai vaincu les démons, ce serait trop bête que je meure maintenant, brûlé ou asphyxié...

Il a voulu m'envoyer un message, il faut que je parte maintenant. Je me traîne vers la salle des sabres en plastique, j'essaye d'atteindre le portail. Une nouvelle poutre se décroche et tombe sur ma jambe, argh. Je tombe et roule par terre, puis me mets à ramper comme les *yōkais* de tout à l'heure. Avec le saké dont m'a recouvert Robert dans sa folie furieuse, je risque fort de finir moi aussi en torche humaine.

J'arrive quand même au portail, mais la chaleur fait tomber un à un tous les faux sabres suspendus. Ils s'alignent devant moi pour former une grille de plastique fondu, et je n'ai plus la force de la contourner. C'est trop bête, la sortie se trouve juste devant moi. Je pourrais presque toucher la matière noire du salut, mais ces conneries de reproductions achèvent de m'achever. Cette merde chimique aura fini par avoir ma peau. Tout crépite autour de moi, tout est foutu, quelle mort horrible...

Je déclare forfait.

Ferme les yeux et relâche tous mes muscles.

Adieu.

*

Du temps a passé, j'ai dû m'évanouir, mais je me trouve toujours dans l'antichambre des enfers. Ça continue de cramer, alors les flammes me lèchent les jambes et je peux sentir d'ici la marmite du Malin. Pour avoir combattu la mafia et les démons, je finis sur le bûcher comme Jeanne d'Arc ! Une fin héroïque, mais à l'abri des regards, du coup quel intérêt ? De l'autre côté du portail noir, je crois percevoir quelques bruits. Ohé, les gars ? Docteur ? Satô ? Sakura, est-ce que tu es là ? Ren ? Ohé ? Vous m'entendez ? Ohé ? Mais non, personne ne m'entend, personne ne m'entendra plus jamais. Je replonge mon visage face au sol, finissons-en. Les minutes passent, mon armure chauffe de plus en plus et je sens mon corps se consumer lentement. Au moins, malgré les circonstances, je meurs dans le même sanctuaire que Yukiko...

Mon esprit s'évade.

Je la baiserai dans le jardin d'Eden.

Je la sens déjà qui me caresse les cheveux...

Vraiment, on me masse le crâne ! Le repos du guerrier m'attend, j'aurai des orgasmes à répétition au paradis. Parce que le Valhalla sait reconnaître ses plus fiers combattants, j'aurai à ma disposition toutes les femelles de mes fantasmes ! Complètement surexcité, j'arrive à relever la tête, mais ce n'est pas Yukiko.

Argh, non !

Vous y croyez ?

C'est à nouveau le serpent noir !

Merde, la progéniture de Kanbari Nyūdō a survécu ! En fin de compte, mon corps ne trouvera jamais le repos, je me retrouve bloqué dans l'antre des démons ! La souffrance pour l'éternité, quel cauchemar ! Le serpent me tourne autour, me caresse avec vice, puis, quand il a trouvé une prise assez solide dans les replis de mon armure, il s'accroche à moi et essaye de m'emporter un peu plus loin dans la fournaise. Il va dévorer mes viscères d'or inépuisable comme l'aigle de Prométhée, mon calvaire ne finira jamais. Adieu le baisodrome, bienvenue dans le plus haut cauchemar ! Le démon me traîne par terre comme un prédateur sans pitié pour sa proie, mes jambières et mes épaulettes raclent le sol, alors je récite mes prières dans ma tête.

Seulement, je bute contre la grille d'épées fondues.

Le portail se trouve toujours là, de l'autre côté de l'obstacle !

Je suis resté dans le bunker de Vittore !

À regarder le serpent d'un peu plus près, je ne vois pas d'écailles, mais une simple lanière noire qui s'agite dans tous les sens. Je la reconnais, c'est la ceinture magique de Satô ! Elle est sortie de la mélasse noire pour essayer de me sauver, mes amis m'ont entendu derrière la porte ! Ils tentent une opération de secours avec le meilleur treuil qu'ils ont pu trouver, mais un mur s'est immiscé dans l'équation. Les épées chimiques de la mafia, elles se seront mobilisées jusqu'au bout pour mon malheur. Et le mawashi tire de plus en plus fort sur mes membres afin de me récupérer, mais je reste compressé contre la bordure en plastique. Ils ne comprennent donc pas qu'un caillou s'est immiscé dans les rouages ? La malédiction s'est abattue sur moi, leur tentative de sauvetage à l'aveugle était vouée à l'échec. La ceinture s'effrite peu à peu au travers de la mélasse noire. Cette fois j'abandonne, je ne crois absolument plus à mon salut.

Lorsque, venu d'une autre dimension, un ange de l'apocalypse entre dans la pièce dans un fracas absolu, est-ce qu'il vient de franchir le mur du son ? La fournaise fait onduler le décor, mais je peux entrevoir son armure en contre-plongée. Elle semble à la fois gonfler sous l'effet de la température, puis fondre misérablement à l'instar des épées. Pauvre sauveur, ses oripeaux tombent en miettes ! Va-t-il quand même réussir à me ramener vers le vrai monde ? Au moment où ses bras se baissent pour me soulever, je reconnais le revêtement verdâtre. C'est Ren dans son armure de démon-fugu ! Lui aussi a pu passer le portail, du moins à peu près, pourvu que le retour ne l'achève pas. Je retire tout ce que j'ai pu dire sur ce gentil poissonnier ! Seulement, il demande :

— Où est Yukiko ?

Mon euphorie redescend, on n'est pas près de décamper. Ses pics de poison s'agitent en surface, Ren s'inquiète, et il a bien raison.

— Réponds ! Où est-elle ?

— Je suis désolé...

Son visage doit se décomposer derrière le masque, forcément. Il tente une ultime battue entre les poutres incandescentes, son espoir ne veut pas s'éteindre. Mais le couloir s'écroule peu à peu, nous allons finir immolés s'il refuse de renoncer. Reviens à toi, Ren ! Qu'est-ce que tu crois ? J'ai perdu mon amour et mon maître en une fraction de seconde, pour la seule raison qu'ils n'ont pas voulu me suivre quand je leur ai indiqué le chemin.

Son armure n'est plus qu'une bouillie d'épinard, alors il consent à nous faire refranchir le portail.

Je suis rassuré, mais mon cerveau lâche.

Tout devient noir.

*

Nouveau réveil, cette fois dans le monde des vivants. Je me retrouve dans un lit confortable, le docteur Tanaka à mes côtés, ainsi que Satô et Sakura. Ils ont réussi à me sauver ?

— Tout va bien, tu es à l'hôpital. Ren a été brûlé au troisième degré et Kobayashi se fait soigner pour sa main. Ils récupèrent dans la chambre voisine.

Accroché dans un angle, un écran de télé attire mon attention. Il balance les images d'une chaîne d'infos en continu. Parmi elles, je reconnais le gros Michael en train de témoigner devant des dizaines de micros. Il gesticule comme un hystérique, toujours dans les escaliers du QG. On dirait qu'il décrit la gigantesque tête cannibale de Kobayashi. Pourvu qu'il ne parle pas de notre pseudo-film, est-ce qu'il va parvenir à dissocier la fiction de la réalité ? Il faudrait que les caméras montent encore quelques étages pour arriver jusqu'au portail maléfique, les spectateurs comprendraient alors mieux comment fonctionne notre monde.

Mon regard bascule du côté de la porte, deux policiers surveillent l'entrée. Rien de plus normal, on n'allait pas leur échapper éternellement. J'espère juste que le Samouraï d'or reviendra pour m'aider quand des gangs de taulards voudront me soumettre en prison. Au moins, j'ai réussi à cramer tous les œufs de *yōkais*. Kanbari Nyūdō ne viendra plus m'embêter. Je veux poser une main sur mon ventre, mais elle est stoppée net dans un bruit métallique. Ils m'ont mis des menottes, ainsi qu'à tous mes amis. Quelle ambiance...

Je repense à Yukiko.

J'aimerais tenir la main de Sakura...

Un infirmier arrive avec une large enveloppe qu'il remet à Tanaka. Le docteur m'explique :

— Ils m'ont donné l'autorisation de t'examiner. Tes bilans sanguins se sont révélés particulièrement anormaux, j'ai donc demandé à ce qu'on pousse un peu plus loin tes analyses. Voici la photographie de ton abdomen au microscope électronique.

Il sort les feuilles, fronce les sourcils pour se concentrer, puis blêmit. L'infirmier regarde au-dessus de l'épaule du docteur et pousse un cri d'effroi. Ils me font flipper :

— Quoi ? Qu'est-ce qu'il y a ?

Il me tend la feuille, mais je ne vois rien à part un amas de taches rondes. Est-ce que ce sont mes globules ? Tanaka pointe son doigt sur l'un d'eux, alors je plisse les yeux et mon cœur bondit. Sur chaque tache se dessinent les traits grimaçants de mon grand-père.

Table des matières

Cet ouvrage a été achevé d'imprimer sur Roto-Page
pour le compte des éditions Aux forges de Vulcain
par l'Imprimerie Floch, à Mayenne,
en décembre 2021.

Imprimé en France
Dépôt légal : janvier 2022
N° d'édition : 143 – N° d'impression : 99606